海藤文字
KAITO Moji
竹書房
悪い月が昇る 3

悪い月が昇る

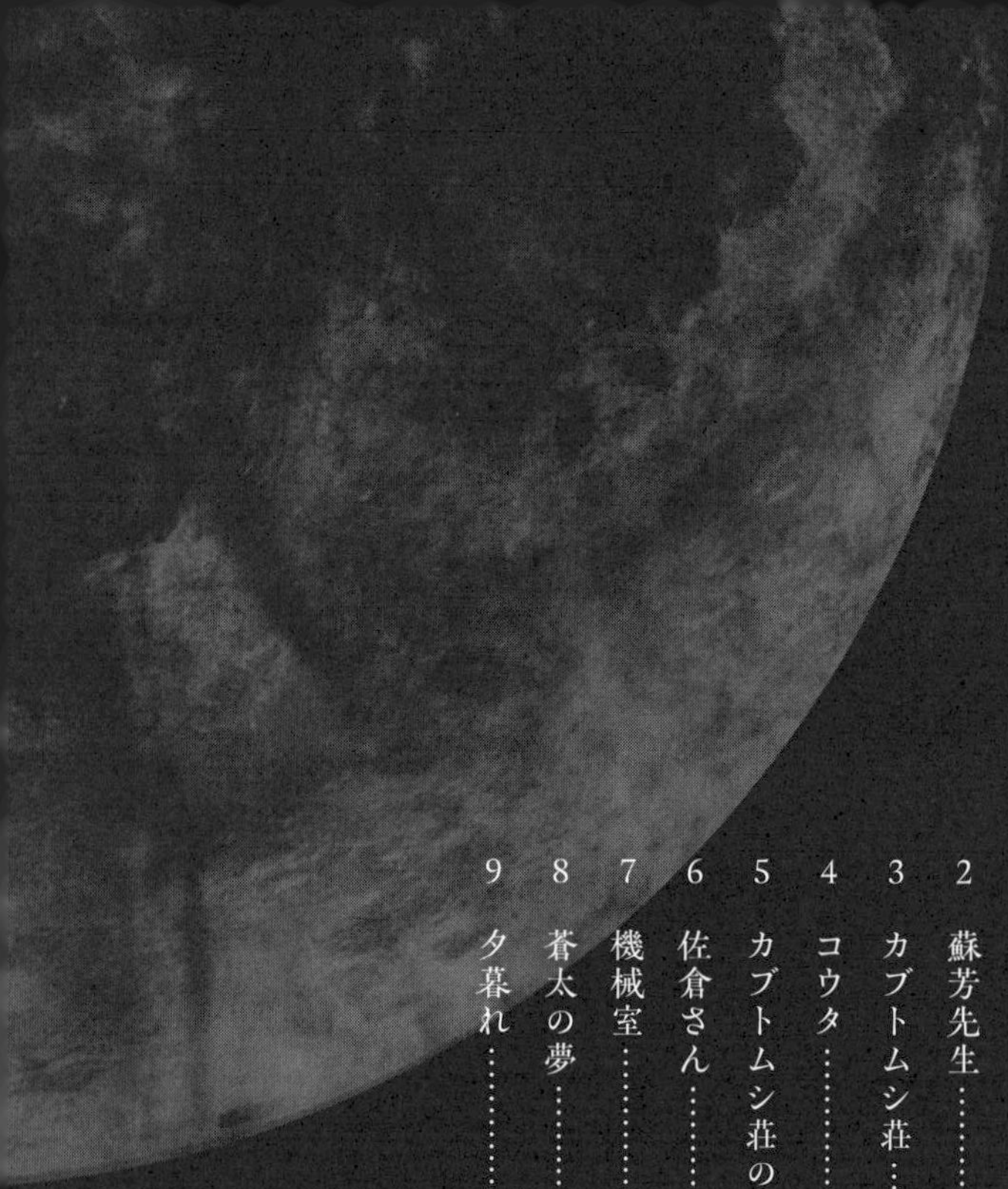

第一部　夏の森へ

第二部　幽霊と遊ぶ

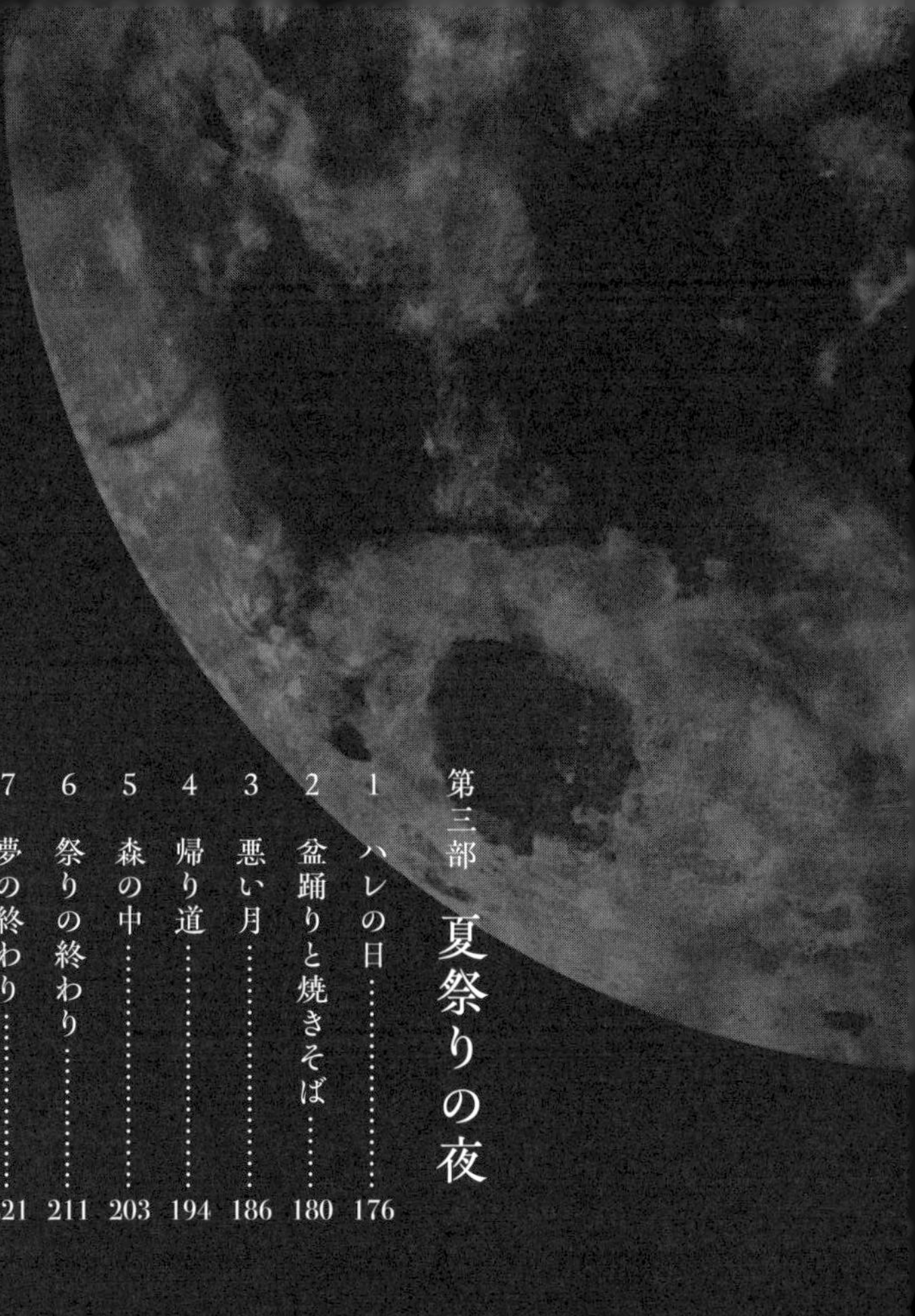

第三部　夏祭りの夜

第四部　森の奥

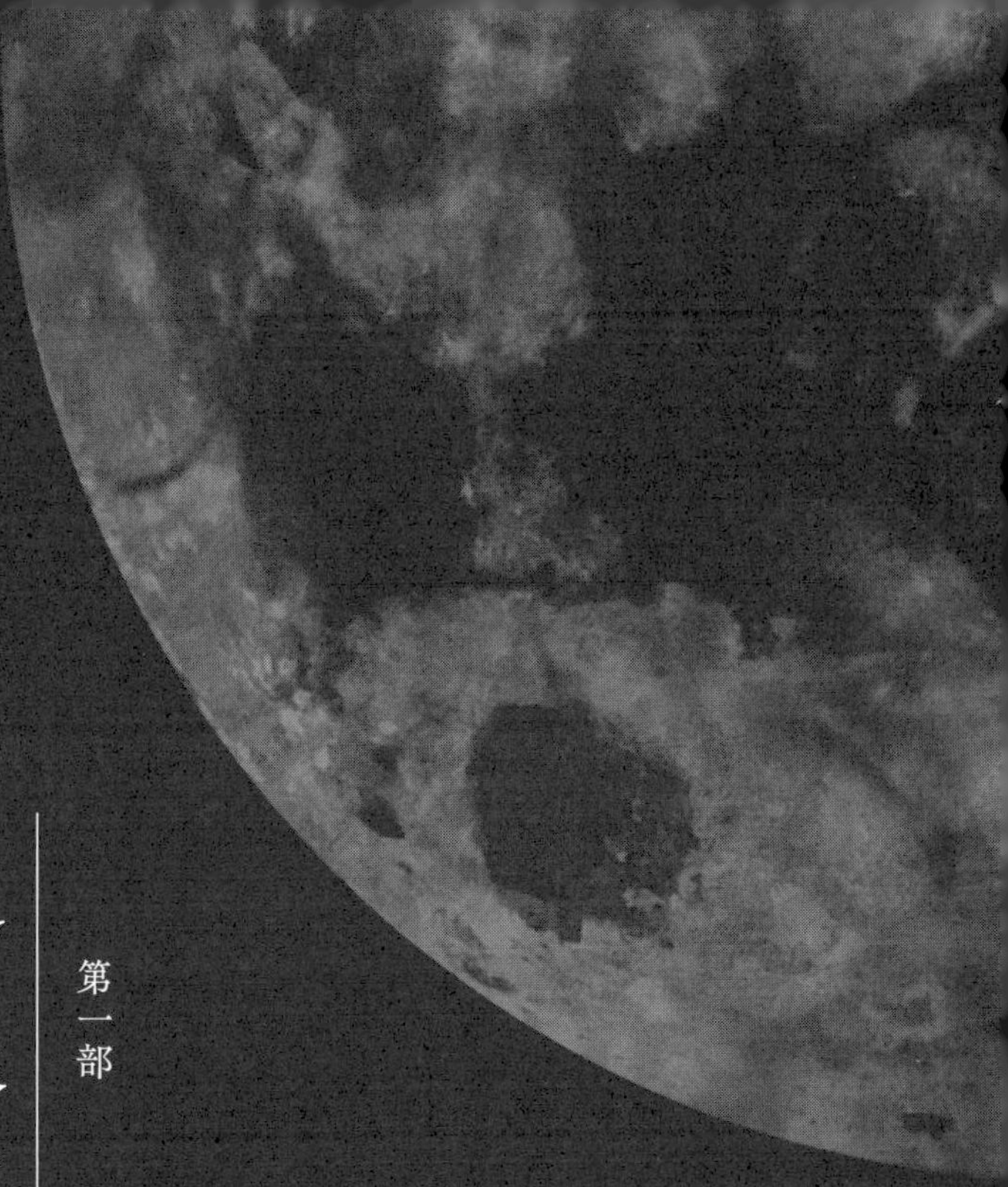

第一部

夏の森へ

1　高原のドライブ

道路はなだらかな登り坂で、行手には真っ青な空が広がり、巨大な入道雲が立ち上がっていた。道の両側には明るい黄緑の木々が続き、木の葉の隙間を通り抜けてくる光が瞬いている。片手で軽くハンドルを持ちながら、私は運転席の窓を開けた。夏の陽射しと共に、気持ちの良い高原の風が吹き込む。ただそれだけで、抱えていた悩み事がいとも簡単に吹き飛んでいく気がした。

「ラピュタだ！」と、後部座席の蒼太が大きな声で言った。

「ラピュタ？　どこどこ？」その隣に座った茜が尋ねる。

「ほら、あの雲。ラピュタは大きな雲の中にあるんでしょう？」

「ほんとね。すっごく大きな雲だね」

私は前を向いたまま、後部座席の妻と子の声を聞いていた。ルームミラーに映る息子をちらりと見やり、会話に参加した。

「うん、あれは入道雲だね」

「入道雲ってなに？　ラピュタと違うの？」と蒼太が聞いた。

「入道雲というのは、雷が起きる雲のことだよ。ラピュタは雷雲の中にあっただろ？」と私は説明する。

蒼太は急に不安そうな声になって、

「雷が来るの？」

「大丈夫！　ほら、こんなに晴れてるでしょ？」と茜が息子をなだめ、ミラー越しに（余計なことを言うな）の視線を投げてきた。

私はすかさず、「うん、雲はあんなに遠くにあるからね」と付け足した。


私、正木和也と妻の茜、五歳になる息子の蒼太。私たち三人の家族は、神戸市にある自宅を出て北へ走り、兵庫県と鳥取県の県境地帯、氷室高原にある別荘地を目指しているところだ。七月半ばの日曜日、天気は快晴で、愛車である青いミニバンの調子も順調。何の問題もない……と思っていたら、蒼太が急にしくしくと泣き出した。

「どうしたの？」

「雷いやだ」と、震える声で蒼太は言った。

「もう。余計なこと言うから」と茜の苛ついた声。私は慌てて、

「来ない来ない！　雷来ないよ！」と大声を上げた。

「見てごらん、晴れてるでしょ？　雷なんか来ないから大丈夫、ほら泣き止んで」

茜がハンカチで息子の顔を拭いてやるが、まだしゃくり上げている。その様子をルームミラーの中に見ながら、私は言った。

「だいたいまだ本当に来てもないのに泣くことないだろう？　いくらなんでも弱虫すぎるぞ。そんなことで、本当に来たらどうなるんだ」

蒼太はひゅっと息を呑んで、

「やっぱり来るの？」

茜が、ミラー越しに睨みつける。

「大丈夫だからね。雷なんて来ないよ。お父さんが適当なこと言ってるだけだから！」

いや、夕立くらい来るだろうよ……と私は思ったが、沈黙を守る分別は持ち合わせていた。しばらく口を閉じて、私は運転に集中した。

行く手になおも立ち上がる巨大な入道雲へ向かってゆっくりと近づきながら、私は息子の情緒不安定のことを思った。

ＰＴＳＤ、と蒼太のカウンセラーは言った。蒼太の幼い心が晒された、辛い事故の後遺症による心的外傷だと。だが事故から時が経つにつれ、どこまでが子供にありがちな感情のムラで、どこからが病的なトラウマの表出なのか、私にはよくわからなくなることがあった。

だが、蒼太が今でも悪夢を見ていることは事実だ。真夜中に悲鳴を上げて目覚めることも、全身にじっとりと汗をかいて、揺り起こしたくなるほど延々とうなされ続けることも。

真夜中に突然大きな悲鳴が上がり、私はビクッとして跳ね起きる。夢うつつで混乱して、しばらくは誰の悲鳴かわからない……自分が悪夢を見て叫んだのかと考えている。徐々に目覚めて隣を見ると、薄暗がりの中にぼんやり浮かんで見えてくるのは、茜が泣きじゃくる蒼太を懸命になだめている姿。

そんなことが毎晩のように繰り返され、心的な苦痛のみならず寝不足による疲労も深刻だ。夏休みに田舎の別荘暮らしを決意したのも、蒼太の回復を少しでも早めるために他ならない。

澄んだ空気と静かな環境、それが何よりの薬だとカウンセラーは言った。幸いにも私は会社勤めではなく、フリーの書籍編集者であって、ネット環境さえあれば仕事の出来る状況にあった。茜も、事故をきっかけとして仕事を辞めていた。そこへ、我が家ではとても手の出ない、高級な避暑地の別荘を使っても構わないという親切な申し出があった。巡り合わせは奇妙なもので、一旦決心してしまえば話はとんとん拍子に進んだ。


久しぶりに信号があって、私は車を停めた。ずっと森の間を走って来たが、いつの間にか周囲は小さいながらも町になっている。別荘地の最寄りの町が、ここだ。目的地はもうすぐだ。

自分がぼんやりとした意識のまま運転していたことに気づいて、私は少しぞっとした。順調な田舎道の運転ではさほどの集中も必要なく、半分無意識のような状態でも支障ないのだろうが、突発的な事態……飛び出しとか……には対応できないかもしれない。私は気を引き締めた。

「もうすぐ着くよ！」と私はことさらに明るい大声で後部座席に呼びかけた。

「ほんと？」蒼太の声はもう元気を取り戻している。

「ここがいちばん近い町なのよね。別荘からどれくらい？」茜が聞いた。

「聞いた話だと、車で二十分」私はカーナビを見て、「ナビの予想もそんなもんだよ」と補足する。

「車で二十分！　まず歩いては来られない距離よね。台風とかで、別荘に閉じ込められたら、食料とかどうしたらいいんだろ」

「でも、だから車があるだろう」

「だからさ。もし車が故障したら」

私は少し苛ついた。せっかく蒼太が落ち着いたのに、わざわざ不安にさせるようなことを言い出す妻に対して。

「故障なんて今まで一回もないだろう。故障したって、修理を呼べばそれこそ二十分で来るよ」

「ああ……ごめんね。別にいいのよ。ただ何となく思っただけだから」

茜がそう言って、私は黙った。

不意に、奇妙な感覚が私を襲った。以前にも、まったく同じ会話を交わしたような気がする。デジャヴだ。車の中でつまらない理由で言い争いをしている、そしてイラッとした気分を味わっている、親たちのそんな様子を蒼太が少し緊張して見守っている、そんな状況が以前にもそっくりそのまま、繰り広げられていた気がする。

思わず苦笑いが漏れた。こんな不毛なことを、懲りずに何度も繰り返しているとは。

道路をまたぐアーチがあり、「氷室高原へようこそ」と色褪せた字で書かれていた。道の脇に大きな看板があって、高原のイラストの地図があった。描かれているのは冬景色で、ゲレンデとリフトの配置のようだ。氷室高原はスキー場として有名な場所だから、観光案内も冬がメインになるのだろう。

アーチの向こうはちょっとした商店街になっていて、避暑客を目当てにした、小綺麗なカフェやレストランが何軒かあった。いかにも田舎らしい寂れた雑貨店やら消防団の倉庫やらの間に、モザイクのようにおしゃれな店が建っていた。

歩道を歩くのは、高齢の人たちが目立った。観光客の姿は少ない。冬のスキーシーズンには若者が増えるのだろうが、夏はやはり、過疎地の佇まいだ。

信号が変わり、私はまた車を発進させた。商店街はあっという間に終わってしまい、その最後にホームセンターと隣接した大型のスーパーがあった。やたらと広い駐車場が見える。自分もここには何度も買い物に通うことになるのだろう、と私は思った。

前方に連なる山が見え、その山腹に木々の禿げたゲレンデが見えていた。夏はただ緑の斜面になっている。町並みが途切れて景色が開け、車は青々とした田んぼの間を進んだ。開けた田園風景の中にぽつぽつと、ペンションらしき建物が見える。

「あれはなに？」と蒼太が叫んだ。

私は慎重に答えようと心に留めながら、「あれって？」と聞き返す。

「あの建物」

小さな指が懸命に差す先にあるのは、ゲレンデのふもとに建つ白い建物だ。ペンションだと思ったが、その屋上には丸い銀色のドームが載っていた。

「あー、あれは天文台だね」私は答えた。

「てんもんだいってなに？」

答えてもまさか泣かれることはないよな、などと思いながら、「望遠鏡があるところだよ」と答えた。

「ぼーえんきょ？」

「望遠鏡。星を見るの」

「星は昼間は見えないよ？」

「そうだね。だから夜になってから」

「ふうん」と蒼太は言ったが、あんまりよくわかっていないふうだった。


よく茂った緑の稲の間を、青い車は進んで行く。田んぼの畦道に、ホタルの絵が描かれた小さな看板が見えた。蒼太にホタルを見せてやれるかも、と私は思い、そのことを口に出そうとして、いやホタルのシーズンはもう終わりかも、と思い直してやめた。やがてナビの指示に従って角を曲がると、道は山に登って行く狭いくねくね道になった。

ヘアピンに近い急なカーブを、遠心力を感じながら回った。

「また山登り？」と茜が聞いた。

「別荘地は高台だよ。ここを登り切れば、到着だ」

またヘアピンカーブ。後部座席の茜と蒼太の体が、ミラーの中で大きく左右に揺れていた。

何度かのカーブを越えて行くと、やがてガードレールの向こうに今走ってきたばかりの光景が俯瞰で広がった。見下ろすと目に映るのは一面緑の田んぼの海で、通ってきたささやかな町並みもその中にぽつんと浮かぶ島のように見えた。地上では気づかなかった鎮守の森らしい木々の塊があちこちにあって、それも海に浮かぶ小島の群れのようだ。町の向こうの田んぼの中を、まっすぐ直線の線路が横切り、二両だけの黄色い電車がのどかに走っていた。

「ねえ、カブトムシいる？」と蒼太が聞いた。

「もちろんいるよ！」と私は答えた。

「ヘラクレスもいる？」

「うーん。ヘラクレスは外国にしかいないなあ。でも、きっと標本は見られると思うよ。何たって、カブトムシ荘っていうくらいだからね」

「カブトムシ荘？」

「そうだよ。それがこれから行くおうちの名前」

「おうちに名前があるの？」

蒼太の声が弾む。蒼太が巨大なカブトムシの形をした家でも想像して、目を輝かせているだろうことが、見なくても手に取るようにわかった。

私は声を出して笑った。よく晴れた昼下がり、木漏れ日の中を行くドライブ。家族は三人、揃っていて。気分は爽快だった。これから楽しい夏が始まる、確信めいた予感があった。

2　蘇芳先生

カブトムシ荘のオーナーである蘇芳《すおう》氏は、本格的な昆虫マニアだ。もちろん別荘がカブトムシの形をしている訳ではなくて、単に氏の趣味からつけられたニックネームだった。

私自身、いい年齢をして虫マニアだ。と言っても、捕まえたり飼ったり標本にしたりということはなくて、もっぱら写真を撮るばかりだが。蒼太といっしょに公園に出かけた時に、子供の写真を撮るついでに花に来たアゲハチョウを写したのが始まりだ。やがて一眼レフを買い、マクロレンズを買い、れっきとした趣味になっていった。そのうち写真をただ溜め込んでいるのがつまらなくなってきて、ブログを開設した。毎日一枚ずつ昆虫写真をアップしていたのだが、そこにコメントを書いてきたのが、蘇芳先生だった。

私がアップしたハムシの名前が違っていると教えてくれたのが、最初だった。やりとりを交わすうちに、相手は私など足元にも及ばない本物のマニアであることがわかってきた。マニア歴数十年、年季の入った本格的ないわゆる虫屋だ。蘇芳先生も写真のブログを持っていたが、それは私が撮った昆虫の種名を調べるために使っていたサイトだった。それから、わからない虫の写真を撮ると、蘇芳先生にメールを出して尋ねるようになった。

昆虫の種名を尋ねる短いメールのやり取りは、やがて長くなっていき、話題が脱線していった。それというのも、蘇芳氏の本職が精神科の医者であったからだ。私は事故については伏せたまま、夜中に怖い夢を見て目覚めるという蒼太の症状を相談し、蘇芳先生は親身な長いアドバイスを送ってくれた。

アドバイスのメールの文末には、常にこんな断り書きがついていた。

「と、私はあなたがメールに書いたことを手がかりに思うのだけれど、これは正確な診断ではないことをご理解ください。メールの情報のみでわかることには、限界があります。きちんとした診断のためには、必ず本人との面談が必要です。もし可能なら、蒼太くんを私の診療所に連れて来ていただきたいと思います」

　私はそれについて考えたが、結局蒼太を蘇芳先生に会わせることはしなかった。事故後に紹介されたカウンセラーにかかっていたし、蒼太を精神科へ連れて行くという考えにはどこかぞっとするものがあった。

　その後のメールのやり取りの中で、私はカウンセラーのことを伝え、「澄んだ空気と静かな環境」を勧められたことを話した。すると、「それならカブトムシ荘に来てみないか？」と誘われたのだ。

「実は家内が入院することになっておりまして、今年の夏は別荘に行けないのです。別荘というのは、誰も使わないと傷んでしまう。一週間でも週末だけでも、カブトムシ荘を使っていただければ幸いです。何だったら一夏ずっとでも構いません。森と山しかない田舎ですが、澄んだ空気と静かな環境だけはいくらでもありますよ」

　それから何度かのメールのやり取りの後で、私は蘇芳先生とホテルの喫茶室で待ち合わせた。一年以上の付き合いだったが、ネットの外で実際に会うのはそれが初めてだった。

　精神科医という職業から、特に理由もなく恰幅のいい太った男を連想していたが違った。蘇芳先生は小柄でひょろりと痩せた男性だった。年齢は六十代か、あるいはもっと上かもしれない。顔は幾重もの深い皺で覆われていて、常に笑みを浮かべていた。

「いやあ、どうもどうも」と蘇芳先生は手を差し伸べて握手を求めた。私は少し戸惑いながらその手を取った。小柄な割に力強い手だった。

「すみませんね、わざわざ遠くまでご足労いただいて」

「いえいえいえ。とんでもありません。こちらの方こそ、何から何までお世話になるばっかりで」

「いいんですよ、あなたが気にする必要はありません。別荘の維持管理のために、誰かにあそこにいてもらわなければならないのだから」

ウェイターが来たので、私たちはコーヒーを注文した。それからしばらく互いのブログや虫についての話をした後、蘇芳先生はジャケットのポケットからキーホルダーを取り出して、がちゃりとテーブルに置いた。

黒い革製のキーホルダーに、大小いくつもの鍵がじゃらじゃらと付いていた。私はそれを見ながら、他人のキーホルダーというものはどうしてこうも趣味悪く感じるのだろう、などと考えていた。蘇芳先生は鍵を一つ一つ指差しながら説明した。

「これが玄関の鍵、これが裏口の鍵。後は勝手口と、物置。それからこれは機械室の鍵です。機械室は裏口の横を降りたところの地下にあります」

私は鍵をじっと見つめ、それから顔を上げてずっと笑顔の蘇芳先生を見た。

「でも本当に……僕たちが上がり込んでしまって、いいんですか?」

「ええ、ですからね。むしろ留守中の維持管理をしていただけるのはこちらも助かるので」

「いえ……それはそうなんでしょうけれど。でも、先生は僕のことをほとんどご存知ないでしょう。実際に会うのも、今日が初めてなくらいで。信用していただいているのは、もちろんありがたいですけれど」

「以前にも、あなた以外の家族に滞在してもらったこともあるんですよ。ですから別に特別なことではないんです」

私が黙ると蘇芳先生はじっと私の目を見つめ、それから口を開いた。

「実のところを言いますとね。あなたが思っている以上に、私はあなたのことを知っているんですよ」

「……？」

私にはしばらく、相手が何を言っているのかわからなかった。蘇芳先生は笑い顔のまま、頭をぽりぽりと掻いた。

「佐倉さんから、ご連絡をいただきましてね」

私はようやく腑に落ちた。佐倉さんというのは、蒼太のカウンセラーだ。

「ああ。そういうことですか」

「ええ。とても熱心な方ですね、佐倉さんは」

「では、事故のことも？」

「はい、お聞きしました」

私は複雑な気持ちになった。佐倉さんが勝手に家族について話したことへの不満が半分、蘇芳先生に切り出す手間が省けた上に、事情をわかってくれているという安心感が半分。

「大変な事故でしたよね」と蘇芳先生は言った。「誰だって、あれだけの辛い経験をされれば後遺症が残って当たり前です。心や体に変調をきたすのは、むしろ正常な反応ですよ。受けたストレスを解消するために、必要なステップです。大丈夫、必ず乗り越えられますよ」

「蒼太の回復のためには、田舎で暮らした方がいい、とやはり先生も思われるということですよね？」

「そう……ですね。はい。田舎というか、事故が起こったのが都会なので、都会での生活がストレス要因の一つになっていますよね。それなら、一度ご自宅から離れてみることは有効だと思いますよ」

「では、別荘の件は佐倉さんが先生にお願いしたということですか？」

「ああ、それは違います。それは……」

話の途中で蘇芳先生は、両手で口を押さえて大きなくしゃみをした。「失礼」と言ってジャケットのポケットに手を入れてごそごそ掻き回した後、ポケットティッシュを取り出して鼻をかみ、丸めた紙をまたジャケットのポケットに戻した。

「申し訳ない。花粉症なものですから。佐倉さんから連絡をもらったのは、あなたに別荘の話をした後なんですよ。その話を佐倉さんにされたでしょう？」

「そう言えば。そうですね」

「あなたに田舎暮らしを勧めたことが本当に良いことだったかどうか、佐倉さん自身も迷っておられたのでね。医学的な意見の交換をさせていただきました。あなたに断りなくそんな話をしたのは、申し訳なかったと思います」

　言って、蘇芳先生は頭を下げた。私は慌てて、

「いやいや、そんな。謝っていただくようなことじゃないです。蒼太のためを思ってやっていただいたことなんですから」

　蘇芳先生は顔を上げて、また私をじっと見つめた。笑みを絶やさぬ蘇芳先生の穏やかな目が、私にはふと笑っていないように見えた。

「ですからね」と蘇芳先生は言った。「佐倉さんからきちんとお聞きしましたから、あなたは私にとって、決して信用できない知らない人ではないんですよ。それに、佐倉さんから連絡をいただく前から、私はあなたに別荘をお貸しすることをもう決めていましたからね」

「それは、どうしてなんですか？」

「私はね、虫好きの人だけは信用するようにしてるんですよ」

　蘇芳先生はそう言って、笑った。さっきの鋭い目つきはすっかり消えていて、やはり気のせいだったのかと私は思った。

「でもね、経験上、結構はずれないんですよ。昆虫なんていうちっぽけなものに愛情を注げる人間は、基本的に良い人であることが多いです」

　はあ、と私は言ったが、内心本当だろうかと思っていた。生命を慈しむ昆虫マニアもいるだろうが、生きた昆虫に毒液を注射して標本を作る昆虫マニアもいるじゃないか。蝶を集めるように人間を収集するコレクターの映画が確かなかったか？

だが、とりあえずは何も言わなかった。自分が悪人でないことは自分でわかっている訳だし、信用してくれている相手にわざわざ余計なことを言う必要もない。

蘇芳先生はテーブルの上のキーホルダーに手をかけ、ついっと私の方に押してよこした。

「ともあれ、変な遠慮や気遣いは無用です。今は、あなたは蒼太くんのことだけを考えてあげた方がいい」

私はキーホルダーを掴み、手元に引き寄せた。それでいいのだ、と言うように蘇芳先生は頷いた。

「別荘に着いたら窓を一通り開けて、空気を入れ替える方がいいと思います。一応草刈りや掃除はしましたが、もうそれからも二週間ほど経ってますからね」

「僕たちのために、掃除までして下さったんですか？」

「いえいえ。その時点では、自分たちが使うつもりだったんですよ。それが急に、家内が入院することになりまして」

「すみません、そうでしたよね。奥様が大変な時なのに、時間をとっていただいて……。それなのに僕ときたら、自分のことばかりで」

「いえ、ですからね、そんな大げさなことじゃないんですよ。ちょっとしたポリープを取るだけですから。まったく良性のものなので、大丈夫ですよ。深刻な話だったら私もここに来てないですから」

「そうなんですか？」

「ええ。どうぞご心配なく」

　結局、いつまでも遠慮していても埒が明かない。本当に遠慮するのなら断っていれば良かったのだから、今更ぐずぐずしてもポーズに過ぎないのだろう。

「着いたらまず換気。ただし夜までには、網戸は閉めておくのをお忘れなく。夜になったら虫が入りますからね。時には、カブトムシやクワガタも飛び込んでくる」

「ああ、それは息子が喜びます」

「まあね。でもそういうのよりは蛾やらガガンボやらが多いですからね」

「それは……妻が悲鳴を上げる」

　蘇芳先生は笑った。

「まあ網戸を閉めておけば大丈夫です。冷房もあるから、完全に閉め切ってしまってもいいんですけどね。あっちは夜は涼しいから、あんまりクーラーに頼ることもないと思いますが」

「出来るだけクーラーとか、そういうものに頼らない生活をしようと思ってます。その方が、蒼太だけじゃなく妻にもいい影響になると思いますから」

　微妙な間。ん？　と顔を上げると同時に、蘇芳先生は言葉を継いだ。

「そうですね。そうかも知れない。奥さんものんびりすることが出来ると思いますよ。いつも来てもらう田川さんという方がいるので、家事はその方に任せればいい」

「いや、それは自分たちで大丈夫ですよ。僕も外出する仕事ではないですから、妻を手伝えますし」

「あなたも掃除や洗濯をされる？」

「ええ。いつも妻に駄目出しされるので、得意ではないですけど」

「料理もされるんですか？」

「ええ。パスタとか炒め物とか、簡単なもの専門ですけどね」

薄い笑いが蘇芳先生の口もとに浮かび、すぐ消えた。それが気になって、私は落ち着かない気分になった。

他人の表情がいちいち気になる。何か他意が含まれているような気がしてしまう。これも、立派なノイローゼかもしれない。

「もちろんね、気晴らしの料理はいくらでもしていただければいいけれど」と蘇芳先生は言った。「でも、基本的には田川さんに任せなさい。休むことがあなた方の課題だし、奥さんだって休まなくちゃ。そうでしょう？」

「それはそうですが、しかし……」

「あなた自身もですよ。あなたもしっかり休まなくちゃいけない」

「僕もですか？」

「そうです。事故から半年、あなたも大きなストレスを受けてきたでしょう。あなた自身も、心を癒すことを考えるべきです」

「僕のストレスなんて大したことはないですよ。妻や子供の受けたストレスに比べれば……」

私は笑いながら言ったが、蘇芳先生は「いいえ」と遮った。その強い口調に、私は少し戸惑って見返した。

「あなた自身の回復も重視すべきです」蘇芳先生ははっきりとした口調でそう続けた。「自分では気づいていないとしても、あの大事故だ。あなたもやはり大きな精神的ダメージを受けているんですから」

「そんなダメージのある顔をしていますか？」

私は冗談めかして言ったが、蘇芳先生はまだ真剣な目で見ていた。ドキドキするような間があって、やがて蘇芳先生は表情を緩めた。

「まあ、何にしてもあなたが健康であることは大切でしょう。そうでなくては、奥さんや子供さんを守ることもできないのだから」

「そうですね」と私は頷く。

それ以降は蘇芳先生は穏やかな笑い顔に戻り、厳しい目つきを見せることはなかった。目を背けたくなるような、心を見通すような鋭い視線を向けることは。私は安心して、キーホルダーをポケットにしまった。

3　カブトムシ荘

カーナビに従って最後の脇道に入ると、もうその先の道は画面に表示されなかった。カーナビは「目的地周辺です。音声案内を終了します」と言って黙った。舗装の荒れた、曲がりくねった狭い上り坂で、車は小石を跳ねあげてガタガタと揺れた。道の両側から張り出した木の枝が、窓に当たってピシピシと音を立てた。

何も言わなくても、茜が不安になっているのが伝わった。

「大丈夫だよ」と私は先取りして言った。「狭い道だけど、崖じゃないんだから。多少道を逸れても茂みに突っ込むくらいで、街より安全だよ」

「対向車が来たら？」

「その時は……どうしようもないね。まあ、向こうの方が慣れてるだろうし、バックして譲ってくれるだろ」

「私には無理ね」と茜は言った。

「まあ、長いことペーパードライバーだもんな。この機会に、練習するかい？」

「気持ち悪い」蒼太がぽつりと言った。茜が慌てて声をかける。

「えっ酔った？　吐きそう？　もうちょっと我慢できる？」

「むり……」

蒼太の声は何だかくぐもって来ている。

「外の空気吸う？　ねえ停められる？」

「いやいやこの道じゃ無理だよ。もうちょっとで抜けるからさ、何とか我慢してくれよ」

「ビニール袋、ビニール袋」

私は運転しながら、助手席にあったコンビニのレジ袋を手探りで掴んで後ろに放った。

「ねえ揺らさないで走ってくれない？」と茜。

無茶言うな。

私は運転に集中した。ざわざわと枝を擦りながら、急なカーブをもう二つほど曲がると、狭い道は不意に終わりになった。左右から覆い被さっていた木々が途切れて空が開け、車はキラキラと輝く太陽の光に照らされた。眩しさに思わず目が霞む。道幅が広がって、両側の雑木林が退いて道を開けたように見えた。広くなった代わりに道の舗装はなくなり、タイヤが敷き詰められた砂利をはねるパチパチという音がしていた。陽射しが木の葉のカーテン越しに降り注いで、視界が明るい緑色に染まった。

「ねえ、停めてくれないの？」と茜が言って、私は我に返った。

道の脇に寄せて車を停めた。シートベルトを外して後部座席を振り返ると、蒼太は白い顔をして茜の膝に頭を載せ、袋を口に当てていた。「吐いた？」と聞くと、蒼太は小さく首を横に振った。

「もうほとんど着いたよ。外に出てみよう。外の空気を吸えば楽になるよ」

私はドアを開けた。同時に、盛大なセミの大合唱が降り注いだ。あらゆる方向から聞こえるセミの声はまるで雨の日の湿り気のように空気そのものとなって、私を包み込んでいた。

車から出て、砂利の上に立つ。さっきまでの狭い林道とは趣を変えた広い砂利道の両側を、背の高い木々が立ち並ぶ雑木林が挟み込んでいた。まるで緑の回廊のようだ。

空気には熱気があったが、森の作る日陰のおかげでそれほどの暑さはなかった。砂利の表面は乾き切っていたが、その内側にはいくらかの水分が潜んでいて、微かな湿気を立ち昇らせている。道と森の境には落ち葉が厚く積もり、またたくさんのドングリが落ちているのが見えた。取り囲んでいるのは、クヌギやコナラの広葉樹林だ。確かに、昆虫も豊富にいるだろう。

木の匂い、草の匂い、土の匂い、それらが入り混じった緑の匂いとでも言うべき匂いが感じられたが、不快な臭気ではなかった。むしろ爽やかさを感じる。待ち望んでいた澄んだ空気だ。だが振り返ると、蒼太はまだ車の中で袋を口に当てたまま、茜と共にじっと固まっていた。

私は後部座席を覗き込んだ。

「外に出ないの？　外は気持ちいいよ？」

母の膝に頭を載せたまま、蒼太は一言「いい」と言った。

「なんで？　出た方が絶対に気分良くなるよ。車酔いも治るからさ」

蒼太は頑なに、母の膝にしがみついたまま動こうとしない。茜は肩を竦めて、

「まあしばらくほっといてあげてよ」

やれやれだ。私は諦めて後部座席を覗き込むのを止め、体を伸ばして深呼吸をした。長い運転で体が軋む。

「ねえ、別荘はどこ？」と車の中で茜が言った。

あらためて周囲を見渡した。道を先へ進んだ右手、木々の向こうに、赤い屋根の建物が見えていた。

「あの建物？」と茜が聞いた。

「いや、林道に入って二軒目だと聞いてるから、次の建物だね。あれは別の別荘だろう」

「お隣との間はずいぶん離れてるのね」

「そりゃあ、都会みたいに混み合ってちゃ別荘地の値打ちがないだろう」

赤い屋根の向こうの建物が見えるか、車を離れて目を凝らしてみたが、やはり木しか見えない。

「ちょっと歩いて見てくるよ」

「行ってらっしゃい。蒼太とここで待ってるわ」

身動きのできない茜は小さく手を振った。蒼太は膝の上からじっと私を睨んでいた。


ゆっくりとした歩調で、私は道を先へと歩いて行った。木漏れ日が地面に落ちて、砂利道には光と影の網目模様がちらついていた。深い森に取り囲まれて、まるで山奥にでもいるかのように思えたが、車が対向して行き来できるくらい広くとられた道がまっすぐ整然と続く様子は、いかにも人工的でもあった。ところどころ砂利の隙間から雑草が顔を覗かせていたが道を覆い尽くすほどではなく、落ち葉が脇に寄せられているのは誰かが掃除している証拠だろう。

ずっと途切れずにセミが鳴いている。ジリジリというアブラゼミの声がほとんどで、それに時折いかにも夏らしいミンミンゼミが混じる。通底音のように、チー……と長く続くニイニイゼミも聞こえる。街でよく聞くクマゼミのやかましい声はここではあまり聞こえなかった。時々鳥の鳴き声も聞こえた。木々に反響し、森全体が音を立てているようだった。

しばらく歩いてから、私はふと振り向いて車を見た。森の傍らにぽつんと佇む青い車は、妙に風景に馴染んでいて、ずっと前に放置された廃車のように見えた。フロントガラスが反射して、中の様子は見えない。妻と子の姿は見えなかった。

私は赤い屋根の別荘の前にやって来た。半ば萎れかかったアジサイの生け垣が、建物のぐるりを塀の代わりに囲んでいた。大きな丸い花がずらりと並び、満開の頃なら壮観だっただろう。今は花はまだ残っているものの、既に盛りを過ぎていて、紫も色褪せていた。生け垣の前には電柱が立っていて、電線が家から道を渡って林の中へと続いていた。

生け垣の向こうに見える建物は、どことなく古びていて埃を被って見えた。窓にはロールカーテンが降りていて、ひと気はなく、しんとしている。今はまだ誰も滞在していないのかもしれない。かと思うと、玄関のドアの取っ手に真新しい花が飾られているのが見えて、私ははっとした。よく見るとそれは、シロツメクサを編んで作った花輪だ。子供が冠やネックレスにするような奴。すぐに乾いて萎びてしまうだろうから、緑と白が鮮明に見えているということはつい最近に誰かが作って掛けたのだろう。ということは、どこか近くに子供がいるのだろうか。

ふと誰かに見られている気がして、私はたじろいだ。もし中に人がいて、他人の家をじろじろ眺める不審者のように思われたなら厄介だ。私は早足で赤い屋根の家を離れて、先へと進んだ。

しばらく歩いたが、次の家はなかなか見えてこなかった。後ろを振り返ってみると、意外にも車はもう見えなくなっていた。道はまっすぐ続いているようで、微妙にカーブしていたようだ。立ち止まり、早くも吹き出てきた汗を感じる。何も持たずに車を降りて来たから、タオルもハンカチも持っていない。シャツの袖を使って顔の汗を拭った。

セミは数百、数千匹もいるだろうに、見渡す限り、人間は自分一人きりしかいない。私は不意に、こみ上げるような寂しさを感じた。迷子になった子供の、心細い気分。家から遠く離れて、いつの間にかこんな遠くまで来てしまった。そのことに突然気づいて、もう引き返せなくなっている。いきなり大人でなくなってしまったような、頼りなさにとらわれてしまった。子供の頃の夏休みを思い出させる緑の木漏れ日の美しい風景、しかしそれを見ているのが自分だけであることが、かえって寂しさを募らせた。

奇妙な感情は、やって来た時と同じようにまた急速に去った。家族と数十メートルしか離れていないのに、子供のように寂しがるなんて馬鹿げている。私は再び前に進んだ。

またしばらく風景は変わらず、これは車じゃないと無理かな、と思い始めたところで、遂に家が見えた。赤い屋根の家と同じ側、道の右側に、焦茶色の三角屋根が見えてきた。道の脇にポツンと立っているのは、ポストだ。一本の木の柱の上に、木材を組み合わせて家の形にした郵便箱が乗っている。いかにも手作りで、日曜大工でこしらえたように見えた。そうか、住所がある限りは郵便屋さんは来るんだ、と私は感心した。

ポストの近くまで歩いて行くと、ようやく建物の全容が見えた。焦げ茶色のログハウス風の二階建てで、一階の床は一段高くなった高床式。正面の短い階段を上がった一階中央に玄関のドアがあり、二階には三つ並んだ三角屋根に合わせて三つの窓が並んでいた。カブトムシ荘は確かに、カブトムシに似ていなくもなかった。屋根も壁も全体が木材の色の焦げ茶色で、家を持ち上げる土台は脚に、特に高く突き出た真ん中の屋根はツノに、見えなくもない。もちろん似せることを意図して建てた訳ではないだろうが。ただし、今はすべての窓にシャッターが降りていて、カブトムシはじっと静かに佇んで冬眠中のようだった。

家は森を切り取った四角い敷地の中に建っていた。敷地の道路に面する部分は車が乗り入れられるように開けていて、前庭の様子が見えていた。ポストの横から玄関に向けて、敷石のアプローチが続いている。前庭には花壇があったが、特に何の植物も植えられておらず、剥き出しの土を晒していた。蘇芳先生が忙しいので、何か育てる暇もなかったのだろう。花壇の前に、そこだけ地面の色の違う場所があった。少し考えて、蘇芳先生がいつも車を停める場所なんだろうと思い至った。私も青い車をそこに停めることになるだろう。

私はしばらく、ポストの横に立ち止まって建物を見上げていた。赤い屋根の家を見ていた時と同じように、他人の家をじろじろと見ているような、どこか後ろめたい気分があった。そんな気分を感じる必要はないと、理屈ではわかっていたけれど。私は、家の持ち主から鍵を預かっているのだから。

玄関への敷石を踏んで進み、数段の階段を上る。カブトムシ荘に威圧感はないが、それでもやはり他人の家の敷地に入って行っているという、落ち着かない感覚があった。玄関の扉を前にしてジャケットのポケットを探り、そこで初めて、鍵がないことに気づいた。蘇芳先生から預かったキーホルダー、あれを持っていない。

「あれ?」と、思わず声が出た。

ジャケットのポケットに入っていると思い込んでいたから、私は慌ててしまった。確かに出かける直前に、テーブルにずっと置いてあった鍵を、ポケットに入れたんじゃなかったか。そのはずだ。一回ポケットから出して、確かめたことも覚えている。だから、今もポケットの中にあるはずだ。ないなんておかしい。

ズボンのポケットや懐も探ってみたが、鍵はどこにもなかった。まさか、家に忘れてきた？　三時間かけてやって来て、鍵を忘れて取りに戻るなんて、笑い話にもならない。

たぶん車だ。運転席に落ちているのだろう。私は踵を返して階段を下り、アプローチを戻った。早足で、もと来た道を戻って行く。しばらく進んで振り返ってみると、別荘の建物は既に見えなくなっていた。木々の陰にちょうど隠れて、ただ無人の雑木林だけが続いているように見える。ここではまるで、家が出たり消えたりしているようだ。離れているうちは消えていて、近づいて意識すると忽然と現れる。

まるで幽霊のようだ。

早足で戻っていくとやがて青い車が見えてきて、私は何だか妙にほっとした。風景の中でぽつんと小さく見える青い車は、セミの絨毯爆撃の中で何とか耐えているように見えた。

ほんの少しの間離れていただけなのに、車は薄っすらと埃を被って白っぽく見えた。あるいは単なる埃じゃなく、取り囲む木々から落ちてきた花粉とか種子とか、何かこの場所に由来するものかもしれない。埃を被った車は、さっきより更に古ぼけて見えた。

車に着いてドアを開けると、蒼太と茜は私が車を離れた時そのままの姿勢で待っていた。蒼太はまだ唇を噛み締めた頑なな表情のままで、茜の膝で伸びていた。

「鍵知らない？」と私は茜に聞いた。

「鍵？　何の鍵？」

「別荘の鍵に決まってるだろう。蘇芳先生から預かった革のキーホルダーだよ」

「知らないわよ、あなたが持ってたんじゃないの？」

「そのはずなんだけどさ」

「何よ、もしかしてないの？　なくした？」

「いや、なくすはずはないだろう。来るまでの間、一度も出してないんだから」

「うっそ、それじゃあ家に忘れてきたってこと？」

「いやだから、どこかの荷物に入ってないかと思って」

「私は入れてないわよ。あなた入れたの？」

「いや、だからさ」

私はだんだん苛ついてくる。茜が一向に動こうとせず、鍵を探すのを手伝おうとしないことも苛立ちを募らせた。それは息子が膝にしがみついてるせいなのだが、苛立ちは止められない。

私はバックドアを開けて、鞄の中を漁り始めた。

「ちょっと、荷物ぐちゃぐちゃにしないでよ」

「そんなこと言ったって、探さなきゃ仕方ないだろう」

「だいたい自分で入れた覚えがないんだったら、そんな奥に入ってる訳ないじゃない。入れてないんでしょ？」

「それがはっきりしてたら探してないよ」

「どういうことよ。何で自分の行動がはっきりしないのよ」

痛いところを指摘された。最近確かに記憶が定かでなく、自分の行動がはっきりしないことが多々あった。蘇芳先生の言った精神的ダメージのせいかもしれないが、ただぼうっとしているだけかもしれない。どちらにせよ指摘されたくないことなので、私はますます不機嫌になった。

不穏な空気が漂い始めた両親を、蒼太は不安そうに見上げている。

「もしなかったらどうするの？　今からまた三時間かけて家まで取りに帰るの？」

「戻るんだったら俺が戻るよ。どこかで遊んで待ってればいい」

「往復六時間も？」

「別にいいだろ。もともとのんびりしに来たんだから、過ごす場所はどこにだってあるよ」

「そんな慌てて戻ったら、絶対事故とかするよ。危ないよ」

じゃあどうしろって言うんだ、と私は小さな声で呟いた。

「そもそも、別荘の鍵なんて何より大事なものじゃない。どうして忘れられるのよ」

「今そんなこと言っても仕方ないだろう」

「だから昨日の夜のうちにしまっておけばよかったのに」

「だから、今それを言ってもだなあ」

「カメラの入れものの中にあるよ」と蒼太が言った。

「だいたいいつも、ダラダラしてテレビとか見てる暇があったら準備してよねって」

「あーもうわかったわかった、え？」

「カメラの入れものの中にあるよ」と蒼太がもう一度言った。

私と茜は蒼太を見た。蒼太はいつの間にか茜の膝から起き上り、座席にちょこんと座っていた。

「あるって、何が？」と茜が聞いた。

「鍵」と蒼太。

「カメラバッグの中？」

蒼太は頷いた。カメラバッグは助手席だ。私は助手席のドアを開けて、カメラバッグの蓋を開けて覗き込み、それからサイドポケットを探った。

「あった」

蘇芳先生の革のキーホルダーをつまみ出して見せると、茜は大きな溜め息を吐いた。

「ありがとう」と言って、茜が蒼太の肩を抱き寄せた。「蒼太のおかげで、お父さんもう一回家まで帰らなくてよかったよ」

「そう言えば、駐車場でポケットからカメラバッグに移し替えた気がする。万が一落としたらいけないと思って」

私は記憶を辿り、ようやく出発前の自分の行動を思い出した。マンションの立体駐車場の稼働を待つ間に、ふとポケットの鍵が気になって、肩から下げていたカメラバッグに移したのだ。でも、その時蒼太はいなかったはずだ。私が先に部屋を出て車を出しに行った。茜と蒼太は玄関で待っていた。

私は蒼太に向き直った。

「お父さん、鍵をここに入れたって蒼太に言ったっけ？」

「ううん」蒼太は首を横に振った。「言ってないよ」

「蒼太はお父さんが鍵をしまうところ見てなかったよね？　どうしてここにあるってわかったの？」

「えーと……」

「どこかでお父さんが話してるのを聞いたのよね？」と茜。

「聞いてないよ」と蒼太は答えた。「教えてもらったの」

「教えてもらったって、誰に？」

「コウタ」

当たり前じゃないか、どうしてそんなことを聞くんだ……という表情で、蒼太は私たちを見た。

大人たちは顔を見合わせた。コウタは、大人たちには見ることのできない、蒼太の「見えない友達」だった。

4　コウタ

私と茜がそれに気づいたのは、事故が起きるずっと前、蒼太がまだ幼稚園に入ったばかりの、三歳頃のことだった。

ある日曜日の午後、神戸の自宅マンションの部屋の中で、私と茜は今日のように探しものをしていた。組み立て式本棚の段ボールが開封され、部品の板と緩衝材の発泡スチロールが散乱して、ただでさえ蒼太のおもちゃでいつも散らかっているリビングはカオス状態にあった。そんな足の踏み場もない中を、私と茜はあっちの引き出しこっちの棚と探し回り、蒼太はそんな二人にくっついて回って「ねえ、何探してるの？」と繰り返していた。

「はいはい！　わかったからちょっとじっとして！　危ないから！」と茜が叫んだ。

「何探してるの？　ねえってば！」と蒼太は諦めない。

「ドライバー！」と私は怒鳴った。

「ドライバってなに？」

「ねじ回し！」

「ねじまーしってなに？」

「えーと、こうぐるぐるとねじをだなあ……ああもう今は勘弁してくれ！」

荷物が届き、段ボールを開封して中身をリビングの床に並べ、ねじの小袋まで開けてしまって、初めてドライバーが見つからないことに気づいたのだった。

「あいたっ」と茜がねじを踏んで切れた。

「ああもう！　ねえ、先に出したもの一回しまってくれない？」

「いやそれは二度手間だろ。出したり入れたりしてられないよ」

「こんなに散らかってちゃ探せないでしょ。何か蹴飛ばしてまた見つからなくなるわよ」

「しかしなあ」

「だいたい、箱を開ける前に工具探しとけばよかったでしょ」

「いつもの場所にドライバーがあれば何の問題もないんだよ。どこか置き場所変えただろう？」

「変えてないよ。自分がどこかに忘れたんじゃないの？」

「俺は置き場所決めてるんだよ」

「それはいいから、とにかくねじだけでもしまってよ。蒼太が怪我してもいいの？」

それを言われると負けだ。私は屈んでねじを拾い集めた。ねじだけと言いながら、茜はもう他の部品も箱に戻しにかかっている。

嫌な雰囲気を察知した蒼太はおとなしくなっていた。そばにしゃがんで、「手伝う」と言ってねじを拾った。

「おう、ありがとうな」

蒼太は一心にねじを拾っている。まだ手先が不器用なので、小さなねじがうまくつまめない。

私は組み立て説明書を拾い上げ、そこにドライバーのイラストが載っていることに気づいて蒼太に見せた。

「ほら、これがドライバーだよ」

「どれ？」

「これこれ。これをぐるぐる回して、このねじを締めるの」

「あっ、ぼくこれ知ってる。見たことある」

「そう」

「これがないの？」

「そうだね。どこへ行ったのかな」

「これがないと本棚作れないの？」

「そうだね」

蒼太は「ふうん」と言って、説明書を返した。どうやら納得したようだ。

取り出した部品を全部箱に戻し終わった頃には、もう私はドライバーを探す気力も失くしてしまっていた。本棚の箱は壁に立て掛けられた。茜はコーヒーを入れた。私と茜はコーヒーを飲み、蒼太はおやつを食べて、飲み終わった後もドライバーの話はお互いに持ち出さなかった。また喧嘩になるのがオチだと、二人ともわかっていた。夕食後か、あるいは明日でもいいだろう。

だから、数時間後、夕食前の時間になって蒼太が突然ドライバーのことを言い出した時、私はほとんどそのことを忘れていた。

ずっと一人で積み木で遊んでいた蒼太がおもむろに立ち上がり、ソファでテレビを見ていた私のところに歩いてきて、「あそこにあるよ」と言って指差した。

「え、何が？」と私は聞いた。

「ドライバ」

「見つけたの？」

「うん。見つけたよ。ドライバ」

蒼太の指差す先を辿ると、壁際に置かれた大きな木製のキャビネットだった。腰までの高さのある、どっしりと重厚なキャビネットで、この部屋にあまり調和していないのは茜が実家から持ってきた歴史のある家具だからだ。

「え、そこ？」と私が言うと、蒼太はこっくりと頷いた。

「あの中？」

「ううん」と蒼太は首を振った。「あの後ろ」

「後ろぉ？」

私は立ち上がって歩いて行き、キャビネットと壁の間を覗き込んでみたが、暗くて見えない。しかし、確かに隙間は数センチあって、ドライバーが落ち込む可能性はなくはない。

「でもさ、これ暗くて見えないよ。ドライバー落ちてても見えないだろう？」

私はそう言ったが、蒼太はきょとんとしている。

「何でここにあるってわかったの？」

「うーんとね」と蒼太は首を傾げて、「教えてもらったから」

「教えてもらったって、誰に？」

「コウタに」

「コウタって誰？」

「友達」

「蒼太の友達？　どこにいるの？」

「そこ」

蒼太はさっきまで遊んでいた辺りの床を指差した。フローリングの床に、赤や黄色の積み木が散らかっている。蒼太が指差す辺りにあるのはそれだけで、当然ながら友達がいるはずはない。

「どこ？　お父さんには見えないよ。蒼太には見えるの？」

私がそう言うと、蒼太はあれ？　という顔をした。

「おかしいなあ」と蒼太は言った。「コウタ、どこに行っちゃったのかなあ？」

「さっきまではそこにいたの？」

「うん」

蒼太は自身、不思議そうな顔をしている。嘘をついたりふざけている表情ではなかった。

私はもう一度キャビネットに近づいて、隙間を覗き込んでみた。

「どけて見てあげたら？」と茜が台所から言った。

「ええー……でもこれ、重くて運べないよ」

「ちょこっと動かすくらいできるでしょ？」

「見てよ」と蒼太も真剣な表情で、私の手を引っ張った。

「本当に？」

「絶対に嘘じゃない」

私はキャビネットの上に身を乗り出し、隙間に手をいれてみたが、指先しか入らない。周りを探して三十センチの定規を見つけ、隙間に差し込んだが何の手応えもない。そもそも三十センチではろくに奥まで届いていない。

「無理だよやっぱり」

「頑張って」と蒼太。

台所の茜も面白がって、「パパ頑張って」と声をかけた。

私は溜め息を吐いた。じっと期待を込めて見守っている蒼太ににっと微笑んでから、キャビネットの角に手をかけて、思い切り引っ張った。

ずりっと、少しだけ動いた。

「おお、さすがパパ！」と茜。「頑張れ頑張れ」

「僕も手伝う！」と割り込んできた蒼太を、「危ないからどいてなさい」と下がらせて、私はもう一度力の限りに引っ張った。キャビネットはどうにかもう数センチ滑り、壁との間には手を入れられるほどの空間が出来た。

埃まみれのその空間に、赤い持ち手のドライバーが落ちていた。

「あった？」と蒼太は私の背中に乗っかってぴょんぴょん跳ねた。

「あったの？」と茜も聞いた。

「うん。嘘みたいだけど、あったよ」

「ほんと？」

　私は隙間に手を伸ばして、ドライバーを掴もうと試みた。まだ届かず、キャビネットをもう一度動かして、ようやく掴んだ。ドライバー自体もすっかり埃が積もっていて、ずいぶん前からそこにあったように思えた。

　私がドライバーを掲げると、蒼太は嬉しそうに手を叩いた。

「すごいな蒼太。何でわかった？」と私は聞いた。

「言ったでしょ。コウタに聞いた」

「コウタにねえ」

　私はあらためてキャビネットを見た。キャビネットの上には、本やらＤＶＤやらごちゃごちゃと積まれている。ドライバーも何気なくここに置いて、何かの拍子に隙間に落っこちたということだろう。そういう経緯なら犯人は私だ。蒼太では、キャビネットの上まで手が届かない。

　ドライバーが見つかって満足したのだろう、もう興味はないとばかりに、蒼太は既に積み木遊びに戻っていた。茜が台所から出て来て、蒼太の頭をくしゃっと撫でた。蒼太はうるさそうに首を振った。

　茜は私に近寄って、声を低くして囁いた。

「ねえ、これってどういうこと？　蒼太には超能力があるの？」

「超能力っていうか。子供は勘が鋭いって言うからな」

「勘じゃ済まないでしょ。コウタって何？　心霊？」

「どうかな。心理的な解釈もできるんじゃないかな。自分では気づかない、別の人格とか」

「蒼太が二重人格だって言うの？」

茜は、心霊と言った時以上に青い顔になった。

「大丈夫だよ」と私は笑った。「そんな大げさなもんじゃないと思うよ。幼い子供が見えない友達を持つのは、結構よくあることだって聞いたことがあるよ。ごっこ遊びの延長線上みたいなものだって。ほら、小さい子はぬいぐるみも生きてるみたいに振る舞ったりするだろう？」

「そうかなあ……」

茜は心配そうに蒼太を眺めた。私もつられて目を向ける。蒼太は相変わらず床に座り込んで、積み木に夢中になっていた。

「ねえ、精神科に連れてった方がいいのかな？」と茜が言った。

「精神科？」私はびっくりした。「そんなの必要ないって。たぶん一過性のものだよ。成長すれば、見えない友達も消えちゃうよ」

だが、予想に反して、コウタは蒼太の日常の中に定着してしまった。一人で遊んでいる時、見えない相手とくすくす笑いながら話していることがあった。何かを探している時に奇妙な鋭さを見せ、コウタに教えて貰ったのだと言うことが何度かあった。茜は最初のうち気味悪がっていたが、じきに慣れてしまった。あまりにも日常的でドラマチックさに欠けていて、忘れた頃にふと現れるばかりなので、冗談半分以上の話にはなかなかならず、医者に連れて行くまでには至らなかった。

数年が過ぎ、蒼太が五歳になっても、まだコウタは消えていなかった。

5　カブトムシ荘の探検

ガチャリと音を立てて鍵は回った。玄関はこじんまりとして、都会にあるような、ごく普通の一戸建ての家の雰囲気があった。右側に靴箱があり、その上には空の花瓶が載っていた。正面の壁に隙間の空いたドアがあり、奥に続く部屋の薄暗がりが見えていた。ドアの横には額に入った写真が飾られていた。こっちに向かって来るカブトムシを仰角で撮った、迫力のある写真だった。

「カブトムシだ！」と蒼太が目ざとく見つけた。

「ほら、カブトムシ荘だろう？」と私は言った。

大人の間をすり抜けて、蒼太はドアの隙間をくぐって奥へと滑り込んで行った。茜が慌てて靴を脱いで追いかける。何だ元気じゃないかと苦笑して、私は車の荷物を取りに戻った。

花のない花壇の前に停めた青い車から荷物を担ぎ上げる。両手両肩に荷物を下げて玄関の前まで戻ったところで、蒼太の「うわあ！」という声が聞こえた。何か見つけたようだ。

玄関に全部の荷物を置いて、ドアを開けて奥の部屋に入った。そこがつまりこのカブトムシ荘のリビングルームで、もっとも広い空間であり、一家が家にいる時にもっとも長い時間を過ごすことになる部屋だった。

壁も床も木で出来ていて、まるで木の洞《うろ》の中に入り込んだような温かみがあった。正面には大きな階段があり、右の壁に沿って二階へ続いていた。その部分が屋根までの吹き抜けになって、いちばん高いところにある明かり取りの小さな窓からの光が、淡く斜めに射し込んでいた。それ以外の窓にはすべて雨戸のシャッターが降りていたので、全体は薄暗がりの中に沈み、むっとする暑さが立ち込めていた。

左手は、よく片付いた品の良いキッチン。シックな幅広のカウンターがあり、家の側面にある奥の壁には勝手口のドアがあった。カウンターの向こうには六、七人は囲めそうな大きな長方形のテーブルがあり、その片側には凝った形の椅子が三脚、反対側には長いベンチがあった。椅子もベンチも木製で、それぞれ不揃いで誰かの手作りかと思われた。

階段の向こう側には、畳の敷かれた三畳ほどの小上がりスペースがあった。ローテーブルが置かれ、隅に座布団が重ねて置かれていた。壁に面して背の低い本棚があって、何冊かの文庫本が並んでいた。

茜と蒼太は畳の上に立って、壁にかかった大きな飾りケースを見上げていた。それは、チョウや甲虫がずらりと並べられた昆虫標本だった。その前にぽつんと立って、暗がりの中に佇む茜と蒼太は、どこか頼りなげで影のように見えた。

近づくと、蒼太は興奮した面持ちで振り返った。

「ねえ、これなんて虫?」

「何って言われても、いっぱいいるからなあ」

「これは?」言って、光沢ある羽を広げたチョウを指差す。

「名札がついてるね。ミドリシジミだって」

「じゃあこれは？」と今度はその上のチョウだ。

「ええと、モンキアゲハ。きりがないよ、何十匹もいるんだから。自分で読みな、読めるだろ？」

「カタカナ読めないし、暗いもん」

「電気がつかないのよ」と茜が言った。

「ああ、地下の機械室に行って、元のスイッチを入れないと。でも、とりあえずは窓を開けよう。窓を開ければ明るいよ。蘇芳先生も着いたらまずは窓を開けろって言ってたし。手伝ってくれる？」

「手伝う手伝う！」と蒼太は張り切った。

「手を挟まないでよ！」と茜が声をかけた。

玄関からまっすぐ突き当たった奥の壁が、大きな一面のガラス戸になっていた。今は、ガラス戸の外側にシャッターが降りている。私はその戸の前に歩いて行き、蒼太は跳ねるように走ってついて来た。サッシのガラス戸と網戸を開け、それからシャッターのロックを外して手をかける。蒼太は隣に並んで、期待を込めた目で私を見上げた。

「行くぞ。せえの！」

一気にシャッターを押し上げた。蒼太はただ手を添えていただけでほとんど私が一人で開けたのだが、それでも蒼太は嬉しそうだった。

ぱあっと、外の光が射し込んだ。熱気と、セミの声、それに草や土の匂いも同時に部屋の中に押し寄せてきた。薄暗がりの中にあった部屋は一瞬で印象を変え、射し込む光線の中で無数の埃が舞うのが見えた。

「わあ！」と蒼太の声。シャッターの外には、板張りのテラスが張り出していた。それだけでも一部屋分くらいありそうな広いウッドデッキだ。テーブルと椅子、居心地の良さそうなデッキチェアも置かれ、ここでバーベキューくらいできそうだ。屋根が張り出してテーブルの上に影を投げていたので、暑さもほどほどに抑えられていた。三人分のサンダルが並べて置いてあるのは、蘇芳先生の気遣いだろうか。

蒼太はさっそく飛び出して行って、サンダルも履かないまま、テラスの上をぱたぱたと走り回った。私も外に出て景色を見渡した。

テラスの端には裏庭に下りていく階段があって、青々とした芝生が広がっていた。小さな砂場があり、プレハブの物置が建っていた。蒼太は砂場を喜ぶだろうと私は思い、蘇芳先生には砂場で遊ぶような小さな子供がいたのだろうかと思った。今いるとしたら、孫だろう。

裏庭は十メートルほど先のところで、木の柵によって区切られていた。その先の林は急に落ち込んでいく斜面になっているようで、山あいの景色が開けていた。

見えていたのは、山道を上ってきた時に見えた氷室高原のリゾート地らしい景色とは、また違った風景だった。鬱蒼とした濃緑色の森に覆われた山が間近に迫り、その手前に深く落ち込んでいく谷に、小さな村があった。村は山肌にへばりつくように造られていて、階段状の棚田が並んでいる。いかにも田舎らしい風景と対照的に、巨大な送電線の鉄塔がそびえていて、異様な存在感を発していた。

暗い緑の連なりの上をまっすぐに横切る送電線を見ていると、私は落ち着かない気持ちになった。目には見えないが体に影響を及ぼす電磁波のようなものを感じる気がした。微かに頭が痛くなる。私は逃げるように目を逸らした。


テラスをぐるぐると走り回っていた蒼太が駆け戻ってきた。

「ねえねえ、次は？」

「ええと、どこかな？」

「二階？」

「いや、その前にそっちのドアだ」

「わかった！」と言ってすっ飛んで行く。

リビングには、玄関からの他にもう一つドアがあった。玄関から向かって右の壁、階段の前に位置するドアだ。開けると、左右に続く廊下に出た。右手はすぐに建物の正面の壁に突き当たって終わり、左手はまっすぐ裏側の壁の位置まで続いていた。この密閉された空間には開放したリビングの光もさすがに届かず、廊下はこれまでにない暗さに沈んでいた。

蒼太は足を止め、私のシャツの腰の辺りをぎゅっと掴んだ。

「怖い」と蒼太は言った。

「うん、暗いからね。あの窓を開けたら大丈夫だよ」

言って、私は奥の突き当たりを指差した。おそらく裏庭に抜けると思われるドアがあって、その窓にもシャッターが下りている。

「頑張ってあそこまで行けるかい？」

蒼太はおずおずと見上げながら、

「パパもいっしょに来てくれる？」

「もちろん」

「じゃあ、頑張る」

私たちは手を繋いで、暗い廊下を進んで行った。蒼太のドキドキが伝染して、私も軽い興奮を覚えた。

暗がりの中を慎重に歩いて、突き当たりまで辿り着く。明かりがないと、その辺りの闇はいちばん深い。急いで、裏口ドアのロックを外して開け放った。一気に光が空間に満ちて、私たちは眩しさに目を瞬《しばた》いた。

「ほら、明るくなった」

「やった！」

ドアの外には、やはり裏庭が広がっていた。左手を向くと、リビングから突き出したウッドデッキの側面が見えた。落ち着いて窓のシャッターを開けると、ドアを閉じても廊下の暗がりは消え失せ、ごくありふれた室内の光景に変わった。

あらためて振り返ると、廊下の左側、リビングと反対側の壁に、四つのドアが並んでいた。

「どれから開ける？」と私は聞いた。

「うーんと……向こうから！」蒼太は叫んで、バタバタ走って廊下を奥まで戻っていった。いちばん奥のドアを勢いよく開けて、蒼太はケラケラ笑った。

「トイレだ！」

「了解。次行こう」

次のドアを開けると、そこは浴室の脱衣場だった。脱衣カゴのラックと、大きな鏡のある洗面所、洗濯機があった。浴室を覗いてみると、想像以上に清潔で近代的だった。バスタブは大きく、全自動の給湯装置があって、スチームとバブルのスイッチまでついている。

「見て！」と蒼太が言って、上を指差した。見上げると、斜めになった天井の一部に天窓が開いていて、空が四角く切り取られているのが見えた。

「お風呂に入りながら、月や星が見られるね」と私は言った。

「早くお風呂入りたい！」

「夜になったらね。今はまだ、探検の続きだ」

蒼太は浴室を飛び出して行き、私はその後を追った。

次のドアはクローゼットだ。スライド式の棚がいくつか並び、手前の床に掃除機が置かれているのを私は確認した。

裏口に近い最後のドアを開けると、思わず「おお」と声が出た。そこは書斎だった。

いかにも座り心地の良さそうな肘掛けのついた椅子があり、重厚な木のデスクがあった。奥の壁は全面が本棚で、ぎっしりと本が並んでいた。リビングの小さな本棚とは違って、ここには分厚い図鑑や学術書のような本が揃っていた。デスクの前には大きな窓があった。他人の部屋のよそよそしさは感じず、一目見て落ち着く空間であることがわかった。

「ここ、パパの部屋？」と蒼太が聞いた。

「そうだね。正確には蘇芳先生の部屋だけどね」

鍵をもらった時に、蘇芳先生から「仕事場には私の書斎をお使い下さい」と言われていた。「ネットも使えるし、ファックスも使っていただいて結構です」

窓のシャッターを開けると、光が部屋に満ち、書斎の重厚なイメージは少し和らいだように見えた。机の下にデスクトップのパソコン一式が仕舞われているのに気づいた。蘇芳先生が私のために、机の上を片付けてくれたのだろう。

蒼太は本棚の一角に置かれた、小振りな昆虫標本を見上げていた。大きな赤銅色に輝くコガネムシが展示されたケースだ。

「パパ、この虫なんて虫？」

覗き込んだが、英字の学名しか書かれていなかった。

「わからないよ。さあ、次は二階だ」

「うん！」

ドタバタと駆けていく蒼太を追って、私もリビングルームに戻った。茜の姿は見当たらなかった。玄関で荷物の整理でも始めたか。蒼太を先頭に、階段を駆け上がる。幅の広い階段はこれもすべて木で出来ていて、大きな本物の木を登っていくような気になった。

階段を上った先は、ちょうど家の中央部にあたった。吹き抜けを囲んで回廊状になった廊下を、蒼太はぐるぐると走り回った。外から見上げた時に三つ並んでいた真ん中の窓があって、私と蒼太はすっかり慣れた調子でその窓を開けた。下のリビングにまた光が増えて溢れた。

裏に面した側で廊下は左右に続いていて、窓がこちらも三つ、並んでいた。私たちは競うように互いを押しのけ走りながら、その窓を次々と開けていった。蒼太は嬉しそうに笑った……実際に窓を開けシャッターを開いていくのは私一人で、蒼太はついて回っているだけだったが、心から楽しそうに笑った。それを見ていると私も、心がほぐれていくのを感じた。

裏側の窓からはテラスの屋根が見下ろせた。その先には裏庭と、向こうに広がる山並、そして巨大な鉄塔が見えた。あの鉄塔にはいつまでも慣れない気がする、と私は思った。

二階には、吹き抜けを挟んで二つの部屋があった。一つ目の部屋は、ドアを開けてすぐに蘇芳先生夫妻の寝室であることがわかった。私は入って行って窓を開けたが、蒼太が大きなベッドに飛び乗ろうとするのは止めた。

「どうして?」と蒼太が聞いた。

「ここは、パパがこの家を借りている人が寝る部屋だからね」

蘇芳先生はカブトムシ荘の間取りを簡単に説明して、二階には寝室が二つあると言った。

「一つは私ら夫婦が使ってる部屋ですからね、別にそれを使ってくれても一向に構わないんだけど、やっぱり抵抗あるでしょう。もう一つの部屋を客用の寝室にしてるので、それを使うといいですよ」

滞在中、この寝室には基本的には入らないつもりだった。換気が終わったら窓ももう一度閉めて、蒼太にも立ち入らないように言って聞かせよう。蒼太は間違ってベッドに触れてしまわないように、緊張した面持ちで立っていた。

「さあ、次が最後の部屋だよ」

「りょうかい！」

最後の部屋は押し入れのある畳敷きの和室で、家具は少なく、ただリビングにはなかったテレビがこの部屋にはあった。テレビを載せている台の中にはDVDのデッキもあった。デッキの横には、いかにも蘇芳先生の世代が好みそうな、ヒッチコックとか、ビリー・ワイルダーとか、名画のDVDが並んでいた。部屋の隅には布団が重ねて積まれていた。

「ヘラクレスだ！」蒼太が興奮した声を上げた。

見ると、壁に飾られた小さな標本ケースを、蒼太は食い入るように見つめていた。世界一大きな外国のカブトムシ、ヘラクレスだ。ここに飾ってくれたのは、蘇芳先生の粋な計らいかもしれない。

やがて振り返った蒼太が、「これで全部？」と聞いた。

「部屋はまあ、全部だね。でも屋根裏部屋があるって聞いてるよ」

「屋根裏部屋！」蒼太の目が輝き、急に不安げになって、「屋根裏部屋ってなに？」

私は天井を見上げながら、

「二階と屋根の間の部屋だよ。物置らしいけどね」

「どこから行くの？」

「さあ……どこかな。たぶん廊下のどこかに、はしごを降ろせる入り口があるんじゃないかな」

「はしごで行くの？」蒼太は興奮した口調になった。「行きたい！」

私たちは廊下に出た。探すまでもなく、出てすぐの廊下の天井に、開いて出入り口になりそうなパネルがあるのが見つかった。突き当たりの壁際に、物干し竿のような棒が置かれているのも見つけた。私はその棒を手に取った。

「これで引っ掛けて、あそこの天井を開けるんだろうね」

「はしごはどこにあるの？」

「さあ。もしかしたら、開けると上から降りてくるのかもしれないね」

「開けて！」

少し迷ったが、私自身も好奇心を感じていた。棒を持ち上げて天井のパネルのフックに引っ掛け、引っ張ってみた。微妙な力の入れ方のコツがあるようで、しばらくパネルは動かなかったが、やがてカチリと手ごたえがあって、パネルの片側が開いた。ぽっかりと、真っ暗な闇が口を開けた。

「まっくろくろすけ？」と蒼太が呟いた。

「え？　いたかい？」

「うーん、わかんない。いたような気もしたけど」

開いたパネルの内側にはスライド式のはしごが付いていた。今度はこれを棒で引き下ろすのだと思われた。

だが何となく、私ははしごを降ろす気にはならなかった。天井にぽっかりと開いた闇は、太陽と木の温かみに溢れたこの家にも確かに闇が存在する場所があるのだと、私に告げているような気がした。事故以来ずっと逃れようとしてきた闇、目を背けても最後には結局追いつかれてしまう闇が、ここにも。

「まっくろくろすけ、出ておいで」と蒼太が小さな声で言った。出来れば聞こえなければいいと言うように。

闇の奥で、何かがざわっと動いた気がしたが、それはもちろん気のせいに違いない。

私はまた棒を上げて、パネルを押し上げて閉じた。天井に染み出していた闇は再び、見えない天井裏に閉じ込められた。

「ぼく、あそこ嫌いだ」蒼太は顔をしかめた。

「そうだね、パパもだ」と私は、自分でも意識しないままにそんなことを言った。「まあとにかく、屋根裏部屋に上がる用事なんかないよ。ここにいる間、ここは閉めたままでいいと思うよ」

「良かった」と蒼太は言った。

私と蒼太はまた、明るい太陽と緑の中に戻った。カブトムシ荘の探検を一通り終えて、私たちは階段を下りていった。

6　佐倉さん

何年か経っても、蒼太の見えない友達は消えなかった。それでも、私たちは蒼太の見えない友達について、誰かに相談することはなかった。

状況が変わったのは、あの事故があったからだ。蒼太は夜に悪夢を見るようになり、私は茜と相談した結果、事故の後で紹介されたカウンセラーに連絡を取り、隔週の日曜日ごとに蒼太を連れて通うことになった。

カブトムシ荘に向かう三ヶ月ほど前の春のこと。定期的な診察の、ある日のことだ。私が蒼太を連れて通っていたのは神戸港の人工島にある施設で、その名を「みなとメンタルクリニック」と言った。何人かの「カウンセラー」が在籍していて、蒼太の担当である佐倉さんはその一人だった。ここが厳密にはどういう施設なのか、医療機関なのかあるいは悩み事の相談所なのか、ここで行われていることがいわゆる医療行為にあたるのかどうか、私は深く考えたことがなかった。目を背けて、考えないようにしていた。

診察を終えた蒼太は待合室の隅の、子供用の遊びスペースにいた。数人の他の子どもたちの間におとなしく落ち着いて、診察前に始めていたレゴブロックの続きに集中していた。私は名前を呼ばれて、蒼太をそこに置いてカウンセリング室に入った。

待合室もカウンセリング室も、薄いピンクの壁紙で統一されていた。心を安定させる色合いなのかもしれないが、私には間違って子供部屋に迷い込んだように感じられた。

カウンセリング室はいくつかのブースに分けられていて、私はいつも「占い師の館」を連想した。入り口のカーテンをくぐって、犬のキャラクターのイラストが目印についたブースに入ると、そこに佐倉さんがいた。佐倉さんはキャスターのついた回転椅子に座って、デスクのパソコンモニターに見入っていた。私がパイプ椅子に座ると、佐倉さんはくるりと回転して向かい合った。佐倉さんは若い女性のカウンセラーだ。セミロングの軽くウェーブした髪が揺れ、大きな瞳が私を見つめた。

「こんにちはー」と佐倉さんは言って、にっこりと笑った。

「こんにちは」と私は俯き加減に答えた。

狭いブースの中で向かい合うと、ほとんど膝がくっつくような距離になる。佐倉さんという人はどうも距離感がおかしい（と私は常々思っていた）。会話の度に、私は少しずつ距離をとり、後ろに下がっていく。しかし佐倉さんはいつの間にかじりじりと迫ってきて、私は背後のカーテンに追い詰められて行くのだった。

決して佐倉さんと近くに寄るのが嫌な訳ではない。嫌な訳ではないが、蒼太のカウンセリングというシリアスな場で浮ついた気分にさせられるのは、どうにも場違いな感がある。考えてみれば、本来は動転した人を落ち着かせるためにあるはずのこのカウンセリングルームで、私は落ち着いたことがなかった。

このクリニックではたぶん意図的なのだろうけれど、誰も白衣のようなものは着ておらず、私服姿だった。そして、佐倉さんのスタイルは毎回、私の目にはやけに露出度の高いものに見えた。

ここに来るようになって私が思い知ったのは、たとえ心からシリアスな心配事に囚われている時であっても、男は下世話な連想からは逃れられないということだった。

「と言うと？」

「いや、それは……こちらが聞きたいことで。どうだったんですか？」

「いえ、ですから蒼太の症状です。良くなっているのか、悪くなっているのか。どうなんです？」

「あー、蒼太くんね。そうですね。どうでしょうねぇ」

言って、佐倉さんは手にしたボールペンで頭をぽりぽりと掻いた。

佐倉さんの口調はゆるーいムードで、彼女にはどこか天然なところがあった。それが相談者をリラックスさせるのかもしれないが、頼りない感は否めない。

「良くなっているとも言えるし」佐倉さんは口ずさむように言った。「悪くなっているとも言える」

「何ですか、そりゃあ」

「うーん。物事には両面があるっていうこと？」

「いや、僕に聞かれても」

苛ついて顔を上げると佐倉さんは身を乗り出していて、その胸の谷間が目に飛び込んでくる。

どうも調子が狂う。

「良いか悪いかは、どの視点に立つかによって変わってくると思うんです」と佐倉さんは言った。「本人は安定していて、良好だと感じているとしても、客観的に見れば普通ではない病状が固定してしまっているという場合もある。この場合、周囲が悪い状態を改善しようとして変化を加えても、本人にとってはせっかくの良い状態を悪くするものにしか感じられない。誰にとっての良し悪しなのか、それが大事なんだと思います」

話しながら、佐倉さんは手にしたボールペンをくるくると回した。

「それはもちろん」と私は言った。「本人にとっての良し悪しでしょう」

「本人にとって、ね。そうですね。そうでしょうね」

佐倉さんはじっとこちらを見つめ、私は少しドキドキした。

ふと目を逸らし、モニターの画面を見ながら佐倉さんは言った。

「病状は固定化の傾向にあります。落ち着いてはいるけれど、決して元の状態に戻ってはいない」

「固定化、ですか」私は蒼太の表情を思い浮かべた。

「悪夢はまだ見ていますか?」と佐倉さんは聞いた。

「以前ほどは……でもまだ、時々。夜中に悲鳴を上げて飛び起きることがあります」言ってから、付け加えた。「その回数は減ったように思いますが。うなされていることも減ったし。だから、僅かでも良い方に向かっているのかと思っていたんですが」

「うん。だからね、それは慣れているということですよ」

「慣れ?」

「未だに悲鳴を上げて目覚めるほどのことが起きるなら、悪夢は決して終息していないと思います。以前と同じように、ずっと続いている。一方で、うなされることが減っているということは、悪夢が常態化しつつある。それに体が順応してきているということでしょう」

「悪夢に慣れるって言うんですか」

「どんなことだって、人は慣れます。異常な状態がずっと続けば、やがて体はそれを異常とは認識しなくなります。ストレスが表面に現れることが少なくなり、異常は気づかれにくくなります。表面的には、元の状態に戻ったように見える」

「そんな……慣れるくらい、ずっと悪夢を見ているって言うんですか。そんなのかわいそうじゃないですか」

佐倉さんはモニターから向き直り、また私の顔をじっと見つめた。

「悪夢を見ない状態が、正常ですよね」と私は言った。「治療というのは、異常を取り除いて正常に戻すことですよね。それなら、蒼太が悪夢を見ないようにしてやるのが治療なんじゃないんですか？　治療をしないなら、僕は何のために蒼太をここに通わせているんでしょう」

「人の心は、機械とは違います。壊れた部分をただ取り替えれば治るってものでもありません」

「それは、そうでしょうけど」

「蒼太くんは」佐倉さんは私の目を覗き込んだ。「事故の後遺症によって、心に大きな傷を負った。心の傷は目に見えないけれど、本人にとってはとても痛む。その痛みが悪夢です。痛みをずっと感じたままでは辛いから、心は痛みに順応する。それが今の状態です」

「心の傷を癒すための治療ですよね？」

「それはもちろんそうです。でも、それにはじっくりと時間をかけて進めていくことが大事だと私は思います。急いで傷を取り除こうとすると、蒼太くんに傷口を直視させることになる。せっかく乗り越えた事故の辛い記憶に、直面させることです。今ある安定も、失われてしまうかもしれない」

佐倉さんはずっと、まっすぐに私の顔を見つめ続けていた。彼女はとてもしっかりと目を見て話す。私は思わず目を伏せたり逸らしたりしてしまって、人というものは普通ここまで目を見て話すものだっただろうか……なんて考えてしまうのだった。

「コウタについてはどうですか？」と、私は話題を変えた。

「コウタ？」

「蒼太の見えない友達です。コウタに何かを教えてもらって、蒼太は時々妙に鋭い勘を働かせることがある。前に説明しましたよね？」

「ああ……はい。蒼太くんくらいの年齢の子は、見えない友達を持っているものです。イマジナリー・フレンドです。決して珍しいことじゃない」

「はあ。それは前に聞きました、けど」

「小さい子は、よく観察しているものです。大人なら見過ごすような小さな手がかり、些細な違和感と言ったものに気づいていている。はっきりと自覚してはいなくても、無意識の領域には残っているんですね。それが、コウタというキャラクターを介することで、自然に表に出てくるんでしょう。子供にとって、キャラクターは身近なものです」

「……」

「感受性が豊かなんです。いいことですよ。だからこそ、ダメージにも敏感に反応してしまうわけだけど。そうやって擬人化した自分の無意識と対話できるのは、幼い頃だけの特権です。いずれ成長に伴って、コウタは現れなくなると思いますよ」

佐倉さんは言葉を区切って、また私をじっと見た。私は目を逸らして、佐倉さんの背後のモニタを見るともなく見た。表示されている書類はカルテだろうか。書かれている内容を、私は読もうとした。

「人にとって、心は世界のすべてです」と佐倉さんは言った。「わかります？」

私はよそ見から引き戻された。

「何ですって？」

「人間は心を通して世界を認識します。目や耳を通して入ってきた情報を、脳が再構築して一体の像として上映しているもの、それがすなわち人間にとっての世界です。社会も他人も、どこかの誰かが科学的に計測した客観的事実も、すべては主観の中にしか存在しない。それが認識というものの限界です」

「はあ」

「だから、世界は、心の中にある。心の中にしかない、とも言えます」

「心の外にも世界はあるでしょう。現に、今ここであなたと私は話している」

「あなたが見ている私も、あなたが体験している世界も、やはりあなたの心の中です。あなたの感覚器が受け取り、あなたの脳が再構築したもの。生の現実そのものではない。厳密にはね」

「それは……そうなんでしょうね」

「心の外にある世界が確かに存在することを、私たちはもちろん想像することは出来ます。でも、証明は出来ない」

「……」

「だから、心はある意味で世界そのものです。心が安定していれば、世界も安定しています。心が不安定になることは、すなわち世界が不安定になることを意味します」

私は少し考えてみた……が、また佐倉さんが前に乗り出し、距離を詰めてきたのでうまく考えられなかった。

「世界のありようは、心に影響を受けます」と佐倉さんは言った。「私の見ている世界と、あなたの見ている世界は必ず違っている。違う心が見ている世界だからです。蒼太くんの見ている世界も、違う世界です」

「それはあれですか。明るい世界か暗い世界か、それは本人の気の持ちようだと、要はそういうことですか」

「まあ、そうですね。簡単に言うと、すべては気の持ちようってことです」

佐倉さんはニッコリと笑った。手の中でボールペンを一回くるりと回し、それでくいっと天井を指した。

「心が違えば、世界も違う。私とあなたは、違う世界を生きている。空の色さえ、同じ色を見ているとは限らない。そんな話を聞いたことはないですか？」

「空の色、ですか」

「ええ。空の色を、他人にどうやって説明します？」

「昼間の空の色は青ですね。海の色、青信号の色、絵の具の青の色。時刻によっては、赤になったり、黒になったりもするけれど」

「その青が、私が見ている青と同じであることを、証明することは出来ない。私は、あなたが思うところの赤の色で、空を見ているかもしれない。青信号の色だって、あなたが思うところの赤の色で、私には見えているかもしれない。実際に認識している色は違っても、どちらも同じ青という名前で呼んでいるなら、話は通じます。主観的にはお互いにまったく違う世界を体験しているのに、それは決してわからない」

「ああ……」と私は言った。「聞いたことあるような気がします。まあ、わかるけど。でもそれって、実質的な意味ってないですよね。どう転んでも絶対にわからないんだったら」

「でも、主観的には物凄く大きなことですよ。世界の空の色が違うんだから」

「それはまあ……。それで、何の話でしたっけ」

「ええと……どうでしたっけ」

佐倉さんはボールペンでこめかみの辺りを掻いた。それから手の中で持ち直して、くるくるとハイスピードで回した。縦横無尽に動き回るボールペンに、目を奪われてしまう。

「蒼太の話ですよね？」と私は確認した。

「そうですよ。えーと、とにかく、蒼太くんは今、空の色が違う世界を生きてるんです。それで、ようやっとその色の空に慣れてきたところ。あ、これ比喩ですよ」

「いや、わかります」

「そんな蒼太くんに、やっぱりその空の色は違っていて、こっちが正しいんだと突きつけることは、必ずしも事態の好転に繋がらないということなんですよ。傍目には単なる認識の間違いに見えても、本人にとっては世界の成り立ちを揺さぶられることになる訳だから。世界そのものを、壊してしまう可能性がある。ああ、うまく言えた、繋がった、良かった」

佐倉さんは嬉しそうに笑った。私は溜め息を吐いた。

「比喩としてはわかりますよ、仰ってることはね。でも、それならどうしたらいいんですか？蒼太が悪夢に苦しんでるのを、ただ見てるしかないってことですか？」

「ですから、そこは長い目で見ていかないと」

「そう言いながら、もうすぐ事故から半年ですよ。いつまでこのままにしておくんですか？　悪夢が日常になるような生活を続けていたら、蒼太の人格にも何か悪い影響があるんじゃないですか？」

佐倉さんは少し暗い顔を見せ、天井を睨み、それからまた笑った。表情豊かな人だ。

「いちばんの薬は」と佐倉さんは言った。「澄んだ空気と静かな環境、でしょうね」

「澄んだ空気と静かな環境」私は復唱した。魅力的な響きではあった。

「田舎で過ごしてみたらどうでしょう」と佐倉さんは言った。「都会の喧騒を離れて、どこかでのんびりと。きっと気持ちもすっきりすると思いますよ。そんなふうに悩んでるのも、忘れてしまえるんじゃないかしら」

「忘れてどうするんです。蒼太の話ですよ」

「ああ」と佐倉さんは頷いて、「そうですそうです。蒼太くんの話」

私はまたガクッとなる。

「とにかく、どこか田舎で静養すれば」佐倉さんは言った。「悪夢もすっと消えて、元の世界に戻るかもしれない。無理矢理でなく、自然にね。それがいちばんいいと思うんですけどね」

「そんなこと言ったって、僕には田舎もないし。そんな都合のいい環境は用意できないですよ」

「ああ、それもそうですね」

佐倉さんはあっさりとそう言って、田舎の話題は切り上げた。この時点では、田舎暮らしが実現するなんて私は思ってもいなかった。

7　機械室

裏口を出たところ、テラスの横に、地下の機械室に降りる階段があった。ここにも蘇芳先生が置いてくれていたサンダルを履いて、私は裏口から外に出た。

カブトムシ荘を裏から見ると、持ち上げられた床の下に、家を支えるコンクリートの基礎が見えていて、飾り気のない無機質な階段がそこに穿たれている。下りていくと空気はひんやりと冷たく、カブトムシ荘の室内で感じる木の温かみはここには届いていないようだった。灰色のコンクリートの枠に、重そうな金属の扉がはまっていた。

鍵を回し、ギシギシと軋む扉を押し開けて中を覗き込んだところで、明かりがなくては中に入って行けないことに気づいた。ドアの横の壁にスイッチがあったが、押してみても反応はなかった。これは別荘の各部屋のスイッチと同じで、電灯のスイッチなんだろうけれど、当然ながら主電源を入れなければ電気はつかない。その主電源があるのがこの部屋な訳だが、地下の機械室は真っ暗闇で、手探りで電源のスイッチを入れられるはずもない。だがスイッチを入れなくては、機械室の明かりはつかない。はて……？

すぐに気づき、私は一人で苦笑いをした。もちろん、懐中電灯を使えばいいのだ。

懐中電灯は確か、玄関の壁に掛けられているのを見たはずだ。私は階段を上がり裏口に向かった。サンダルを脱ぎかけたところで、また別の考えがよぎる。

蒼太は母親の荷解きを手伝いに行っていた。手伝いだか邪魔だかわからないが、私が機械室に行くことを告げると、茜も蒼太について行くようには言わなかった。家の中でまた蒼太に会ったら、ついて来たいと言うかもしれない。今は会わない方がいいだろう。

私はサンダルを履き直した。裏庭から玄関へと、家の外壁に沿って回って行くことにした。

蘇芳先生が事前に草刈りをしてくれたおかげだろう、裏庭の下草は整理され、家に沿って歩きやすい土の道が出来ていた。それでも夏草の生命力は強く、家から離れるほどに緑濃い雑草の薮がはびこりつつあった。じきに、何度も草刈りをしなければならなくなるだろう。草むらの中からキリギリスが、ぎー……っちょん、と途切れ途切れの大声を上げていた。

私は虫たちの気配を感じて、足先で草薮を掻き回してみた。警戒したキリギリスが声を潜め、大きなショウリョウバッタが何匹もジャンプして逃げた。蒼太が適当に網を振っても、簡単にバッタが採れるだろう。目の端を黒い影がよぎり、隠れていた大きなトンボが飛び立った。一瞬でよく見えなかったが、ギンヤンマだろうか。鮮やかな水色の腹を踊らせて消えた。

草の匂いが強く立ち昇っていた。目には見えないが濃密な生命の気配が、私を取り囲んでいた。林からはセミの声が絶えず聞こえている。ジリジリと一定のトーンで続き、空気を震わせるアブラゼミの声だ。

立ち止まると虫たちの気配に気を取られ、時間を忘れてしまう。日向にぼんやりと突っ立って、腕がちりちりと焼かれるのを感じた。私は先を急いだ。やるべきことを、済ませてしまわなければならない。

表に回って階段を上り、玄関を開けて壁に掛けてあった懐中電灯を取った。スイッチを入れて、点灯することを確かめる。出る前に、家の奥へ耳を澄ましてみたが、蒼太と茜の気配はなかった。二階に上がっているのかもしれない。

今度は寄り道せずに、私は早足で裏へと歩いた。脇目は振らなかったが、裏庭に向かっていくと、その向こうに広がる山の景色がどうしても目に飛び込んできた。巨大な鉄塔が、その存在を主張している。私は目を逸らして、止まらずに地下への階段を駆け下りた。

懐中電灯をつけると、コンクリートの壁に囲まれた四角い機械室の光景が浮かび上がった。さほど広い部屋ではない。電気、ガス、水道に関する設備、ブレーカーやメーターらしき装置があった。大きなタンクがあり、それは低くブーンと蜂の羽音のような唸りを上げていた。壁と天井にはダクトが這っていた。

電気のブレーカーに手を伸ばし、スイッチに触れようとしたところで何かが動いて、私はとっさに手を引っ込めた。クモだった。手のひらほどもある、鼠色のアシダカグモが、スイッチの上に乗ってきた。私は生理的な嫌悪感を抑えられなかった。昆虫の類いは大抵平気だが、クモだけは苦手だった。

クモはなかなか、スイッチの上から退いてくれなかった。数歩動いてはまた止まり、じっと動かなくなる動作を繰り返した。懐中電灯の先で何度も突ついて、クモを押しやった。やがてようやく、クモは並んだ装置の間の極めて薄っぺらい隙間に這い込んで行った。

私は十分に注意しながら手を伸ばし、ブレーカーのスイッチを入れた。数秒間の後に、天井の蛍光灯が瞬いて、灯った。

蛍光灯の光はかなり弱くて、機械室の中はあまり明るくなったようには思えなかった。蛍光灯は二本しかなく、なおかつそのうちの一本は切れかかって激しく明滅していた。ついている方の蛍光灯も、表面に無数の黒い虫の死骸がまとわりついているのが見えた。蘇芳先生もここまでは手が回らなかったようだ。滞在の間に蛍光灯を交換するべし、と心のメモに書きつけた。

蛍光灯の明滅が目障りだ。目がチカチカして、頭の芯に障る。光と影が交互に入れ替わり、機械室の隅々を浮かばせたり、また闇に塗り込めたりを繰り返した。私は、いつしか埃の積もったコンクリートの床に目を奪われていた。光と影のコントラストが、そこに何かを浮かび上がらせているようで、私は目を凝らした。

何か、大きな黒いものがそこにある。光の点滅の中で目は眩んで、はっきりと焦点を結ばないが、確かにそこに何かがある気がした。

それはコンクリートに染み付いた床の汚れ、いや水溜り、オイルか何かの染み……いやそれは、大きな血の水溜りだった。濃厚な赤、どす黒い血が床に溜まり、天井の明かりを表面に映していた。私は目を見張った（そんなものがここにあるはずはない）。あんなにたくさんの血が流れ出たら、人は生きていられないはずじゃないのか。

死への恐怖、それが絡みつくように私を捉えた。血溜りは、見ているうちにどんどん増えていくように思えた。このままでは取り返しがつかなくなる。早く、何とかしなくては。

だが私の体は動かなかった。ついては消える蛍光灯は、いつしか赤と黒に点滅する救急車のパトライトになっていた。視界のすべてが、赤と黒に交互に染まった。

あらゆるものが赤と黒だった。夜の闇、いくつものパトライトの光、そして血と、あちこちに散らばった残骸から上がる炎。ここはまるで戦場のようだ。脱線した電車の車両が横倒しになって、線路の脇に横たわっていた。高速で横転し、ぶつかるものをなぎ倒しながら地上を滑って行って、自身も激しく変形した鉄の塊。そこから助け出された乗客たちが、歩道に沿ってずらりと並んでいる。その合間を忙しく走り回る救急隊員たちが今やっているのは、応急手当てではなくトリアージ。怪我人の容態に応じて色分けされたカードが、優先順位を決めていく。すべての命を救うには、人手が足りないのだ。この修羅場の中のどこかに、蒼太と茜が紛れている。

二人を探しに走り回りたい衝動に駆られるが、これはただの映像で、私は手が出せない。これは現実の風景じゃない。もう半年以上も過去の光景。私は頭を振って、突如降りてきた過去の幻想を振り払おうとした。

おかしなことに、この光景は二重の意味で現実ではない。私は、この脱線事故を見ていない。現場にいなかったのだ。事故の知らせを受けた時、私は仕事で東京のビジネスホテルにいた。新幹線に飛び乗り、駆けつけたのは病院である。だから、事故の現場には一度も行っていない。つまり、この光景は私の想像でしかない。

凄惨な列車事故の現場に立ち尽くし、充満する死の恐怖に痺れながら、心の一部は冷静なまま、現実の機械室にいて、自分自身の想像力に呆れていた。現実ではないと知りながら、私はそれでもまだ見るのをやめることが出来なかった。それは自らの傷口をどうしても見たくなるのに似ていた。見ても後悔するだけと知りながら、不思議と引き寄せられてしまうのだ。

私の幻視の元になっているのは、一部は繰り返し流されたニュースの画像だ。事故直後に多くの乗客がスマホで撮った生々しい映像は、事故の後しばらくはテレビで、その後はネットでいつでも見ることが出来た。だがそれは一部でしかない。この幻視の大部分は、病院へ向かう新幹線の中で考えずにいられなかった、最悪の事態の想像だ。何度も何度も、私は思い描かずにはいられなかった。蒼太と茜が事故で死んでしまっていることを。新幹線の座席に座って、何も出来ないでいるうちに、暗い歩道に横たえられた蒼太と茜の体から血がどんどん流れ出てしまい、やがて取り返しのつかない量に達して、今ならまだ助けられる命の火が、永遠に消えてしまっているかもしれない。忙しい救急隊員が蒼太に気づかず通り過ぎてしまうのを、あるいはせっかく見つけたのに、微かに残る心臓の鼓動を聞き逃して、救助不要を示すトリアージの黒いラベルを貼り付けてしまうのを、私は何度も何度も繰り返し想像し続けた。深夜の病院に着いて二人に出会うまでの数時間、最悪の想像はどうしても頭から出て行ってくれなかった。

事故の後、私は出張を恐れるようになった。私にとって恐ろしいのは、愛する家族を失うということだけじゃない。愛する家族を失うかもしれない時に、そばにいられないことだった。それだけはもう二度と、我慢ならない。

はっとして、私は我に返った。埃にまみれた地下の機械室で、もうずいぶん長いこと突っ立って、ありもしない血溜りの幻を眺め、古い傷口のかさぶたを剥がしている。何をやっているんだ。

首を振って、まとわりつく過去の残滓を振り払う。逃げるように目を背け、振り返って歩き出そうとして、私はまたぎょっとして立ち止まった。入り口のドアのところ、地上からの階段を下り切ったところに、男が立ってこちらを見ていた。

背が低く小太りの、中年の男性だ。顔には皺が深く刻まれ、頭は禿げている。眉が太く、妙に目鼻が大きくて、どこかアンバランスさを感じさせる顔立ちだった。服装は着古したポロシャツにスラックス。そんな男が、点滅する蛍光灯の光を浴びながら、出入り口を塞ぐように立っている。私は一瞬、これも白昼夢の続きかと思った。夜の鉄道事故の世界からやって来た異次元の死に神かと。

「だ、誰です？」と私は言った。思わず上ずった声が出た。

「どうも」と男は言って、立ち位置を少し変えた。「北村ですがね。別荘地の管理人をしてるもんです。正木さんだね？」

「ええ、はあ。正木です」

私はほっとした。どうやら異世界の住人ではないようだ。

「びっくりするじゃないですか、何も言わずに、そんなところに立ってたら」

「何度も声をかけたんですがね。聞こえんかった？」

「え？　ああそうですか、すいません」

私は落ち着かない気分になった。白昼夢に耽っているところを見られた。変に思われただろう。蘇芳先生の代わりに来る男がどんな奴か構えていただろうに、最悪の印象だ。

管理人の北村は機械室の中に入って来た。点滅している蛍光灯を見上げて、顔をしかめた。

「この明かりは取り替えた方がいいですな」と彼は言った。

「そうですね」

「悪いが、敷地内の電灯なんかは自分で替えてもらうことになってるんですわ」

「ああ、わかってますよ。やろうと思ってたところです」

北村は進んで行って、私がスイッチを入れた配電盤をじっと眺めた。何かをチェックしているふうでもあったが、ただ意味なく眺めているだけのようにも見えた。私は光の点滅に頭が痛くなってきて、早くここを出たくて仕方がなかった。

「あの、悪いですが先に外に出てていいですか？」

「いいですよ。ていうかね、私も出るよ。別にここに用事がある訳じゃないんでね」

「あれ、そうなんですか？」

私がドアへ向かうと、北村もついて来た。どうも掴みどころのない男だ。本当に管理人なんだろうか、と私は思った。

ドアの外に立って、壁のスイッチを切って蛍光灯を消した。光の点滅がなくなると、ずいぶん気持ちが楽になる気がした。私が建て付けの良くないドアを閉め、鍵をかけるさまを北村は横に立ってじっと見ていた。

「しっかりと閉めておいた方がいいよ。雨水が入ると、厄介やから」と北村は言った。

「はあ」

「電気はショートする場合があるし、それでなくても湿気は良くない。カビが生える。ボウフラも湧くしね」

「はあ」

だからこうして閉めてるじゃないか、と私は言いたかったが黙っていた。

「動物も入る」

「動物？」

「ええ。ネズミは電線を齧るし、リスもね。あとヒキガエル」

「ヒキガエル？」

「ええ。ヒキガエル」

私は鍵を閉めて、階段を上がった。北村も続いて、上がり切ったところで大きく伸びをした。何をした訳でもないのに、一仕事終えたみたいな仕草だ。

「北村さんはどういう仕事をされてるんですか？」と私は聞いてみた。

「草刈りですな」と北村は即答した。「毎日ひたすら、草刈り草刈り。刈っても刈っても追いつきませんがね。あ、私が刈るのはね、共用の道の周りだけですよ。各自の家の敷地はそれぞれでお願いしとりますから」

「はあ」と私はまた言った。

「それだけでもね、夏はもう毎日草刈りばっかりだよ。あんたも気をつけた方がいいよ。夏の草はそりゃもう、伸び始めたら手がつけられないんだ。絡んでしまって、どの草がどこまで伸びてるんだかわからんようになる。知ってますか、草ってのは伸びれば伸びるほど伸びるのが速くなるんだ」

「……」

「刈るより速く伸びてみなさい、もうなんぼ刈っても追いつかないから。そうなったらあんた、潔く降参して伸び放題で冬まで我慢するか、焼き払うかのどっちかだよ」

「焼き払う？」

「冗談だよ。本当に焼いちゃ駄目だよ」

私はだんだん、この男と話しているのが心底嫌になってきた。そうでなくてももうずいぶん長く、日向に突っ立っている。家に入りたい。

だが、この男を家に入らせるのはもっと嫌だった。蒼太と茜に、会わせたくないと思った。

「それで、どういったご用件ですか」と私は聞いた。

「いや、先生から、あんたが今日着くって聞いたからね。差し入れでもと思ってさ」

「差し入れ？」

「うん。降ろすからさ、ちょっと手伝ってよ」

北村は先に立って歩き、私はついて行った。表に回ると、青い車の隣にくたびれた白い軽トラが停まっていた。北村は荷台から、大きな段ボール箱を抱えて降ろした。

「何ですか？」

「うちでとれた野菜」

北村は箱の蓋をめくって見せた。トマトやらキュウリやらナスやらゴーヤやら、巨大な野菜がぎっしりと詰まっている。私は戸惑った。

「あの……どうもすみません」

「いいんだよ余ってるもんだから。もう一箱あるんだ」

「あ、持ちます」

軽トラの荷台から降ろした段ボール箱を抱えて運びながら、私は結局のところこの男も親切な男に違いないらしい、と感じていた。またぞろ、自己嫌悪を感じた。

肩を並べて箱を運びながら北村は、「玄関で声かけたんだけどね。誰もいないみたいだから、裏へ回ったんだよ」と言った。

「誰もいない？」

「ええ。誰かいるの？」

「……いえ」私は嘘をついた。

玄関に箱を置き、北村が軽トラに乗って立ち去るのを見送った後、私はリビングに戻った。蒼太と茜は見当たらなかった。荷物は玄関に置かれたままになっていた。

私は階段を上がった。二階の和室を覗くと、蒼太と茜は畳の上に寄り添って並んで、静かな寝息を立てていた。

8　蒼太の夢

列車事故は突然に襲って来た。平穏な生活がその先も続くと信じて疑いもしなかった多くの人々を、突然、圧倒的な威力とスピードで、文字通りになぎ倒した。何の予兆もなく。

いや、予兆はあった。蒼太が教えてくれていたのだ。

事故が起きる数日前の夜である。真夜中、私と茜がそろそろ寝ようかと、テレビの前のソファから腰を浮かしかけた時、蒼太の悲鳴が響き渡った。それはそれまで一度も聞いたことのない、夜を切り裂くような金切り声だった。マンション中に聞こえたんじゃないかと思われた。

「……びっくりした」と茜が言った。「心臓が止まるかと思った。なに？ 今の？ えっ、もしかしてあの子？」

一拍遅れてそれに気づいて、茜は一瞬で顔を真っ白にして、弾かれたように立ち上がった。そして蒼太の寝ている寝室にすっ飛んで行く。

私の方は反応がずっと鈍くて、まだ心配とか不安とかいった感情を覚えずにいた。グラスに少し残っていたワインを飲み干し、騒がしい深夜バラエティが流れているテレビを消してから、寝室に向かった。

寝室では、いつも夫婦が子供を挟んで寝ている大きなベッドの上で、蒼太が座り込んでしゃくり上げて泣いていた。茜はそんな蒼太を抱きしめてやって、「もう大丈夫だからね」となだめていた。蒼太がいつもいっしょに寝るぬいぐるみのクマが、シーツの上に転がっていた。

「どうしたの？」と私は聞いた。

「でんしゃが、でんしゃが」と泣きじゃくりながら蒼太が言った……ように、私には聞こえた。

「何だって？」

「ちょっと、問い詰めないでよ」茜が睨みつけた。「蒼太がびっくりしてるから、あっちに行ってて」

私は少し傷ついて、口を噤んで後ろに下がった。それでも茜が振り向いて、あっちへ行けと促すので、本格的に傷つきながら寝室を出た。

部屋を出る時、茜は赤ちゃんにするように蒼太を抱っこしてあやしていた。五歳にもなる子にそれはないんじゃないか……と私は思い、また口出ししたくなったので、確かにいない方が良さそうだと思い直して、すごすごとリビングのソファへ戻った。

しばらくの間、私は一人でソファに座ってぼんやりとテレビを眺めていたが、やがて深夜のバラエティ番組の騒がしさが気に障ってきて、テレビを消した。テレビが消えてしまうと、部屋は意外なほど濃密な真夜中の静寂に包まれた。静寂の音が聞こえるようだった。

私は廊下の向こうの寝室から何か聞こえないか、耳を澄ましたが、何も聞こえてくる物音はなかった。茜も蒼太も消えてしまって、この家に私一人きりであるような気がした。

やがてガチャリ、とドアが開く音がして、半ば目をつぶった茜がよろよろと入ってきて、倒れるようにソファに座った。

「あー眠い」と茜は、ソファの上で膝を抱えて体を丸めた。

「寝た？」

「うん。寝たよ」茜は半目を開けて、「あれ？　テレビは？　見てないの？」ソファの上を手探りしてリモコンを探す。

「結局何だったの？」

「夢でしょ。ちっちゃい子は怖い夢見るもんね」

「でもすごい悲鳴だったぞ？」

「うん、びっくりしたね」

茜はテレビをつけた。さっきと変わらないバラエティ番組の喧騒が戻る。わざわざつけたくせに見もせずに、茜はまたソファに倒れこんで目を閉じてしまう。

「何の夢だったの？」

「うん？　ああ。おばけの夢だって。夢の中にコウタが出てきて、真っ赤なおばけを見せたんだって」

「真っ赤なおばけ？」

「うん。怖いよね、真っ赤なおばけ」

「なんだよ、真っ赤なおばけって。どういうこと？　赤いシーツをかぶってんの？　血まみれだとか？」

待ったが、茜は答えない。すう……と寝息が聞こえる。おい、と私は茜の肩を揺すり起こした。

「おい、真っ赤なおばけってなんだよ？」

「ええ？」

茜はいかにも不快そうな顔をしながら体を起こし、ソファの上で膝を立てた。眩しそうに薄目を開けて、テレビを眺めている。それからまたリモコンを手に取って、パチパチとチャンネルを変えた。

「おいってば」

「なに？」

「だから、真っ赤なおばけって。もっと具体的なこと言ってなかったの？」

「知らないよ。怖がってる子に、おばけの話詳しく聞いたりしないでしょ？　だいたい夢の話じゃない、どっちにしろ」

「……そりゃまあ、そうだけど」

「おばけの夢くらい見るよ。私もちっちゃい頃、よく見てた。泣いて起きて、お母さんの布団に潜り込んでた」

「どんなおばけだった？」

「覚えてない。ね？　夢なんて明日には忘れるのよ。蒼太も起きたら忘れてるよ」

「……まあ、そうかな」

私は自分の子供の頃のことを思った。怖い夢は何度も見たけれど、おばけの夢は見なかったと思う。何か怖いものに追いかけられる夢を見たが、何に追われていたのかは覚えていない……。

ああ、だからそれがおばけを忘れているということなのか。怖い夢を見たということだけ覚えていて、そこにどんなおばけが出て来たかは覚えていない。忘れてしまったのなら、茜と同じだということになる。

人は誰でも、夢に出て来たおばけを忘れてしまうものなのか……。

だとしたら、私が見たのも真っ赤なおばけだったのかもしれない。蒼太が見たのと同じ奴。そんなことを考え出すと、遠い記憶の中に真っ赤なおばけが確かに存在しているような、そんな気がしてきた。

記憶は混じる。今思ったことと、思い出したことの区別がつかなくなる。こんな真夜中、ワインを飲んだ後となればなおさらだ。

「……そういえば」私は茜に呼びかけた。「電車がどうしたとか、言ってなかった？」

茜はソファの上で背中を丸めて、すうすう寝息を立てていた。

電車について、蒼太が何か言ったかどうか。それも、今となっては曖昧だ。これも、記憶が混じっているだけかもしれない。ずっと後になって……電車の事故が実際に起こったその後で、事故と蒼太の悪夢を無意識に結びつけてしまって、勝手に記憶を作り出したのかもしれない。茜に電車について聞いたことまで含めて、後から付け足した記憶なのかも。

わからない。自分の記憶を疑いだしたら、確かなことなんて何もなくなってしまう。

ただ、自分の記憶の中では確かに、ベッドの上で泣きじゃくる蒼太は電車のことを口走っていたはずであり、その後私は茜にそのことを尋ねたはずなのだ。茜は答えず、起こしてベッドに行くときも私はもう一度尋ねはしなかったから、結局それっきりになってしまったのだが。

私がそのことをいつまでも気にしているのは、もし蒼太が電車の夢を見たのであれば、彼は予知夢を見たことになるからだ。

そうなると、あの突然の事故は事前に予想できていたことになって……蒼太と茜が事故に巻き込まれるのを、私は防げたことになるからだ。

それから一週間と少し経った頃に、事故が起こった。私は仕事で東京に行っていて、休日だった茜は蒼太を連れて実家に帰っていた。夕食を取って、その帰り。夕刻のラッシュの時間帯で、ほぼ満員の状態だった快速電車は、踏切で脱輪して立ち往生したトレーラーに激突した。前から三両が脱線し、そのうち二台は横倒しになって、次々と線路を囲むコンクリートの法面に突っ込んだ。大惨事だった。多数の死者と怪我人が出た。

連絡を受け、飛び乗った新幹線の中で、私は蒼太の夢のことを思い出した。

赤いおばけ。大勢の人が列車と一緒に投げ出され、怪我をして血まみれになっている光景。あるいは、パトカーや救急車が駆けつけて、赤いパトライトが夜の線路を照らしている光景。赤いおばけ。

もしもあの時、蒼太が電車のことを口に出していたのなら、もっと詳しく話を聞いていたなら、あるいは……。

だがもはや、私にはよくわからなくなっていた。蒼太があの夜、本当に電車と言ったのか。それとも、どうしようもなく募る焦りと不安と後悔の中で、そんな記憶を作り出してしまっただけなのか。どちらとも言い切れなかった。

私の心を占領して、離れなくなってしまった考えは、この事故を避けることが出来たはずだったという、強い悔いばかりだった。

心ばかり焦る新幹線の座席で、私は窓の外を見た。暗がりの向こう、空の低い位置に、真っ赤な満月が昇っているのに気づいて、私は息を呑んだ。事故現場のパトライトのように、滲んだ血のように、真っ赤な月だった。暗い街の上に低く、赤い月が昇っていた。

9　夕暮れ

夏の夕刻はまだ十分に明るく、空にはまだ青空が残っていた。だが太陽はいつの間にかずいぶんと低くなり、焼け付くような真昼の陽射しから、もっと柔らかで穏やかな陽射しに変わっていた。次第に黄色味を増す夕陽に照らされ、雑木林の木々が長い影をテラスに投げかけていた。

家の外で遊んでいる、蒼太と茜の声が聞こえてくる。前庭の方から届くその声を聞きながら、私はキッチンで夕飯の用意をしていた。

蘇芳先生が言っていた家政婦の田川さんという人は今日のところはまだ来ない。少なくとも今夜の晩ごはんは自分たちで賄う必要があったし、茜の手を煩わすつもりはなかったから、必然私がキッチンに立った。

と言っても手の込んだ料理ではない。持ち込んだパスタを茹でて、レトルトのソースを温めるだけ。のつもりだったが、管理人の北村が分けてくれた野菜を見ているうちに気が変わった。ボール箱からトマトとピーマンとナスを取り出して洗う。野菜はどれも大きくてずっしりと重く、中身がぎゅっと詰まっている感じがする。

キッチンの道具を確かめ、まな板と包丁を用意して、私は野菜を切っていった。パスタを茹でる鍋のぐつぐつと共に、包丁のリズミカルな音が響き、私はいつしか鼻歌を口ずさんでいた。料理は昔から、私にとっていい気分転換だった。パソコンに向かって仕事をして、座り疲れたところで台所に向かい、もうすぐ出来上がる頃に茜が保育所から蒼太を引き取って、会社から帰ってくる。それが我が家の日々のリズムだった。

事故を経て、そのリズムは少しずつ変わっていった。事故の後も体調が戻らず、茜は仕事を辞めた。茜は家にいるようになったが、基本的に食事の担当は私であり続けた。事故の影響か、茜は疲れやすくなり、出歩くことがめっきり減った。家にいてもずっとじっとして、本など読んでいることが多くなった。言葉数も少なくなり、影が薄くなった。時折仕事に没頭していると、私は茜が家にいることを忘れていることがあった。物音も立てず、茜はただ黙々と本を読んでいた。

蒼太は夜毎の悪夢に取り憑かれた。私と茜をぞっとさせた真夜中の悲鳴が、それから何度も繰り返された。ベッドの上で蒼太は引きつって泣き、怖い夢を見たと訴えた。夜の眠りが浅いせいか昼間も無気力がちになり、それは私も茜も同じだった。

自分自身は事故に遭っていない私もまた、大きな影響を受けていた。それは蘇芳先生や佐倉さんに見透かされた通りだ。何がどうと言う訳ではない。決定的な不調や問題がある訳ではない。ただ何かと忘れっぽくなった。事故の後しばらくのことは、よく思い出せなかった。無理に思い出そうとすると、頭が割れるように痛くなった。日中ぼうっとしてしまうことが多くなり、考えごとにとらわれてやるべきことを忘れたり、自分が何をしていたのかわからなくなったりした。

街中でふと気づいて、自分がどこにいて何をしようとしていたのかわからず、一瞬パニックになったりする。そんな時に浸っているのは、あの新幹線の中で弄んだイメージ。赤い光が照らす夜のイメージだ。

冬が終わって春が来て、ただだらだらと過ぎていくメリハリのない日々の中で、私は漠然とした不安を感じ続けていた。それは、あの夜の新幹線で延々と感じ続けた不安。家族を失ってしまうことへの拭いきれない不安だった。列車事故では運良く生き延びたが、それはほんの僅かな偶然の違いに過ぎない。乗っていた車両や座っていた席がちょっと違うだけで、いとも簡単に生と死は別れてしまう。そして、偶然であれ理不尽であれ、死の運命を避けることは誰にもできない。失う不安が強過ぎて、日々を安心して送ることができない。これも立派な神経症と言えるだろう。蒼太や茜だけでなく私にも静養が必要だという指摘は、否定できないようだ。

まだ一日目も終わっていないが、カブトムシ荘の生活は悪くなさそうだと私は思っていた。確かに空気は澄んでいる。そして静かだ。余計な騒音や、私たちを詮索する隣人はここにはいない。家の周りにあるのは大量の木だけで、音を立てるのはセミや茂みの虫たちや鳥、あるいは木々を揺らす風ばかりだ。

私はフライパンにオリーブオイルを注ぎ、ニンニクと野菜を炒めた。食欲を刺激する香ばしい匂いが漂った。茹で上がったパスタをフライパンに移すと、いい匂いの湯気が調理している私を包み込むように立ち昇った。

出来上がったパスタを大皿に移してテーブルに運び、私は蒼太と茜を探しに行った。

玄関を出て、呼びかける。「おーい。晩ごはんだよー」

前庭には、青い車が停まっている。もうずいぶん傾いたオレンジ色の夕日が斜めに射し、風景は夕暮れの色に変わっていた。木々の影が長く伸びて、前庭に不思議な縞模様を作っていた。

蒼太と茜の姿はなかった。私は玄関の階段を下りて、前庭の敷石の方へと歩いていった。

「おーい。晩ごはんができたよ。熱いうちに食べようよ。どこだよ?」

自分自身の影が巨人のように伸びている。花のない花壇、花壇の前に停めた青い車を見ながら歩いていった。

「蒼太?　お母さんと一緒かい?」

前庭から道路に出て、ポストの近くに立ち、左右を見渡した。森に囲まれた夕景の道が、無人のまま左右に続いている。ヒグラシが鳴いていた。カナカナカナ……と甲高い声が響く。木々の間に反響して、どこで鳴いているのかわからない。

理由もなく、ヒグラシの声は郷愁を掻き立てる。私は胸がざわつくのを感じた。

前庭に戻り、私はきょろきょろと辺りを探した。敷地を取り囲む雑木林の暗がりが、にわかに不気味な気配を帯びて感じられた。またぞろ、おなじみの不安が首をもたげ出すのを感じる。二人を見失う不安。そんな訳はないと、わかってはいるけれど。

家を回り込んで裏庭に向かった。森との距離が近く、その辺りは既に暗い。森の暗がりから、ヒグラシの声が絡まりあった反響として聞こえてくる。

影を抜け、裏庭に出たが、蒼太と茜は見当たらなかった。誰もいないテラス、誰もいない芝生。

砂場は砂が減って雑草も生えつつあり、長く誰かが遊んだ形跡はない。砂場の向こうには物置小屋。見通せない死角は小屋の向こうだけだ。

嫌な感じがする。不吉な胸騒ぎ。私はゆっくりと歩いていって、物置小屋の向こう側を覗き込んだ。誰もいない。戻って、物置小屋の戸を開けてみる。ポケットにあった鍵を使って解錠し、力を入れて押すとガタガタと軋みながら戸は開いた。中には埃をかぶった段ボール箱がいくつか積まれ、脚立と、芝刈り機が手前に置かれていた。内部の壁にフックがあって、いくつもの武器が吊られていた。

武器。そうじゃない。自分の奇妙な連想に、私は顔をしかめた。武器ってなんだ。これは農作業や大工仕事の道具だ。

小ぶりな鎌、大きな重そうな鉈《なた》、何種類かの鋸《のこぎり》と、金づち、それにシャベルと鍬《くわ》があった。それから、ひときわ大きく目立っているチェーンソー。

こういうものを武器とは呼ばない。こういうものを武器だと思うのは、ジェイソンやレザーフェイスだけだ。

武器じゃない、道具。それら道具の吊られた下には、大量の木材が積まれていた。薪のようだが、カブトムシ荘に薪ストーブだの暖炉だのは見当たらなかったので、燃やすためのものではないのだろう。私はポストや椅子を思い出した。これは蘇芳先生の日曜大工の材料かもしれない。

私は木材の一本を手に取ってみた。片手で持てる大きさだが、ズシリと重い。程よい重量感が、やけに手に馴染んだ。そのまま木材を振って、左の手のひらに打ち込んでみた。ぱしんと小気味よい音がした。ささくれが手のひらに刺さったか、僅かな痛みがあった。

「お父さん」

不意に呼びかけられ、私は振り向いた。

すぐ後ろに、蒼太と茜が立っていた。蒼太が私の足に抱きついた。

「なんだ、びっくりした」

「何してたの？」と蒼太が見上げて聞いた。

「蒼太とお母さんを探していたんだよ。どこにいたの？」

「散歩してたのよ」と茜が言った。

「どこに？　探したけどなかなか見つからなかったよ」

「家のあっちとこっちですれ違ったんじゃない？」

「ねえ、何見てたの？」

私は手の中の木材をちらっと見て、元の場所に戻し、物置小屋の戸を閉めた。

「なんでもない。なあ蒼太、ここの戸は勝手に開けちゃいけないよ」

「どうして？」

「危ないから。さあ、行こう」

私は蒼太と茜を促して、物置小屋から離れた。

「お腹が空いた」と蒼太が言った。

「そうだ、晩ごはんができたから呼びに来たんだ」

「ほんと！　やったあ」

蒼太は走り出し、テラスに駆け上がってサンダルを放り出して、網戸を開けて家の中に飛び込んでいった。私と茜は顔を見合わせ、微笑んだ。

「いい匂い」と茜が言った。

「早く帰ってごはんにしよう」

蒼太を追いかけて、私は茜を伴ってカブトムシ荘へ帰っていった。さっきの不吉な空気はもう忘れ、私は早くもカブトムシ荘を我が家のように感じ始めていた。

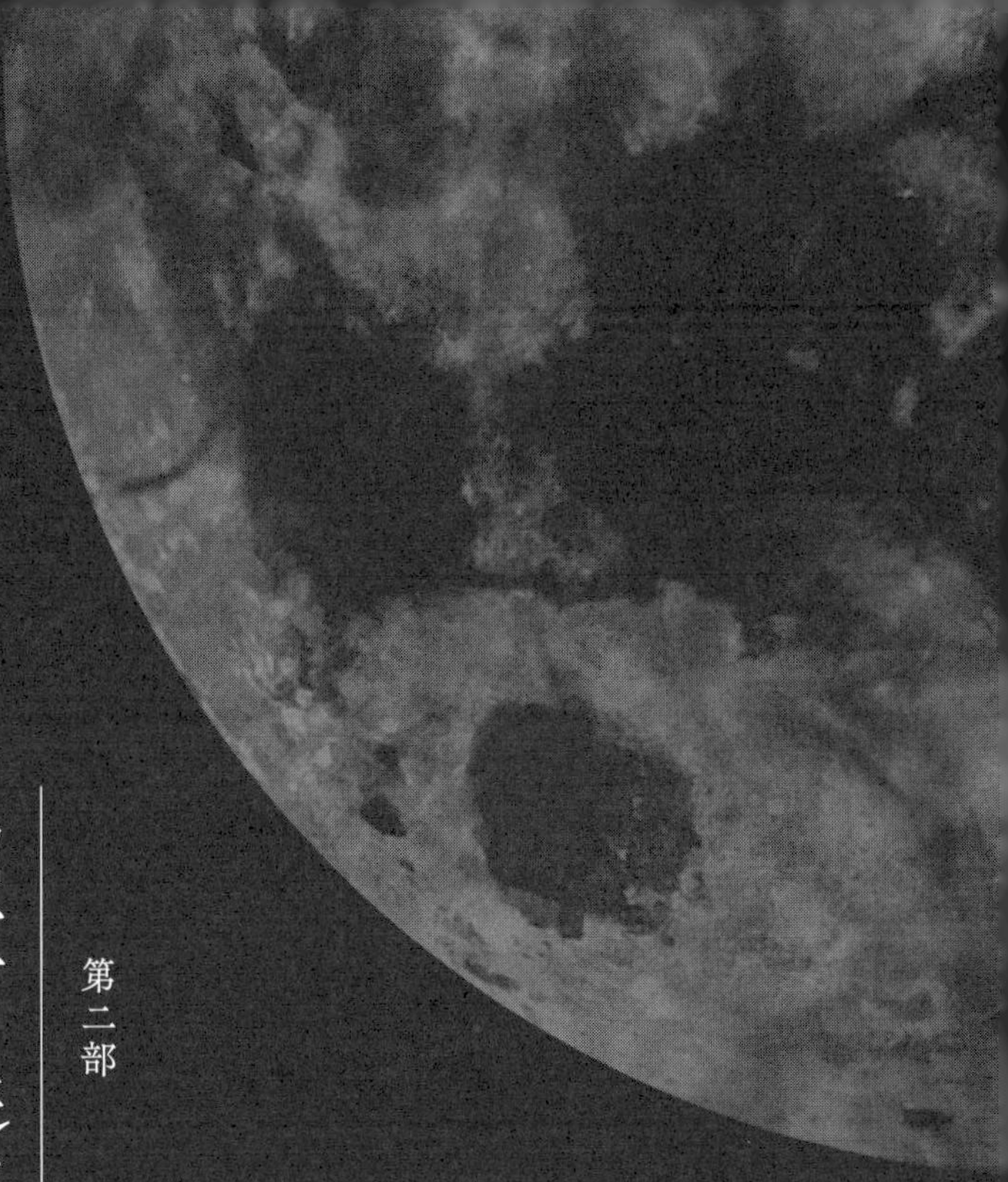

第二部

幽霊と遊ぶ

1　カブトムシ荘の午後

仕事に没頭して時間を忘れていた。ふと気づくと、開けた窓から射す太陽の光が、キーボードに置いた左手を焼いていた。腕がじりじりと焼かれて、これではここだけひどい日焼けをしそうだ。仕事を始めた時には窓から陽は射し込まず、涼しい風だけが吹き込んでいたのだが、いつの間にか陽の高さも風向きも変わっていたようだ。部屋の温度も上がっていて、じっとりと汗をかいている。暑さにも気づかずに仕事に夢中とは。蘇芳先生の書斎が、何の違和感もなく体に馴染んでいるのはいいが、これでは馴染み過ぎだ。

別荘に持ち込んだのは、小学生向けの図鑑一冊の企画編集である。二百ページを超えるオールカラーで、大量の写真とイラストが必要になる面倒臭い仕事だが、カブトムシ荘に持ち込むにはふさわしい仕事に思えた。締め切りも八月末だからちょうどいいし、著者が特に存在せず、メールでフォトエージェンシーやカメラマン、イラストレーター、デザイナー、そして最後に監修者とやり取りすれば進行できて、打ち合わせの為に度々出て行く必要がない。田舎に引きこもって仕上げる仕事には最適だ。表紙にはカブトムシの写真を予定していたし、何だったら足りない昆虫や植物の写真は自分で撮ってくることもできそうだ。

実際、仕事は楽しくて、ここまでまったく遅れなく進んでいた。カブトムシ荘にやって来て一週間近くが経っていたが、その間の進み具合もかつてない速度だった。全体の企画ラフには既に出版社のＯＫが出ていて、後は素材を集めて組み立てる段階だ。小学生向けの本だから、蒼太が格好のモニターになった。蒼太の反応を基準に記事の強弱を決めていくことができたし、確実に子供に受けるものを作っているという自信にもなった。

今日は素材の揃ったページからレイアウトを進め、キャプションを考えて、ラフスケッチの内容をデータに起こしていった。記事の内容は一通り既に決まっていたが、蘇芳先生の書斎にある大量の本は追加したくなる情報の宝庫だった。およそ昆虫について、ネットにはない様々な知識が、ここには溢れていた。いくつかの項目で、私は内容を入れ替えた補欠のページを作った。マニアックになり過ぎることには注意しなければいけないが、他の子供向きの本には載っていない情報は今回の図鑑の売りになるはずだ。これだけ余裕を持った進行が出来ているというのはそれだけで驚くべきことで、これが良い仕事になるだろうという確信めいたものが私にはあった。

新たに作った補欠ページを三見開き分、編集部に送信して、私はノートブックを閉じた。もうずいぶん、ノートの背が熱くなっていた。

午前中からずっと張り付いていた蘇芳先生の居心地の良いアームチェアを離れて立ち上がって、私は伸びをしようとした。途端に、立ちくらみのようになってふらついた。思った以上に暑さにやられている。熱中症に近い状態かもしれない。しばらく目を閉じてめまいが去るのを待った後、窓のレースカーテンを閉め、ノートブックを日陰に移した。今が何時かわからないが、腹が減っていた。

ふと蒼太の顔が見たくなって、私は書斎を出てリビングに向かった。

「蒼太、お父さん仕事終わったけど遊ぶか？」

言いながらリビングのドアを開けた瞬間、またふらついた。リビングは窓もカーテンも閉められて薄暗く、明るい廊下から入って行くと実際以上に暗く感じられた。ちょうど車に乗ってトンネルに入った時のように、目が慣れるまで時間がかかった。リビングには誰もいなかったが、

「蒼太？」

いた。階段を上って行く蒼太の青いシャツの後ろ姿が、二階に消えた瞬間だった。シャツの青が、二階の暗がりに吸い込まれる。私は階段へ向かった。閉め切られたリビングは書斎以上に暑く、空気は澱んでねっとりと体にまとわりつくようだった。

「おい、蒼太ー」

呼びながら、私は階段を上った。蒼太が応える様子はなく、というか気配も感じない。階段を上り切って左右に続く廊下を覗き込んだが、どちら側も突き当たりまで誰もいなかった。

「蒼太？」

家族で寝室に使っている和室を開けてみたが、誰もいない。念のため押し入れの中まで覗いたが、ふざけて隠れている訳でもなかった。おかしいな。どこもかしこも暑くて、頭がくらくらしてきた。

「蒼太、そっちの寝室は駄目って言ったろ？」

言いながら蘇芳先生の寝室も開けてみたが、やはり誰もいない。着いた日に換気のために入って以来、誰も乱していない澱んだ空気があった。

廊下に戻って、私は首を捻った。二階にはもう、蒼太が隠れる場所はどこにもない。自然と、私の目は天井のパネルに吸い寄せられた。あの中の闇。まっくろくろすけが潜む闇。だが、蒼太があの中に入ったなんてそれこそあり得ない。蒼太はあそこを怖がっていたし、そもそも私が近づくまでの僅かな時間で、屋根裏に登ってから梯子を上げパネルを閉めるなんてことができるはずがない。

それでも、私にはその場所がどうにも気になって仕方がなかった。

首を捻りながら、私は階段を下りてリビングに戻った。茜はどこだろう。ここに来てから茜はいつも、リビングの畳の小上がりの上か、テラスに置いたデッキチェアのどちらかにいた。そのどちらかに座って、何時間も黙々と本を読んでいた。茜がこんなに読書家だったとは、私はここに来るまで知らなかった。

だが今はどちらにも茜の姿はなかった。畳の上にも、窓ガラスの向こうに見えているデッキチェアにも。

畳の上に置かれたテーブルには、茜の読みかけの文庫本が置かれていた。シャーロック・ホームズの思い出。家から持ってきた憶えはないから、そのテーブルのすぐ脇にある本棚から抜き取ったものだろう。私は本を手に取ってみた。栞が挟まれていたのは短編の扉で、「黄色い顔」の物語だ。読んだ覚えはあるのだけれど、どんなストーリーだったかはさっぱり思い出せない。私は本を閉じ、テーブルの上の同じ場所に戻した。

ガラス戸を開けてテラスに出た。今日は風がなく、室内のむっとする蒸し暑さは外に出てもマシにならなかった。テラスの向こう、芝生の上の物干し台には、洗濯物が干されて並んでいた。私は干していない。

茜が干したのか。たぶん、田川さんだろう。今日は確か、田川さんが来る日だったはずだ。田川さんは蘇芳先生が雇っていたお手伝いさんで、六十過ぎくらいの小太りのおばさんだ。いつもにこにこ愛想よくて、きびきびとよく働く。口数は少なくて、私はまだほとんど話したことがなかった。

裏庭にはだらんと垂れ下がる洗濯物があるだけで、田川さんの姿もなかった。私はリビングに戻った。ガラス戸を開けても、室内の暑さはマシにならなかった。もう我慢ができず、テーブルの上のリモコンを取ってエアコンのスイッチを入れた。作動音と共にやがて涼しい風が顔に当たり、少しほっとする。熱気が収まってくるにつれ、うっすらと記憶が戻ってきた。

そう言えば、茜が何か言っていた気がする……蒼太を連れて買い物に出かけると、書斎に言いに来た気がする。仕事に夢中だった私は話半分でしか聞いていなくて、それが何時間前のことだったのか、いつ帰ると言っていたのかも思い出せない。

ということは、茜も蒼太もいないのか。じゃあ、さっき蒼太を見たと思ったのは熱中症の幻か。いくら暑いと言っても、何か変だ。仕事のやり過ぎか。キッチンに行って、冷蔵庫からミネラルウォーターのペットボトルを取り出し、一気に半分くらい飲んだ。水を飲んでみてあらためて、ひどく渇いていたことに気づいた。

冷蔵庫の中にはラップのかかったそうめんのボウルがあった。器につゆを注いで、ボウルと共にテーブルに持って行き、そこで初めてテーブルの上にメモがあるのに気づいた。田川さんのメモだ。「冷蔵庫におそうめんがあるので、食べてください」と書いてあった。田川さんも、もう帰ったようだ。ということは、私はこの家に一人だ。

少し考えてから、キッチンに戻って薬味を探した。ネギを刻み、生姜をおろして、テーブルへ持って行って一人で食べた。

クーラーが効き、また腹が満たされていくうちに、さっきよりはいくらか頭が働くようになってきた。出かける二人を、半分上の空で見送ったことを思い出した。さっき蒼太を見たと思ったのは、確かに幻だったのだろう。問題は、なぜそんな幻を見たのかだ。

第一に、ひどく疲れていたということがある。体ではなく、ずっとモニターを見続けて、目や頭ばかりが疲れていた。更に暑さでぼうっとしていて、半ば熱中症の状態にあった。脳が誤作動を起こす要素は十分にあったと言えるだろう。

蒼太がいるはずだという思い込みもあった。蒼太の名前を呼びながらドアを開け、リビングの予想外の暗さに目が慣れないままに、階段を上って行く後ろ姿を見てしまった。いや、見たと思い込んだ、というのが正確だろう。一瞬で二階に消えたから、思い込みが正されず、錯覚が持続してしまった。もし見通しが利く状態であれば、いくら疲れていても脳はそう簡単に騙されはしないだろう。

その後、追いかけて階段を上って行って、行き止まりの廊下や寝室では、蒼太の姿を確認できない。そこでは一瞬で消えて行く場所がなく、いくらうっかりした脳でも騙されようがない。

人が幽霊を見る仕組みというのは、案外こういうものなのかもしれないな、と私は思った。例えば夜の闇、目がはっきりと働かない状態。例えば恐怖心、幽霊を見るんじゃないかという心の中の無意識の暗示。頭の中で膨らんだ想像が、一瞬の映像という形で闇に投影されたとしても、自然なことであるように思える。一瞬の出現に驚き、後になって落ち着いて見直してみると、影も形も消えていた……ということはいかにもあり得そうだ。

そうめんを啜りながら、私は周りを見回した。誰もいないリビング、一人だけの別荘。しんと静まった空気。柱の影や、階段の上の暗がりはどこか意味ありげに思え、そこに何かがいてもおかしくないような感じがする。一人きりでものも言わずにいると、自然と想像力が掻き立てられ、自分でも気づかないうちに、現実にはみ出してしまうほどに育ててしまうこともありそうだ。

よくある幽霊話の多くは、この作用で説明できるんじゃないだろうか。器のそうめんをのろのろと突つきながら、私の思考は流れていった。何かを一瞬だけ見て、わっと驚いたというタイプの話なら、脳の瞬間的な誤作動で説明がつく。だが、出現が長時間に及ぶケースではどうだろう。例えばタクシーの運転手が深夜に、一人の女の客を乗せる。しばらく走ってバックミラーを見ると、後部座席には誰もいない……。

タクシーを停めてドアを開け、乗り込むのを待ち、行き先を聞いて走り出すほどの長時間に亘って、脳が誤作動を続けるとは思えない。

一方で、これもやはり脳は騙されやすい状況にあると言える。深夜の独特の空気感、暗闇、そして眠気。単調な夜の道をずっと走り続けることによる、催眠状態。深夜に乗り込んでくる幽霊の噂を、同僚から聞いていることもあるだろう。

考えてみれば、これは夢を見ているのに似ている。夢の中でなら、実際にはいない人と会話するのも、その存在感をはっきりと感じるのも、容易だ。錯覚が長く持続することもあるだろう。半分眠った状態で運転しているということなのか、あるいは本当は眠って見るはずの夢が、起きている意識の中に出て来てしまったのか。

夢の世界の住人が、脳の中から現実世界へ実体を持ってはみ出て来るさまを思い描いた。私がさっき蒼太を見たのも、蒼太の夢を起きたまま見てしまった、とも言えるのかもしれない。

普段は現実と想像はまったく別だと思っているけれど、ちょっと条件が整ってしまえば、それらは意外と簡単に入り混じってしまうものなのかもしれない。そして一旦脳が認識したならば、もう現実か想像かは区別出来ない。人はそれを現実だと思い込んでしまう。

幽霊にしろ、昔から伝わるおばけや妖怪のようなものにしろ、そんなふうにして夢の世界から現実に出て来たものたちなのだろうか。なるほど、それが百鬼夜行か。

私は一人で納得して、手に持った箸を空中で止めたまま、この思いつきが何かに生かせないかなどと考えていた。と、耳元で蒼太の声がした。

「お父さん」

私はぎょっとして、物思いから引き戻された。きょろきょろと周りを見るがさっきと同じ一人のままで、蒼太はいない。薄暗く、空気の静止したリビングがあるばかりだ。すると、幻聴か。

正に今思い描いていた通りの、自分の無意識の底から聞こえた声、夢の世界からの声か。この場所は、この別荘は、内からの声が聞こえやすい環境なのかもしれない。

結局のところ、人が自分の主観という限界から外に出られない以上、幻覚や幻聴も現実と変わりはしないのだろう……私はそんなことを考えた。今回のように確かめることが出来なければ、現実か幻かは永久にわからないままだ。それなら……どちらでもいいのかもしれない。

とりとめのない考えが、一人だと延々と続いてしまう。頭をぶるぶると振って余計な思考を振り払い、私はそうめんを食べることに集中した。

2　隣人との会話

そうめんの器を洗ってしまうと、やることがなくなった。朝から熱を上げ過ぎたせいか、仕事を続ける気力は失われていた。かと言って、昼寝をするほど疲れてもいない。頭ばかりが空回りしているようで、今はむしろ体に適度な疲れが欲しかった。私はカメラを持って外に出ることにした。

カメラバッグを肩に下げ、裸足にサンダルをつっかけてカブトムシ荘を出る。町とは反対方向、別荘地を更に奥へと向かう方向に歩き出した。

じきに、大きなオニヤンマが低空飛行で、戦闘機のように追い越して行った。慌ててカメラを構えてその飛行の軌跡を追ったが、すぐには戻って来ないようだったので先へ進んだ。

今日もセミが盛大に喚いていた。いくつかの種類のセミの声が合わさって、森全体が音を立てているように聞こえる。

緩やかな坂を上って歩いていくと、やがて隣の別荘が見えてきた。どっしりとした重厚な建物の別荘だが、今は誰も滞在していないようで、庭は背よりも高い雑草に覆い尽くされ、どこか埃っぽい廃墟じみた雰囲気が漂っていた。カブトムシ荘は今のところ、両隣とも無人の別荘に挟まれているらしい。

蒼太と共に、この辺りまでは探検済みだった。この先で、大通りは大きくカーブしながら上るきつい坂道になっていた。

一人の午後、私は更に先へ進んでみることにした。急な坂道を上っていく。息を切らしながら大きなカーブを通り過ぎると、道は再び平坦になって、一息ついた。

前方に道はまただらだらと続いていた。両側を森に囲まれていた下の道とは様相が異なっている。舗装が復活し、砂利道は再びやや荒れたアスファルトの路面になっていた。山側である右手は木々のまばらな林で、太陽の光は遮られず、道の大部分は真昼の直射に晒されていた。左手は下の道まで一気に落ち込む雑木林の斜面になっていて、道路には錆の浮いたガードレールが設置されていた。

日向の道を進んでいくと、路面を踏む足裏から熱が伝わった。道路の右手に、いくつかの別荘がぽつぽつと並んでいた。やはりひと気のない別荘もあれば、玄関に車が止まっている別荘もあったが、いずれにせよ住人の姿はなかった。もうずいぶん歩いているが、私はまだ誰にも出会っていない。まるで、人々がみんな避難して、取り残された無人の別荘地を歩いているようだった。

やがて、小さな公園が現れた。道路に沿って背の高いヒマワリがずらりと並び、大きなまん丸い花を咲かせている。ヒマワリの向こうにはシロツメクサが点々と白い花を咲かせる広場があって、青い滑り台と赤いブランコが見えた。どちらの遊具も、日焼けして白っぽく色褪せている。この場所の奥には細い柱に屋根が載った簡素な造りの東屋があり、中央にベンチが置かれていた。この場所も、無人だった。ヒマワリの花壇でスプリンクラーが作動していて、さわさわと水が流れる小さな音が聞こえていた。花の周りには、緑の光沢に輝くハナムグリが何匹も、ブーンという大きな羽音を立てて飛び回っていた。

私は立ち止まって、しばらく無人の公園を眺めた。顔を伝った汗が、足元の乾いた砂に黒い染みを作る。今度、暑過ぎない日に、蒼太を連れてきてやろう。

公園を離れて歩き出そうとしたところで、前方から走ってくる車があった。黒いベンツで、運転席には初老の紳士が、助手席にはその奥さんと思われる温厚そうな女性が乗っていた。車はスピードを緩めて徐行し、私はヒマワリと並ぶように体を寄せて待った。すれ違う時に、初老の夫婦は微笑みながら頭を下げて挨拶をした。私も会釈をした。

去って行くベンツを見送りながら、初めて別荘の住人らしき人と出会ったのだと気づいた。ああいう感じの、裕福な年配の住人たちばかりなのだろう。ひっそりとひと気なく思えるのは、たぶんそのせいだ。この公園で遊ぶような、蒼太と年の近い子供は、他にはいないのかもしれない。

私は先へと進んで行った。日陰のないまっすぐな道は単調で、早足で歩いているつもりでも、じりじりとしか進まなかった。空からの熱と、乾いたアスファルトが照り返す足元からの熱の両方で、全身が炙られている感じがする。汗が身体中からどっと噴き出る。カメラバッグに突っ込んできたペットボトルの水を、ごくごくと飲んだ。この分ではあっという間になくなってしまいそうだ。前方を見ても、自動販売機なんて気の利いたものはしばらくありそうにない。熱中症気味のところに、この散歩は無謀だったかもしれない。頭が若干くらくらする。これでは、また幻覚や幻聴が起こりそうだ。

道の脇に小さな祠があって、古びた地蔵が祀られていた。たぶん別荘地よりも古くからあるのだろう、石が摩耗して顔の造作もよくわからなくなった地蔵だった。地蔵の前にはワンカップの空き瓶が置かれ、花が一輪挿さっていたが、既に萎びて茶色くなっていた。

ここで妖怪を見ても不思議はないな、と私は思った。祠の影に河童がいて、キュウリを齧っていたって驚かない。むしろ、極めて自然な光景に思えるだろう。おばけが夏の付き物なのは、暑さに参った脳の働きと、目を眩ませるほどに強烈な太陽の光の結果かもしれない。

祠を眺めながら、ペットボトルの水を少しだけ飲んだ。また歩き出そうと祠から目を逸らすと、視界から外れた場所に何かが現れたような気がする。振り返ると、もちろん何もないのだけれど。

また、次の別荘が見えてきた。今度のはずいぶん真新しい、モダンなデザインの建物だ。通りに面した壁が一面ガラス張りで、中のインテリアが見えている。ガラスは陽射しを受けてギラギラと輝いていて、これは相当暑くなるんじゃないかと思われた。屋根は鋭角な三角形で、建物全体が三角の積み木を置いたように見えた。

　敷地の周囲は緑の生垣で囲まれ、前庭には車が一台とまっていた。私は立ち止まって、一面のガラス窓を覗き込んだ。いくつかの椅子やテーブルが見えた。よくは見えないが、家の外観に似つかわしいおしゃれな家具が揃っているようだ。だが、人影はなかった。

「何ですか？」

　まったく予期していない時に背後から呼びかけられ、私は飛び上がった。振り返ると、黄緑色のポロシャツを着た痩せた男が立っていた。年齢はたぶん四十代くらい、日に焼けているが何だか健康そうな雰囲気のしない、暗い表情の男だ。いかにも怪しい不法侵入者を見る目で私を眺めている。手には大きな鎌を持っていた。草刈り用なんだろうが、落ち着かない気分にさせられた。

「ああ、すいません。この家の方ですか？」

「そうですけど？」

「いや、あの、ちょっと前にこっちに来た者です。向こうの、蘇芳先生の別荘に家族で滞在してます」

「蘇芳先生の……」男は暗い表情のまま、考えるしぐさをした。「ああ、カブトムシ荘ですね」

「ご存知ですか」

「そりゃまあね。それで、うちに何のご用です」

「いえ、別に用って訳では。どうもすみません、じろじろと覗き込むような真似をして」

「いえ」と男は言った。

およそ友好的とは言い難い、気まずい空気が流れた。やがて、私が相当困った顔をしていたからか、男は僅かに表情を緩めた。

「こちらこそ。最近は別荘荒らしもいるんでね、見かけない人にはつい警戒してしまうんですよ」

「別荘荒らし、ですか？」

「ええ。トラックで乗り付けて、バールでこじ開けて侵入して、家具やら家電やら根こそぎ持って行ってしまう」

「そんなのがいるんですか」

「最近は、一年以上別荘にやって来ない住人も増えたんでね。みんなが留守がちだとどうしても物騒になる」

蘇芳先生が留守番の必要があるのだと言っていたことを、思い出した。

「確かに、人は少ないみたいですね。来て数日経ちますが他の住人の方に会ったのは今日が初めてです」

「もともと冬の方が賑やかな場所ですからね。真夏は避暑っていうほど涼しくもないし。オーナーもみんな高齢化してるから、別荘地ですら過疎化です」

「そうですか。あの、正木と言います。蘇芳先生のご厚意で、夏の間カブトムシ荘に滞在します。妻と息子が一緒です」

「本橋です」

男はそれだけしか言わなかった。相変わらず表情は暗く、依然として警戒の壁があった。まだ、私が下見に来た別荘荒らしかもしれないと疑っているのだろうか。

もうさっさと立ち去ってしまいたかったが、自己紹介してしまっただけに、立ち去るタイミングを見失ってしまった。私は話題を探した。

「あのですね」と私は言った。「カブトムシ荘の両隣の別荘なんですが、あそこは、今はどなたかおられるんですか？　どうもひと気がないみたいなんですが」

「さあ。ひと気がないのなら、おられないんでしょう。どうしてそれを聞くんです？」

「いや、別にどうしてってこともないんですが」

言ってから、これではますます留守宅を確かめる別荘荒らしみたいに見えることに気づいた。

「あの、失礼しました。それじゃ、どうも」

言って、私は男に背を向けて歩き出した。どうにも気まずい空気が、このままでは増幅するばかりだ。逃げるようだが仕方がない。私は早足で前だけ見つめて歩いたが、振り向かなくても、彼がじっと立ったままこちらを見続けているのが感じられた。私は不自然なまでにまっすぐ前だけ見つめて、彼の視界の外まで歩き続けた。

3　村

歩き出してから、しまったと思った。家に帰る方向に向かって歩き出せば良かったのに、更に先へ進む方向を選んでしまった。

一本道だから、戻るにはこの道を引き返すしかない。かなりの確率で、本橋と名乗ったあの男はまだ家の外にいて、こちらの挙動を見張っているんじゃないかと思える。意味なく行ったり来たりしているところを見られたら、まさしく別荘荒らしの下見に見えるだろう。

戻るにしても、もう少し時間を稼いだ方が良さそうだ。私は溜め息を吐いて、歩き続けた。

しかし、こういうことには慣れてもいた。虫を撮影するためにカメラを持って野を歩き回っていると、出会った人にはまず確実に怪訝な顔をされるものだ。普通の、一般の人というのはわざわざ虫けらなんぞ撮ろうとは思わないし、そんなことのために大人が炎天下を汗をかきながら歩き回っているなんて、信じないのだ。まずは、裏があると思われる。何か後ろめたいことをやっていて、それを隠していると考える。結局は、自分とは異なる価値観への想像力が不足しているだけなのだが、人は大抵それに気づかない。厄介なのはそこに勝手な正義感が結びついた時だ。訳知り顔で注意してきたり、最悪の場合は通報したりする。

実際に、虫を撮っていて職務質問を受けたことがある。道端に這いつくばって溝の雑草についたハムシを狙っていたら、後ろから自転車のおまわりさんに声をかけられた。その時は幸い何事もなく終わったが、もしハムシのいる茂みの向こう側が女子校の通学路だったりしたら、大変なことになっていたに違いない。

上り下りしながら続いて行く道を辿りながら、私の思いはさまざまに流れていった。人は往々にして、自分の気に入った価値観しか認めようとしない。つまり、己の信じたいものしか信じないのだ。それは、一切の偏見を持たないと思っている人でも、同じだ。自分でも気づかないままに、狭い認識にとらわれてしまっている。自分自身も含めて、人はそこから逃れられない。

事故を経て、人々の私たちへの接し方は変わった。周囲の人々はもちろんそんなつもりはなく、ただ親切なだけなのだろうが、そのどこか「腫れ物に触る」ような態度はとても気に障るものだった。特に実家の母の態度は、私にはまったく不可解なものだった。母は事故の話題を過剰に避けようとするあまり、蒼太と一切目を合わせようとしなかった。蒼太が、触れれば壊れてしまうシャボン玉にでもなったかのように、近寄ることを恐れ、結果的にかえって蒼太を傷つけてしまっていた。それ以来、実家からは足が遠のいている。

事故の後、私たち家族は少しずつ世間との付き合いから距離を置き、家族だけで閉じこもるようになっていった。それは決して意図したことではなく、周囲の微妙な変化を避けているうちに、自然とそうなっていったのだ。茜は勤めを辞めたし、私はそれまでにも増して人に会おうとせず、できる限り自宅で仕事をするようになった。その延長線上に、この別荘滞在もある。

それは他人からは、後ろ向きな引きこもりにしか見えないのだろう。実際、そんなようなことを言って私に「アドバイス」をする人もいた。前を向かなくちゃ駄目だと。だが自分たちにとってこの引きこもりは決して意味のないことではない、と私は思っていた。むしろ家族が向き合い、絆を再確認する良い機会なんじゃないかと思う。

突然、クラクションを鳴らされた。顔を上げると、前方から軽トラが向かって来るところだった。前にも見た白い軽トラ、管理人の北村だ。私が脇に寄って避けると、北村は窓から顔を突き出して「どうも！」と怒鳴りながら、すれ違って行った。北村は「暑いですな！」とも怒鳴った。私は「本当に！」と答えたが、北村は車を停めるでもなく、そのまま一定のスピードで走り去って行った。埃が舞って、私は咳き込んだ。

何やかやと考えているうちに、ずいぶん歩いて来てしまっていた。いくつか別荘の横を過ぎて来たが、本橋以外の住人には会わなかった。

今は風景は少し変わっていて、前方で道路は左に大きくカーブを描き、抉りこむように下っていた。カーブミラーが、カーブのいちばんきつくなるところに設置されていた。私は自然と小走りになって、下りカーブを駆け下りた。カーブを過ぎると、その先には谷間の風景が開けていた。それは、カブトムシ荘の裏庭から見下ろした風景を、別の角度から見ているのだと、じきに気づいた。送電線の巨大な鉄塔が、間近に立っているのが見える。その向こうに、田んぼとその合間に民家が点在する里山の風景が広がっていた。

その時点で私はすっかりこの散歩に飽きていて、もう帰ろうとばかり思っていたのだが、村の風景を見て気が変わった。別荘地の雰囲気とはまったく違う鄙びた田舎の光景は、いかにも懐かしい風情に溢れていて、トトロの世界を期待させた。

鉄塔を見上げながら、平坦に戻った道を進んで行った。鉄塔の周りには高いフェンスが巡らされ、フェンスには濃い緑のクズの葉がびっしりと絡みついていた。巨大で異質な鉄塔でさえ、足元に寄ってみると自然の中に馴染んで見えた。

道路の脇には溝が沿って続き、覗き込んでみるとそれは排水溝などではなくメダカが泳いでいそうな澄んだ小川だった。小川の向こうには青々とした田んぼが連なっている。谷間の村なので一つ一つの田んぼは小さく、棚田となって山肌によじ登るようにして続いていく。緑がもこもことまるでブロッコリーのように連なった山の上の方に、赤い鳥居が突き出しているのが見えた。

道端にバス停があった。いかにも田舎のバス停のイメージ通りの、簡素なベンチと赤錆びたトタンの囲いだけのバス停だった。オロナミンCかボンカレーの古い看板があるんじゃないかと思ったら、キンチョールの看板があった。バス停のベンチに座って一息ついて、ペットボトルの水を飲んだ。もうほとんど残っていなくて、喉はいくらも潤わなかった。

不意に「こんにちは」と声をかけられて、私はびっくりした。振り向くと、白い日よけをかぶった農家のお婆さんが、ゆっくりした足取りで歩いて行くところだった。

「こんにちは」と私は答えた。

「暑いねえ」とお婆さんは言った。

「ああ、そうですね」と私は言った。「本当に。暑いです」

お婆さんはゆっくりと、しかし確固とした目的のある足取りで、バス停の前を過ぎて歩いて行った。私が身構えていた程、地元の人はよそ者を気にしたりはしないようだった。気持ちが少し楽になって、私はバス停を出て歩き出した。

小さな板の橋を渡って小川を越え、田んぼの間の農業道路に入っていった。稲は黄緑に輝き、多くのトンボが飛び交っていた。私はカメラを出して、トンボを追った。トンボを目で追いながら進むと、足元でバッタが跳ね、トカゲがちょろちょろと走っていく。カメラを構えながら、私は少し先を楽しそうに駆けて行く蒼太の姿を想像した。きっと喜ぶだろう。虫採り網が踊るように揺れるだろう。

斜面に穿たれた階段を登ると、そこも田んぼだった。私は棚田を登っていった。山の林が田を包み込むように迫ってきていた。足元に動くものを感じ、見下ろすと数メートル先の道の上にハンミョウがいた。ハンミョウは赤と青に輝く美しい上翅を持つ、小さな甲虫だ。長い六本の足で胴体を高く掲げたような独自のスタイルで、道の真ん中でじっと静止している。私は慌ててカメラを構えて、気配を殺してゆっくりと近づいた。いよいよファインダーを覗きかけたところでハンミョウは飛び立ち、数メートル飛んでまた道の上にとまった。

これがハンミョウという虫の習性だ。ハンミョウはとても敏感な昆虫で近づくとすぐに飛び立つのだが、遠くまで飛んで行くことはせずに数メートル先に降りる。なぜか道の上を好み、草むらなどに逃げ込むことはない。追いかけると、また飛んで少し先に降りる。それを繰り返すので、まるで道を教えているように見える。だからハンミョウの別名を『道教え』と言う……小学生向けの図鑑には必ず載っている豆知識だ。

なので、ハンミョウを追いかけ始めると、人はあっちへうろうろ、こっちへうろうろと翻弄されることになる。私もカメラを中途半端に構えた格好のまま、小さな虫を追いかけて歩き回った。

ハンミョウは縄張り意識が強い虫で、自分の縄張りから外へは出ようとしない。そしてその縄張りの範囲は他の昆虫に比べて狭い。狭い縄張りの中で逃げ回る行動が、道教えと呼ばれる動きに繋がっている訳だ。だがしつこく追い回すと、ハンミョウも根負けするのか頭上高くに飛んで逃げたり、道を外れて逃げたりする。今も、不意に向きを変えて横に飛び、道の脇の腰の高さの石の上にとまった。むしろ撮りやすい位置になった。私は慎重に近づいて、複雑な色の光沢に輝く虫を撮影した。何枚か撮った後、更にカメラを寄せてみると、虫はまた飛んで逃げた。

とりあえず撮れたので満足して、一歩引いて見ると、ハンミョウがとまっていた腰の高さの石は墓石だった。摩耗し、崩れかけているが表面に文字が彫られている。私はぎょっとして周りを見回した。いつの間にか、墓地に入り込んでいた。

それは丘の中腹にある、木々に囲まれた狭い墓地だった。かなり古い墓地のようで、ほとんど整備されておらず、磨り減って丸くなった墓石の中には倒れてしまっているものもあった。束ねた卒塔婆が無雑作に隅に積まれているし、地面に積もった落ち葉は長く掃除された形跡がない。墓石に彫られた消えかかった文字には、昭和でも大正でも明治ですらない年号が見て取れた。

ハンミョウはどこかに消えてしまっていた。私は倒れた墓石を踏まないように注意しながら、落ち葉の積もった小道を進んで行った。林を回り込むと、向こうには斜面に段々状に作られた墓地が広がっていた。

視界が開け、谷間の村の風景が広く見渡せた。階段状に下っていく棚田が見える。村の通りを越えて、向こうに見える山肌が、別荘地のある辺りだということに私は気づいた。木々に半ば隠れていたが、別荘の屋根が一定の間隔で並んでいるのが見える。端の方に、カブトムシ荘の焦げ茶色の三角屋根も見えた。

表側の墓地はまだ割ときれいに整備されていた。倒れた墓石はなかったし、足元には石畳の道があって、落ち葉もある程度は掃き寄せられていた。古い墓石も多くあったが、その合間にまだ角のはっきりとした、つるつるピカピカの真新しい墓石も立っていて、令和の年号が彫られていた。まだ瑞々しい花の供えられている墓もあった。

またハンミョウが飛んで来て、今度は二匹、石畳の上にとまった。私はまたカメラを構えたが、墓地の只中で撮影をするのは少し抵抗感を覚えた。ためらいながら近づくと、ハンミョウたちは飛んでそれぞれ違う方向へ逃げた。大きなアゲハチョウが飛んで来て、墓地の隅に咲いたユリの花の蜜を吸った。

その時、視線を感じた。いくつもの、大勢の視線だ。大勢の視線が取り囲んで、じっと静かに私を見ている。私は息を止めて、慎重に周囲を見回した。もちろん誰もいない。あるのは墓石ばかりだ。たくさんの墓石たちが、私を取り囲んでいる。勝手に入り込んで死者への畏敬も持たず、聖地を乱している男を怒りを込めて見つめている。

他人の墓に入り込んでいる後ろめたさを感じ、墓地から出ようと思ったが、気がつけば周りは全部墓地で、どちらに行けばいいのかわからなくなってしまった。登ってきた道がどちらの方向だったかもわからない。見当をつけて歩き出したがそれはどうやら間違いで、やがて墓地のより奥深くへと入り込んでしまった。

歩いて行く先で、ハンミョウが小刻みに飛んでいる。

私は焦ってきた。ここにいてはいけない、禁忌を侵しているという気持ちが、どんどん強くなっていった。だが、歩いても歩いても墓石ばかりだ。

　墓場で遭難してしまった。

　気がつけば、異常に汗をかいていた。まるで頭から水をかぶったように、全身ずぶ濡れだ。歩いていく足下に、顔から滴った汗がぼたぼたと落ちる。全身がかっかと発熱していて、意識は朦朧とし、ひどい頭痛がしてきた。これはやばい、熱中症だ。

　靄がかかったような目で、私は前を見た。ずっと先、上り下りを何度か繰り返したその向こうにある墓地の区画、立ち並ぶ墓石の間に、子供が立っているのが見えた。蒼太？　いや違う。中高生くらいの女の子だ。学校の制服の、白いセーラー服とスカートを着ていた。強い陽射しを受けて、白い制服は光を放っているように見えた。長い黒髪と、真っ白な顔が見える。表情は遠くて見えないが、こっちを見ていることはわかった。

　助けを求めようとして、私は口を開いたけれど、どうしても声が出なかった。片手を挙げて、合図のつもりで左右に振ったところで膝の力が抜けて、私はその場に倒れ込んだ。

4　寺

目を開けると、高い天井があった。複雑な木目模様の板張りの天井。私は子供の頃にいつも見上げていた天井を思い出した。ちょうどこれと同じような木目があって、節穴は目のように、模様は顔のように見えて、怖かった。でもこれはそれじゃない。子供の頃の家にいるんじゃない。

私は慌てて起き上がった。額に載っていたタオルが落ちた。冷たい濡れタオルが、頭を冷やしていた。

八畳ほどの畳敷きの部屋に布団が敷かれて、私はそこに寝かされていた。枕元にカメラバッグと帽子、それに水の入ったコップと水差しが、盆に載せられて置かれていた。扇風機が、静かな音を立てて回り、首を振っていた。

何がどうなったやら、思い出せない。だがここはたぶん、寺だ。重厚な太い柱、隣室との間を仕切る襖の上の立派な欄間、調度がほとんどなくてがらんとした部屋と、おそらく外廊下に面した障子の木戸。そして、どこからか薄く漂う線香の香り。いつかの法事での親戚の集まりを思い起こさせた。……と、急に頭がズキズキと痛んだ。私はこめかみを押さえ、痛みの波が通り過ぎるのを待った。

痛みが治まってから、私は枕元に置かれたコップを取って水を飲んだ。一気に飲み干し、ひとしきりむせて咳き込んで、水差しからもう一杯注いでこれも飲み干した。ふうと息を吐いてから慎重に立ち上がり、立ちくらみがしないことを確認してから、歩いていって障子を開けた。思った通り、そこには寺特有の長い板張りの廊下があり、その向こうには玉石の庭があった。大きな木があって庭と廊下はその影の中にあり、ひんやりとした空気があった。

私は廊下に出て、大声を出してみた。

「あの、すみません。どなたか、いらっしゃいますか？」

しんとしている。私の大声は寺の空間に、すっと吸い込まれてしまうようだった。

きょろきょろと辺りを窺いながら、私は廊下を進んでみた。襖を隔てた隣の部屋は、私が寝ていたのと同じ八畳間で、やはりがらんとして誰もいなかった。反対の方向では、直角に交わるもう一本の廊下があった。覗き込むと、廊下はぽかんと口を開けた大きな空間に続いている。どうやら本堂のようだ。

墓場で倒れたんだ……と私は思った。明らかに熱中症だ。そして、お寺の誰かに助けられた。ぼんやりと、誰かに肩を借りてよろよろと歩いた記憶が残っていた。お坊さんだったろうか。袈《け》裟《さ》のような、奇妙な布地の手触りを、憶えているようないないような。

とにかく、私は目が回っていた。どこをどう歩いたのか定かではなく、交わした会話も憶えていない。たぶん何とかあの部屋に担ぎ込まれて、そしていとも簡単に眠ってしまった。何てこった、見知らぬ相手にめちゃくちゃ世話になってるじゃないか。

「あのう」と私はさっきより小さな声で言った。「どなたかいませんか？」

本堂の広間に踏み込むと、そこは一風変わった空間だった。床は畳でなく板張りで、つるつるした現代的なフローリングだった。周囲は壁に囲まれた密閉空間で、天井は高く、高いところにあるガラス窓から光が斜めに射し込んでいた。奥には大仏があった。大仏というか……何だかよくわからないが、とにかくデカい仏像だ。ここはさっきまでの純和風の空間とは違って、ずいぶんとモダンな空間だった。結構最近にリフォームされたのだろう。

裸足の足に、フローリングの床は冷たく吸い付いた。ぺたぺたと足音を立てながら歩いて行って、私は仏像を見上げた。祭壇の向こうに、黒々とした巨大な顔が聳えている。こう大きいと、ありがたいのやら怖いのやらわからないな。祭壇には線香が燃えていて、うっすらと匂いを放っていた。様々な記憶を刺激する匂いだ。

祭壇に沿って歩き、壁に向かうと、そこには掛軸が飾られていた。いかにも由緒のありそうな、古びた掛軸だ。描かれているのは……これは何だろう。険しい崖が描かれ、その途中に不気味な猿のような小人のようなものが張り付いている。骨と皮だけのように痩せて腹がぽこんと突き出した、浅ましい顔。これは餓鬼だろうか。手に赤子を抱いている。崖の下では女が、赤子を抱いた鬼に手を差し伸べて泣いている。女が我が子を鬼に攫われて、崖の上に連れ去られようとしているシーン。そう見えた。何らかの仏教の説話だろうか、知識のない私にはわからない。

「コトリ」と背後で声がして、私は心底びっくりした。

振り返ると、そこには少女がいた。白いセーラー服を着た、たぶん中学生くらいの女の子。意識を失う寸前に、墓地で見かけた女の子だ。まったく気配を感じなかったが、いつの間にかすぐ近くに立っていた。

「この絵に興味があるの？」と少女は聞いた。

「いや、あの……これは仏教の説話か何かなのかな、と思ってね」

「仏教というよりは、妖怪だと思うけど」

「妖怪？」

「うん。妖怪コトリ。子を取る鬼だからコトリ。左上に解説が書いてあるよ。ある山に鬼がいた。時折里に下りては子供を攫って食った。母親の嘆き悲しむのを見て己の所業を悔いた鬼は、食った子供に成り代わってその後母親と共に暮らしたという」

「へえ」と私は素直に感心した。「よく読めるね」

「読めるっていうか。昔から知ってるから」

「そうか、君はこのお寺の……」

私は周囲を見回したが、依然少女の他に誰かがいる気配はなかった。仕方がないので、私はまた少女に向き直った。

「でもそれって、微妙な話だね。自分の子供を食った鬼が、自分の子供に成り代わるんじゃ、ハッピーエンドとは言えない気がするけどね」

「でも、母親が鬼と知らなければハッピーなんじゃない？」

「それはそうだけど、でも騙されてるよね」

「騙すとか詐欺とかって、最後に正体をばらしてお金を取ったりするから、不幸にする訳でしょ。最後まで騙し切って正体を知られなければ、それは善行と言えると思うけど」

私は何か言いかけて、思い直してやめた。中学生の女の子とムキになって議論している場合ではない。

「ところで！」と私は、話題を変えるために大きな声を出した。

「きみはこのお寺の子なんだよね。おうちの人はどこに？」

「あなたを助けたのはお父さんよ」

「ああ……ありがとう」

「私、見てたの」と少女は言った。「お墓をうろうろしていたよね。あっちに行ったり、また戻ったり。何をしてたの？　誰かのお墓を探してた？」

「ええと、ハンミョウを追いかけてた」

「ハンミョウ？」

「虫だよ。ほら、赤と青と緑できらきら光ってる」

「ハンミョウ。そんなの、わざわざお墓で探さなくったってどこにでもいるのに」

「ああ、そうなのか」

「あなたは昆虫学者？」

「いや。ただ虫が好きで撮影してるだけだよ」

「カブトムシ荘の人といっしょだ」

「蘇芳先生を知ってるの？　僕は今そこに住んでるんだよ。蘇芳先生からカブトムシ荘を借りてね。家族もいっしょだ」

「家族？」

「五歳の男の子もいる」

「へえ。遊びに行ってもいい？」

「遊んでやってくれるの？　もちろんいいよ」

「じゃあ、約束ね」

少女は嬉しそうに笑った。

「それで」と私は言った。「お墓をうろうろしてて、それから僕はどうなったんだろう」

「何だか、ふらふらしてた。私に向かって手を振って、助けてくれって顔をしてた。声は出てなかったけどね。それから、ガクって倒れたの」

よく思い出せなかった。

「なるほど。それできみが助けてくれた訳だ」

「助けたのはお父さん。私はただ知らせただけ」

「でも、おかげで助かったよ。ありがとう」

私は頭を下げた。少女は横を向いた。照れたのかもしれない。

「ええと、それで、おうちの人はどこに……」と言いかけたところで、救急車のサイレンが聞こえてきた。遠くから徐々に近づいてきて、もっとも大きくなったところで途切れた。このお寺の玄関に着いたに違いない。ということは、他ならない私を迎えに来たということだろう。

私は音に気をとられ、そちらの方を向いていた。何か言おうとして振り返ると、掛軸の前に少女は既にいなかった。

「あれ?」

思わずひとりごとを言いながら周囲を見回してみたけれど、少女の姿はどこにもなかった。子供特有のすばしっこさで、すり抜けて玄関に向かったのだろうか。私は本堂を出て廊下へ向かった。ちょうど、さっきまで私が寝ていた部屋から、女性が出て来たところだった。少女ではない。五十代くらいの、白髪の上品そうな婦人だ。

「ああ、そこにいたのね、良かった！」と婦人は言った。「寝てないからびっくりしちゃって。狐に化かされたかと思っちゃった」

「すみません」と私は謝った。

話そうとしたが、婦人は私を急き立てて玄関の方へと歩かせた。

「こんな田舎ですからね、もっと時間がかかるかと思ったのだけれど、割と早く来たわね。え？何がってだから、救急車」

立派な木彫りの額が飾られた、玄関に出た。開け放しの扉の向こうに、救急隊員が二人、担架を持って立っていた。

「患者さんはどちらですか？」と救急隊員はいかにも元気そうな私を見て、「こちらの方ですか？」

「あら、私ったら」と婦人は笑って、「救急車に乗る人を急いで歩かせちゃってどうするの。運んでいただけば良かったのよね」

「あの」と私は何とか口を挟んだ。「もう大丈夫ですから。乗らなくて大丈夫です、救急車」

「あら、駄目よ。熱中症は危ないんだから、きちんと診ていただかないと」

「いえ、助けていただいたおかげですっかり回復して、もう体におかしなところもないですし」

「本当に？　歩いて帰れるの？」

「大丈夫です、帰れます」

押し問答の末、救急車は空で帰ることになった。「とにかく、水分と塩分をたくさん摂って下さいね」と救急隊員は言って、担架を抱えて出て行った。婦人は「ごめんなさいね」と何度も頭を下げ、私は慌てて婦人と救急隊員たちの両方に頭を下げた。

救急車が去り、私も礼を言って立ち去ろうとしたが、婦人は引き止めた。

「水分をたくさん摂らないと駄目って言っていたでしょう?」と婦人は言った。「お茶を入れるから、せめてそれだけでも飲んで行きなさい。また家までの途中で倒れるといけないから」

私はしつこく遠慮したが、結局は玄関に座って待つことになった。婦人が引っ込んでお茶の用意をしている間、私は他の人たちはどうしたんだろうと考えていた。私を助けてくれたはずのお父さんや、さっきの少女はどこに行ったのだろう。

婦人はすぐに戻って来た。麦茶のボトルとコップ、それに小皿が載ったお盆を置く。小皿に入っているのは、塩昆布だ。お茶は冷たくて、確かに体に染み入った。

「どうぞ、もっとお飲みなさい」

返事を待たず、婦人はお茶を注ぎ足した。

「ほら、塩分も摂らなきゃ。昆布食べて」

お茶を飲み塩昆布をつまみながら、救急車に乗らなかったことでまた余計に迷惑をかけていることに気づき、私はあらためて婦人に向き直り、頭を下げた。

「ほんとに、どうもすみません。お世話になってしまって」

「いいえ、いいんですよ。困った時はお互い様ですから、ねえ」

「私を助けてくださったのはご住職……なんですよね？」

「ええ。ちょうど出かけるところで、たまたま気づいたから良かったようなもので」

「それで、ご住職は今どちらに？」

「ですから、ちょうど出かけるところでしたので。今は出ております」

「ああ……」

「私たち夫婦だけの小さな寺ですからね。偶然見つけていなかったら、大変なことになっていたかもしれません」

「そうですね。本当に、ありがとうございました」

やはり、この婦人が住職の奥さんか。さっきの少女は二人の娘ということになる訳だが、それにしてもどこに消えてしまったのだろう。

「娘さんがおられますよね？」

「え？」

「さっき本堂で、お会いしたんですが」

軽い話題のつもりで持ち出したのだったが、婦人の表情は固まってしまった。

「……どうかされましたか？」と私は聞いた。

「うちには娘はおりませんよ」

「あれ？　そうなんですか。私はてっきり……」

「本堂で誰かに会ったんですか？」

「ええ。掛軸の説明をしてもらいました。妖怪コトリだって。セーラー服を着た、中学生くらいの女の子だったんですが……」

婦人は笑ったような泣いたような、複雑な表情を見せた。

「話をしたのですね？」

「ええ。そう言えば、私を助けたのはお父さんだと言っていましたよ。それで、こちらのお子さんだと思ったのですが」

「……そうですか」

「その子が私が倒れるところを見ていて、お父さんに知らせたのだとも言っていました」

婦人は大きな溜め息を吐いた。私を眺め、それから目を逸らし、遠くを見たまま言った。

「私たちには娘がいましたが、今はおりません。亡くなって六年になります」

今度は、私が固まってしまった。

「詩織という名前です」と婦人は言った。「亡くなった時、娘は十四歳でした。あなたがそのことを知っていて、何か私にはわからない途方もない悪意で騙しているのでなければ……」

「まさかそんな！」

「そうでなければ、あなたは娘の幽霊に会ったということになりますね」

私は何も言えなかった。急に、寺という場所のしんとした空気が強くなった。昼の光が射し込んでいる玄関、薄暗い廊下、廊下の続く先にある闇。そうしたものが、急に存在感を持って感じられた。

「いやしかし」と私は言った。喉が渇いて、いがらっぽい声が出た。

「お茶をどうぞ」

「あ、すみません。しかしですね。私が会ったのはそんな、幽霊というような雰囲気ではなかったですよ。会話もしっかりしていたし、確かに実体があった」

婦人はどこか遠い目をして私を見ていた。婦人とその娘による冗談に巻き込まれているのだろうか。それにしては悪趣味だ。

「近所の子供のいたずらかもしれないですね」と私は言った。「近所に、中学生くらいのこんないたずらをしそうな女の子はいませんか？」

「さあ。まさかいないと思いますけどねえ。勝手にお寺のお堂に入り込むなんて」

また、静かに張り詰めた空気が流れた。

「あの、本当にどうもすみません」と私はまた謝った。

「どうして謝るのですか？」

「いや……娘さんがお亡くなりになったとは知らずに、変な話題を出してしまって」

「でもあなたは本当に会ったのでしょう？」

「ええ。それはまあ、そうなんですが」

「では、別に謝ることはないでしょう。あなたが出会ったのであれば、詩織は確かに今もここにいるのでしょう。それは嬉しいことですよ、私にとってはね。たとえ幽霊であっても」

今度こそ、私には何も言えなかった。ただ、気詰まりな沈黙に耐えるばかりだった。

5　コウタの消失

別荘に帰った私は、茜に幽霊の話をしたくて仕方がなかったのだが、なかなかチャンスが訪れなかった。蒼太に聞こえるところでは、話はできない。私はうずうずしながらも黙っていた。

「どうしたの？」と文庫本から顔を上げて、茜が聞いた。

「どうしたって、何が？」

「いや、何か様子が違うからさ」

「別に」と私は答えた。

夕方、夕食の用意を終えてテラスに出てきた私は、砂場で遊ぶ蒼太を取り囲む森をチラチラと見るのをやめられなかった。詩織という名前であることを聞かされたあの少女は、「遊びに来る」と言った。私は了承し、約束した。これは幽霊を家に招いたことになるのだろうか？

そう思うと、森の中に佇む暗がりが意味ありげなものに見えてくる。夕方の風を受けてざわざわと揺れる枝の音が、何かが近づいて来る気配に思える。私は思わず、蒼太に声をかけた。

「もう家にお入り！」

蒼太は砂場できょとんと振り返り、

「どうして？」

「どうしても。もう暗くなるし、それに晩ごはんだよ」

「はーい」

蒼太は素直に立ち上がって、駆けて来た。私の脇をすり抜けてサンダルを脱ぎ散らし、部屋に飛び込んで行く。その後に続いて部屋に入り、ガラス戸に手をかけながら、私はもう一度森を見た。それから、森の向こうに開けている村の風景に目をやった。段々状になった田んぼの続きに、同じく段々に重なる墓地が確かに見えていた。その奥に、木々の影に半ば埋れて寺の屋根が見えた。

「どうしたの？」と茜がまた聞いた。私は気になる風景に背を向けて、ガラス戸を閉めた。

夕食の後、蒼太を風呂に入れて、寝かしつける。その一連の作業は茜の担当だ。私は書斎に戻り、もう少しだけ仕事の続きをする。ざっとおさらいするように、今日の仕事の店じまいをする。整理がついたらリビングに戻って、再びビールを開けたり開けなかったりしながら、茜が蒼太を寝かしつけて、戻ってくるのを待つ。戻ってこないことも多かった。そんな時は夜が更けるまでの時間を一人で過ごし、ぼんやりと考えごとを巡らせた。

クーラーをつけなくても夜は涼しく、ガラス戸を開けてあった。網戸の向こうから盛大な虫の声が聞こえていた。コオロギとか、マツムシとか、クツワムシとか。いろんな種類が渾然一体となった虫の声は思った以上にうるさくて、静寂には程遠い。それでも、テレビの雑音がないのは大きな違いだった。人工的でない自然の物音を聞いていると、いつしか落ち着いた気分になった。やがて茜が階段を下りてきたので、あらためてワインで乾杯した。

私は昼間の出来事について話した。

「ちょっと待ってよ、熱中症で倒れたの？」と茜は驚いて言った。

「いや、本題はそこじゃないんだけどね」

「いやいやそこでしょう。そこが本題でしょう」

私は順を追って話した。墓場に迷い込んだこと、墓場で気が遠くなって倒れたこと、寺に運び込まれたこと。

「見つけてもらえなかったら、危なかったんじゃないの？」

「どうかな。軽症だったみたいだから、じきに自分で回復してたかもしれないけど」

「それは助けてもらったからでしょう。そのままだったら死んでたかもしれないじゃない」

「それはそうだけど」

「で、何ていうお寺なの？」

「お寺の名前？　そう言えば何だったたかな」

茜は溜め息を吐いた。

「とにかく、本題はそこじゃないんだよ」

私は本堂での出来事について話した。妖怪の掛け軸の前での少女との会話。それから奥さんとの話と、娘が既に死んでいたという事実。

茜は眉をしかめた。

「それ、本当なの？」

「本当だよ。そんなことで嘘ついてどうするよ」

「でも何だか、いかにも怪談の定石って感じがする」

「そうか？」

「かつがれたんじゃないの？」

「それは俺も思ったけどさ。でもそれにしちゃ悪趣味だろう。自分の娘を幽霊扱いするなんて。それに俺を騙しても意味がない。単なる行きずりの人間でしかないのに」

「意味はあるでしょう。よそから来て、勝手にお墓に入り込んでぶっ倒れて、助けてもらって迷惑かけて。お灸を据えられたんだよ」

「母親と娘がグルになって俺をかついだの？　まさか」

「そうじゃないって言い切れる？」

「いや……でもさ、いつ口裏を合わせたんだよ。そんな暇なかったよ」

「気絶してたんでしょう？　いくらでも時間はあるじゃない」

「でも……俺を運び込んで寝かせて、ドタバタ大騒ぎの時にそんな口裏合わせするか？　救急車も呼んでたし」

「救急車ぁ？」

「いやいや、乗ってないよ。乗ってないけどね」

私は空いたグラスにワインを注いだ。口を潤してから、

「うーん……確かに、かつがれたのかもしれない。まあ、幽霊なんてある訳ないとしたら、かつ

がれたということになるんだろうけど。でもなあ……」

「釈然としない？」

「ああ。あれが演技なら、女優並みだと思うけどね。あそこまで真顔でやり切れるものかなあ。普通は途中で吹き出しちゃったりするんじゃないかなあ」

「女優だったりして」

「はあ？」

「その奥さん。だってほら、お寺にお嫁に来る前はわかんないでしょ？」

「そりゃそうだけど。それこそできすぎの話みたいに聞こえるけど」

「幽霊を素直に信じるよりマシでしょう」

私は考え込んだ。そうかもしれない。だがモヤモヤは残る。茜が信じないのは、茜がその場にいなかったからだ、という思いが消えない。

「やっぱりおかしいよ」と私は言った。

「何が？」

「お堂で女の子と話して、その後すぐに救急車に乗せられそうになったんだよ。乗らなかったけど、もし素直に乗ってたら、幽霊の話するタイミングがなくなっちゃう。せっかくの仕込みが無駄になる」

うーん、と今度は茜が考えた。頬杖をついて、つまみのナッツを口に運ぶ。

「アドリブだったのかもね」と茜は言った。

「アドリブ？」

「そう。奥さんのアドリブ。女の子はたまたま、入れ違いに出かけたのね。救急車まで呼んで、今度はそれを追い返して、のんきにお茶飲んでる男を見て腹が立ったんじゃないの？」

「のんきにお茶飲んでなんかないよ」

「ちょっとしたいたずらのつもりだったけど、あなたが本気で信じてしまったものだから、言い出せなくなってしまった。そんなところじゃないの？」

「ちょっと待って。考えさせてくれ」

私は記憶を辿って、その時感じた印象を出来るだけ正確に思い出そうとしてみた。数時間前のことなのに、既に記憶は曖昧で、確信は持てそうになかった。いたずらと言われればそんなような気もしたし、一方でその時素直に信じ込んでしまった、シリアスな空気感のようなものも依然として感じていた。いずれにせよ、主観的な感覚以上のものではなかった。

「幽霊なんてさ、いないと思うよ」

ぽつりと、茜が言った。

「どうして？」

「だってさ。幽霊って魂なんでしょ？」

「そうかな。まあ、そう言われてるよね」

「生きてる時は、見えないでしょ、魂。それなのに、どうして死んだ後は見えるようになるの？おかしいじゃない」

「まあ……そうかな」

「生きてる時に魂が見えたら、体が二つになっちゃうでしょ」

「そこはほら、生き霊とかドッペルゲンガーなんて現象もある訳で」

「それもあやふやな現象でしょ。そんなの証拠にならない」

変わった着眼点だな、と私は思った。

「確かに、不自然かもしれない」と私は続けた。「でも、もともとが未知の現象なんだから、何か未知の効果が働いているのかもしれない。波長がたまたま合った時だけ、見えるようになるとか」

「何よ、波長って。何の波長よ」

「いや、それはわからないけどさ。科学では解明されてない未知の効果があるのかもしれないってこと」

「そんなこと言ったら、何でもありじゃない」

「いや、何て言うんだろう。幽霊なんてもの自体が、あるとしたらまったく未知の現象な訳だから。それを説明する仕組みも、今の科学じゃわからない未知の仕組みでしかるべきだろうと、そういう話」

「理屈っぽいなあ。その割には、やっぱり何でもありじゃない」

「まあ、それは認めるけど」

「幽霊なんていないよ」と茜は、どこか遠くを見るような表情で言った。

その時突然に、ある感覚が私を襲った。この会話は初めてじゃない、二度目だ。過去のいつか、どこか別の場所で、茜と同じ会話をしたことがある。自宅のマンションだろうか、こんなふうにお酒を飲んでいて、テレビがきっかけだったか、なぜか幽霊の話になって。茜が幽霊なんていないと言い、私は彼女の発想に感心した。そんな出来事が、過去にもあったような気がする……。デジャヴだ。疲れが引き起こす記憶の錯覚。昼間の熱中症を思えば、脳が誤作動しても不思議はない。

でも、初めての会話じゃないという感覚は強烈だった。

記憶を検証しようと意識を内に向けると、急に頭が痛くなってきた。

私の表情の変化を見て、茜は何かを言いかけたが、言うのをやめて振り返った。つられて、私もそちらを見た。二階への階段の途中に、パジャマ姿の蒼太がぽつんと立っていた。物音はしなかったが、茜は気配を感じたのだろうか。

「どうしたの？」茜は立ち上がって、階段へと駆け寄った。「トイレ？　喉が渇いた？」

「コウタがいなくなったの」と蒼太は言った。

「え、なに？」

「コウタがいなくなったの」と蒼太は繰り返した。それから、堪えきれなくなったように泣き出した。

茜は蒼太を抱き寄せてやった。蒼太は赤ん坊のように母親にしがみついている。私も立ち上がって、そちらへ近づいていった。

「いなくなったって、どういうこと？」と茜が尋ねた。「またコウタが夢を見せたの？」

泣きじゃくりながら、途切れ途切れに蒼太は話した。

「コウタはもう会えないんだって」と蒼太は言った。「コウタはお別れを言いに来たんだ。コウタは行ってしまうから、僕にはもう会えないんだって」

「行ってしまうって、どこに？」

蒼太は階段の途中に立ったまま、ぼんやりとした目で母親を見た。

「森」と蒼太は言った。

「森？」と茜がおうむ返しに聞く。

「森。木がいっぱいあるところ。森の奥の、行ったら帰って来られなくなるくらい奥の方。ことりがいるところだって」

「小鳥？　ピーピー鳴く小鳥？」

茜は訝しげな顔をしたが、私はすぐにぴんと来た。それは、妖怪コトリのことじゃないのか。今日私が聞いたばかりの言葉が、蒼太の夢に出てくる。私は奇妙な感覚を覚えた。まるで親と子の意識が、どこかで繋がっているような。

私は近寄って、階段の下段に座って蒼太と目を合わせた。

「どんな夢だったの？　最初から話してごらん」

「夢じゃないよ」と蒼太は言った。涙を溜めたうるうるとした目で私を見つめる。

「わかった。夢じゃないんだね。で？」

「コウタが僕を起こしたんだ。大事な話があるからって。森の奥のことりのところに行くから、もう会えないんだってコウタは言った。そんなの嫌だって僕が言ったら、仕方ないって。それから、ことりに気をつけろって」

「小鳥に気をつけろ?」

「うん」

冷たい手が背中に触れた気がして、私はビクッと振り向いた。茜が「何よ」という顔で見ていた。何でもないと首を振って、もう一度蒼太に向き直る。

「コトリに気をつけろってどういうこと?」と私は聞いた。

「わかんないよ」と蒼太は言った。「わかんないけど、ことりについて行っちゃいけないんだって。行ったら、僕も帰れなくなるからって」

「帰れなくなる?」

「うん。もうみんなに会えなくなるって」

また涙が、蒼太の目にみるみる溜まっていき、やがて決壊して激しく泣き出した。茜が抱き寄せてよしよしと背中を撫でた。

「大丈夫だからね。小鳥についいて行かなけりゃいいんだよ。そうすれば何の問題もないって、コウタもそう言ったんでしょう?」

「コウタは、他に何か言ってなかったか?」口を挟んだ私を、茜は睨みつけた。

「コウタは、行っちゃった」また蒼太の目から涙がぽろぽろ落ちる。「もう会えないって。お別れだって」顔を歪めて泣きじゃくりながら、「そんなの嫌だ。コウタに会えなくなるなんて嫌だ」

茜は蒼太を抱き上げて、私から遠ざけるように背を向けた。

「さあ、もう寝に行こう。心配いらない、きっとまたコウタに会えるよ。みんなただの夢だからね」

まだ泣いている蒼太を抱き上げたまま、茜は階段を上っていった。しゃくり上げて鼻をする蒼太の声が遠ざかり、ガタンと戸を閉める音がして、私はまたリビングで一人になった。

茜と蒼太が二階の寝室に引っ込んでしまうと、さっきまでの大騒ぎが嘘のように、カブトムシ荘はまた自然音だけしか聞こえない状態になった。いろんな種類が合わさった、草むらの虫の声。木々が風で揺れるざわざわという音。その環境の変化が極端で、私は落ち着かない気分になった。

網戸を通して、夜を眺める。テラスの向こうはすっかり闇に覆われ、鬱蒼とした林の輪郭だけが見えた。闇を見つめ、蒼太の言う小鳥について考えた。それは本当に、妖怪のことなんだろうか。蒼太の見るビジョンが単なる幼児特有の勘の鋭さであって、超能力ではないのであれば、蒼太はどこでコトリのことなんて知ったのだろう。

列車事故の前に事故の夢を見せたコウタが、今度はコトリについて警告している。これはどういうことだろう。どう受け止めるべきなんだろうか……。

コウタがいなくなったと、蒼太は言った。そのことの意味は、何となくわかる。幼い子供だけに見えるイマジナリー・フレンドが見えなくなったということは、蒼太が成長したということだ。蒼太の成長に伴って、いずれコウタはいなくなると、佐倉さんもそう言っていた。蒼太は大きくなったのだ。そして自分から、コウタを卒業した。

だからこれは、喜ぶべきことであるはずだ。蒼太が大きくなるということは。でもどこか、落ち着かない気分にさせられるのは何だろう。コウタがいなくなるだけなら、それでいい。でも、コトリのところに行くというのは、いったいどういうことだろう。

私は考えようとしたが、うまく考えることができなかった。ワインの酔いが回ったか、頭がぼうっとしてきている。意味のよくわからない不可解な出来事について考えるのが、だんだんしんどくなってきた。

テーブルに戻って、グラスに残ったワインを飲んだ。茜が蒼太を寝かしに行って、それきり帰って来ない夜、マンションでは大抵テレビを見て過ごしたものだ。テレビさえついていれば気は紛れ、一人であることを意識することはなかった。この別荘では、一旦一人を意識するとそれがくっきりと際立った。テーブルに向かったまま、私は家を取り囲んでいる虫たちの賑やかな声を聞いていた。途切れることのない虫の声は、虫たちの邪魔をする人間が誰もいないという証拠だ。幽霊は虫たちの邪魔をするのだろうか？　わからない。

その夜、茜は戻って来なかった。私は自分のグラスのワインを空けて、テーブルに置かれた茜のグラスを見た。茜のワインはほとんど減っていなかった。私は茜のワインを飲み干し、二つのグラスを流しへ運んで洗い、片付けた。不意に、似たようなことを何度も繰り返しているという、デジャヴのような感覚がまた襲った。

最後に一気に飲み過ぎてしまった。頭がくらくらして、私はリビングの畳のスペースに寝転んだ。少し休憩、と思っているうちに、いつしかそのまま眠り込んでしまった。

6 招待

虫採り網をしっかりと握って、蒼太が駆けて行く。私はカメラを下げてその後を追いかける。坂道を上った先にある、ヒマワリの公園だ。シロツメクサの地面を踏むと無数のバッタが飛び跳ねて逃げて行く。蒼太が網を振り回すと、気づいていなかった大きなトンボが茂みから飛び立つ。

今日もいい天気だ。空は完璧に晴れて、絵の具を塗りたくったような青だ。雑木林の向こうに、巨人のような入道雲が立ち上がっている。気温は記録更新、歩いているだけで汗が噴き出るが、蒼太は気にもせず全速力で走り、飛び立ったトンボを追いかけている。

「ちゃんと足元を見ろよ！」と私は怒鳴った。「転ぶぞ！」

蒼太は立ち止まって振り返り、

「大丈夫！」と怒鳴り返した。それからまたトンボを追って走り出し、蒼太の低い背丈はヒマワリの間に消えた。

私は東屋の陰の下に入り、ベンチに座って一息吐いた。タオルで顔の汗を拭い、水筒の水を飲んだ。あれ以来熱中症には敏感になって、今日は町のホームセンターで買ってきた大きな魔法瓶の水筒を肩から下げていた。

蒼太の虫採り網の先だけが、立ち並ぶヒマワリの上に突き出して、ひょこひょこと揺れながら進んで行く。カメラをひとしきり触ってから顔を上げると、蒼太はブランコを漕いでいた。網は草の上に投げ出されている。錆びた鎖の軋むギイ、ギイ、という音だけが響く。また目を離して、しばらく経って目を戻すと、再び網を持ってヒマワリの向こうへ駆けて行く。一瞬もじっとしていない。

大きな黒いアゲハチョウや、緑色のハナムグリが、ヒマワリの花の周りを飛び回っていた。今日も昆虫の密度は高い。カメラを持って追いかけたくなってくるが、午前中の仕事の疲れがまだ頭に残っていると思い直し、自重した。

ベンチに座ったまま、私は幽霊について考えていた。

熱中症になったあの日以来、幽霊は私の心から離れなかった。気がかりを解決するために、私は寺を訪ねることにした。あの日から数日後、昨日のことだ。

同じことにならないように、今度は車で出かけた。茜と蒼太は留守番だ。本当は茜にも一緒に行って欲しかったのだが、「嫌よ」とにべもなく断られた。まず街へ出て、商店街で手土産に和菓子を買った。それから来た道を戻り、カブトムシ荘の前を通り越して、この間歩いた道を辿って車を走らせて行った。村に近づくと、だんだん胸がドキドキしてきた。

村の道は幅が狭く、対向車が来たら苦労しそうだったが、前から別の車がやって来ることはなかった。曲がりくねった坂道を上り、丘の上に位置する寺の正面に出る。門に面して広い砂利敷きの広場があり、そこに車を停めた。

「安楽寺」と書かれた大きな看板があり、私はようやく自分が世話になった寺の名前を知った。

前回の帰り道も玄関を通ってここを歩いたはずだが、動揺していて目に入らなかったようだ。砂利の広場には数台の軽トラが止められており、広場の中央には大きな楠の木がそびえていた。楠の向こうの斜面に、山へ登って行く薄暗い階段が見えていた。階段の登り口には、古びた鳥居がある。ここから更に登った山の上に、神社があるようだ。

私は和菓子の紙袋をぶら下げて、安楽寺へ向かった。門をくぐり、白いムクゲの花が咲いている前庭の石畳を進む。玄関に立って、ごめんくださいと声をかけた。素早く、玄関の靴に目を走らせた。普段ばきのサンダルが二足ある。男ものと女ものがあったが、中学生の女の子が履くものには見えなかった。運動靴とか、通学靴とか、あるいは通学用の自転車とか、そういうものを探したが見つからなかった。やがて、奥さんが「あらあら、まあまあ」と言いながら現れた。

私はこの間の礼を丁重に述べ、手土産の和菓子の箱を渡した。奥さんは恐縮し、余計な気遣いだと遠慮して、そして奥に呼びかけて主人を呼んだ。やがて、作務衣姿のご住職が奥から出てきて挨拶した。私は繰り返し礼を述べて、先日の非礼を詫びた。

話しながら様子を窺っていたのだが、奥からもう一人女の子が出てくることはなかったし、誰か他の住人がいる気配も感じ取れなかった。ご主人が出て来てしまった以上、奥さんに率直に聞く訳にもいかない。私はそそくさと退散した。

茜の言うように奥さんがいたずらでかついだのなら、今日はその種明かしがあるだろうと思ったのだ。ご主人がいたので種明かしのタイミングがなかったのか、あるいは忘れてしまったのか。それとも、かついだのではなくて本物の幽霊だったのか。結局、何の納得も得られなかった。

そのまま帰るのもつまらないので、私は広場を横切って、奥の斜面に穿たれた階段へ向かってみた。色褪せた赤い鳥居をくぐった先に、張り出した木々に囲まれて細く登っていく階段が伸びている。鳥居をくぐって見上げると、思ったよりずっと長い。緑の木漏れ日の下、階段はまっすぐに消失点に向かって伸びていて、その果てにはもう一つの鳥居がかろうじて見えている。登り口に目を戻すと、背の低い木の看板があって、神社の祭りを知らせる貼り紙がしてあった。もうじき夏祭りがあるようだ。

私は少し迷ってから階段を登り出したが、すぐに後悔した。

いくらか登っただけで息が切れ、汗が噴き出た。階段は思ったより傾斜が急で、何度も踏み外しそうになった。三分の一も登る前に、私は諦めて引き返した。助けてもらったお礼を言いに来て、また倒れてちゃ話にならない。

という訳で、何の新発見もないまま私は車に乗って家に帰った。幽霊の真偽も謎のまま、山の上の神社に辿り着くことすら出来なかった。何の達成感も得られず、モヤモヤは解けずじまいだった。

そのせいか、あるいはまるで関係ないのかわからないが、この数日は仕事のペースも落ちていた。別に何か問題に直面した訳でもないのだが、ただやる気が出ない。画面に向かっても集中できず、じきに気が散って手が止まる。スランプだった。

経験上、こういう時に無理しても無駄だ。私は気分を変えるために、蒼太と遊びに出ることにした。それで今、ヒマワリの公園にやって来た訳だ。

でも結局、発散できずに、ベンチに座り込んでぐずぐずとここ数日のことについて考えている。これでは、駄目だろう。気持ちを切り替え、蒼太といっしょに虫を追いかけることにして、私は立ち上がった。

「おーい、蒼太ー」

呼びかけたが、返事はなかった。ブランコの音が聞こえている。ギイ、ギイ、と錆びた鎖が軋む音だ。くすくすと、蒼太が笑う声が聞こえた。

立木の陰から、私はそっと覗いた。明るい光を浴びたブランコの、鎖でぶら下がった二つの板に、蒼太と白い制服の少女が並んで座っていた。寺で出会った少女、詩織だ。軽くブランコを漕いで、ギイ、ギイ、と音をゆっくり立てながら、二人は顔を見合わせて、楽しそうに笑っている。仲のいい姉と弟のようだ。あまりにも自然な光景で、親密そうなところに割って入る気になれず、私は木の陰で立ち止まってしまった。

詩織は本当に姉みたいに、蒼太になぞなぞを出してやっていた。

「穴があいてるのに水に沈まないでぷかぷか浮かぶの、なーんだ？」

「うーん……ヒントは？」

「簡単だよ。ヒントはなし」

なぞなぞが大好きな蒼太だが、いつも答えられない。それでも何度も出してとせがむ、蒼太だった。

「ぶっぶー。答えは浮き輪でした。じゃあ次の問題。夏しか食べない果物は？」

「すいか？」

「それはそうだけど、それじゃなぞなぞじゃないでしょ」

蒼太はうんうん考えていたが、やがて詩織は立ち上がり、蒼太の後ろに回った。

「ブランコ、押したげよっか？」

「うん、押して！」

詩織は二本の鎖を掴んで、蒼太のブランコを漕ぎ始めた。ギイ、ギイ、のリズムが速くなっていき、蒼太はきゃっきゃと笑っている。

真夏の真っ昼間、楽しそうに活き活きと遊んでいる姉弟のような二人。少女が幽霊だなんて嘘みたいだけれど、しかし私には彼女がただの子供だとも思えなかった。他の住人とさえろくに会ったことのないこの公園で、どこからともなく現れ、私に気づかれることもなくやって来て蒼太と遊んでいる。見ればこの暑さの中で汗ひとつかかず、帽子も被っていないのに、まったく日焼けしていない。制服と同じくらい真っ白な肌をしている。詩織には、およそ現実感というものがなかった。彼女はなんだか、映画のように見えた。

「もっと押して！」と蒼太が言った。

「思いっきり押すよ、いい？」

「いいよ、押して！」

ギイイ……とブランコの音が一際大きくなった。そして蒼太の笑い声。

詩織は一歩下がって、勢いをつけて蒼太の背中を思い切り押した。ブランコは徐々に高く振り上がっていく。蒼太は大声で笑い、「もっと！」と声を上げた。

「怖いよ、いいの？」

「いいよ！」

「じゃあいくよ！」

蒼太の体が空高く舞い上がる。鎖がほとんど地面と平行になるまで上がり、空中で一瞬静止して、反対側に揺れていく。次のスイングはもっともっと高く。見ている私の胸が冷やっとした。だんだん不安になってくる。

蒼太が喚き声を上げた。悲鳴なのか、笑い声なのかわからない。

一回転しそうなくらいに高く上がった。必死で鎖にしがみついている蒼太の小さな体は、今にも弾丸みたいに空へすっ飛んでいきそうだ。

青空に吸い込まれそうな蒼太。吸い込まれたら、また戻ってくる。そしてまた青空へ。振り子の動きは止まらない。

「止めて止めて！」と蒼太が慌てた声を上げた。「もういい！　もういいってば！　止めて！」

ブランコの動きに目を奪われていた私は我に返って、木の陰を出て駆け寄っていった。激しく前後に揺れている鎖をどうにか掴み、すがりつく。勢いに引きずられながらもどうにか踏ん張って、ブランコの動きを止めた。

ようやく揺れが止まっても蒼太はまだブランコに座り鎖をしっかり握ったまま、青い顔をしていた。

「大丈夫か、蒼太？」

「うん、大丈夫」蒼太は座ったまま私を見た。「お姉ちゃんは？」

「お姉ちゃん？」

ドキッとして、私は周囲を見回したけれど、誰もいなかった。公園の中を見渡す限り、ヒマワリの向こうの道路も周囲の空き地も含めて、誰もいない。詩織は消えてしまっていた。

また消えた、と私は思った。目を離した一瞬のうちに消えた。これは、詩織はやっぱり幽霊だということ？　それともやたらに足が速いだけ？　まさか。

「誰もいないよ」と私は言った。

「おかしいなあ」と蒼太は首を捻って、つまらなそうに口を尖らせた。「もっと押してほしかったのに」

私はびっくりした。「怖かったんじゃないのか？　止めてって言ってたじゃないか」

「うん、怖かったよ。怖かったけど、楽しかった」

「そうか」

息子が今、幽霊と遊んでいたのだと思うと、ひどく暑い中でもぞっとする寒気を感じた。だが、蒼太は怖い目にあったにもかかわらず、お姉ちゃんを恐れてはいないようだ。

「今のお姉ちゃん、蒼太は好きか？」と私は聞いてみた。

「うん。優しいし、遊んでくれるもん」

人見知りの蒼太が、見知らぬ年上の子供に懐くのは珍しいことだ。

蒼太は心配そうな顔をして、「ねえ、お姉ちゃんと遊んでもいいでしょう?」と聞いた。私は考えてしまった。何て答えたらいいのだろう。蒼太が幽霊と遊ぶというのは、何だか落ち着かないものがあった。だが、詩織は悪いものではないという気がするのも確かだ。

悪いものはたぶん他にいる。掛け軸の中の、妖怪コトリ。あるいは、屋根裏の闇に潜むまっくろくろすけ。またあるいは、蒼太を追って来た悪夢。蒼太の夢の中身は正確には、わからないが。

「構わないよ」と私は言った。

「やった!」

「向こうがまた来るならね。とにかく、そろそろ家に帰ろう」

蒼太の手を引いて、私は公園を出て道路を歩き出した。

幽霊に妖怪。カブトムシ荘の周辺が、にわかに現実と乖離し始めている。この暑さ、頭がぼうっとする熱気の中で、そんな存在が見え隠れすることは、あまり奇妙なことには思えなかった。むしろ当然そうあるべきことのように思えた。ちょっと珍しいチョウや、レアな昆虫を見るのと同じように、幽霊や妖怪を見ることもあり得るように思えた。

家に向かって道路を下り、しばらく行ってから振り向くと、公園の前に詩織が立っているのが見えた。白いセーラー服の少女はヒマワリの花壇をバックにして、こちらを向いて手を振っていた。太陽の光が目に飛び込み、目を瞬《しばた》いてもう一度見ると、その時にはもう少女の姿は消えていた。

7　幽霊との対話

幽霊なんてものを認めるべきだろうか？　それが、頭から離れなかった。雨降りの午後、私は書斎にこもって、ネットを検索し続けていた。

科学的には、何の根拠もない話だ。人の意識が脳で生じると考えるなら、幽霊が存在する道理はない。脳が滅びれば意識も消滅する。幽霊が存在する為には、肉体と無関係に存在し得るなんらかのものがなければならない。それは何だ？　魂？　それでは、結局何も説明していないに等しい。

仕事のファイルは開きもせずに、私は幽霊について検索を続けた。ネットの情報はしかし、特に目新しいものは何もなかった。冷笑的に見下す懐疑的立場の解説か、あるいは正反対に精神世界にどっぷり浸かったビリーバーのメッセージか、そのどちらかの似たような記事がほとんどだった。

画面を見続けたせいか、目の奥が痛む。疲れた目を休める為に椅子をくるりと回し、書斎の本棚をぼうっと眺めていると、一冊の書名に目が留まった。幽霊の心理学。

蘇芳先生の蔵書の中では比較的ライトな、一般向けの解説書であるようだった。パソコンの前で本を開いて、私はしばらく読みふけった。

やがて、ふうと息を吐いて本を閉じる。幽霊を見てしまう心理的なメカニズムとして解説されていた内容は、私が漠然と考えていたこととあまり変わらなかった。前に、家の中で蒼太の幻を見た時に考えたことだ。幽霊や心霊現象が帰結するのは、結局のところ脳の誤作動。怖いという心理が脳内の情報処理に影響して、枯れ尾花を意味のあるものに見せる。そして、我々が思うよりずっと脳は騙されやすい。

本はもう少しだけ掘り下げていた。人間の脳は、意味を見出すようにできている。意味のないパターンの連なりからも、可能な限り意味を読み取ろうとする自然の習性がある。三角形に並ぶ三つの点がある時に、人間の顔であると認識してしまうようなことだ。だから、闇のノイズの中に潜んでいる誰かを見つけてしまったり、無意味な風の音を自分の名を呼ぶ声のように聞いてしまうのは、ある意味必然的なことらしい。

また、脳は無意識が見たいと望むものを見ようとする。怖い幽霊を見ることを無意識が望んでいるとは矛盾のようだが、それこそ怖いもの見たさという奴だろう。

そして、脳は記憶を作り出す。記憶は、体験そのままの生の記録ではない。必ず無意識の検閲を受けて、編集されている。体験の後で得た情報が、形成される記憶に影響することもある。時にはまったく体験していない出来事、想像や妄想を、一連の体験として記憶してしまうこともあるのだと言う。そして一旦記憶が形成されてしまったら、それは思い出すごとに補強されていく。細部を「思い出す」ことで付け加え、より明確な記憶になっていく。そうなってしまったら、それが現実か否かを自分で見極めることはもう不可能だろう。

しかし……と私は思った。もしそうなら、確かなものなんて何もないことになってしまう。自分で体験したこととして、完璧に憶えているつもりでも、それがまるごと偽の記憶かもしれないのだとしたら。自分の体験さえ信じられないなら、いったいどうやって現実と嘘とを見分ければいいのだろう？

　私は立ち上がって本を本棚に戻し、凝った肩をぐりぐり回した。折しも窓の外で稲妻が光り、数秒遅れてゴロゴロと雷が鳴った。窓の外を見ると、雨は急速に強くなってきている。景色がぼんやりと煙《けぶ》り、木々は風を受けて大きく揺れている。夏の熱気の中で乾き切っていた庭は、あっという間にすべてがずぶ濡れになっていく。じきに、ザーッと家全体を洗い流すような大きな音が聞こえてきた。

　窓を閉めると同時にまた激しく光り、今度はほぼ同時に雷鳴が轟いた。ずいぶん近くて、家の壁がビリビリと震えた。蒼太は怯えているに違いない、と私は思った。書斎を出て、足早にリビングに向かう。

　バラバラと家を叩く雨の音に包まれたリビング。茜はカーテンを閉じたガラス戸の前で、小上がりの畳に座って文庫本を読んでいた。カーテン越しに光と音が炸裂し、茜の影を部屋の壁に大きく投げた。茜はこの雷鳴を物ともせずに、黙って本を読んでいる。

「蒼太は？」と私は聞いた。

「二階じゃないの？」と茜。

　私は階段を上がった。半分まで上った辺りで、寝室にしている和室から、楽しそうな子供たちの話し声が聞こえてきた。子供たち？

階段の途中から速度を緩め忍び足になって、私はそっと近づいた。二階に上ると床に膝をつき、寝室の方に聞き耳を立てた。

部屋の中から、声が聞こえてくる。楽しそうに笑いながら話す子供たちの声。

蒼太の声と、詩織の声だ。

蒼太がくすくす笑っている。「お姉ちゃん、それほんと？」

「ほんとよ」と詩織の声が聞こえた。「蒼太のお父さんはお墓で虫採りをしていて暑くて倒れちゃって、私のお父さんに助けて貰ったのよ」

「大人なのにね」と蒼太。

「ほんとにね、大人なのにね」

二人でくすくすと笑った。子供部屋で内緒の話をしている、仲のいい姉弟みたいだ。

「もし私のお父さんがいなかったら、死んでたかもしれないんだから」と詩織が言った。

「ねえ、死んだらどうなるの？」と蒼太が聞いたので、私は緊張した。

「本当に知りたい？　これは秘密なんだけどね……」

詩織が声を潜めたので、私は音を立てないようにそっと廊下をにじり寄って、引き戸のそばで耳を澄ました。

「死んだらどうなるかには、いくつかのパターンがあるの」と詩織の声が囁いた。

「パターンって？」聞き返す蒼太もつられてひそひそ声だ。

「死んだ人のうち半分くらいは、そのまま消えて何にもなくなってしまう。食べ物を食べたらなくなるのと同じね。きれいさっぱり消えちゃって、後には何にも残らない」

「ふうん」

「残り半分は、幽霊になる。でもその幽霊にも違いがあって、また半分に分かれるの」

「どう違うの？」

「半分は、自覚している幽霊。自分が死んだことをちゃんと知っていて、自分の意思でこの世に留まっている。例えば私みたいな幽霊ね」

「お姉ちゃん、幽霊なの？」蒼太の声がびっくりした口調になった。

「そうよ。知らなかった？」

「知らなかった」

だが蒼太は怖がってはいないようだった。むしろ興味津々でのめり込んでいる。

窓がストロボのように光り、雷鳴が轟いた。すぐ近くに落ちたような轟音だ。私も驚いたが、部屋の中から怯えた様子は聞こえてこない。何も聞こえていないように、誰も悲鳴をあげなかった。今日の蒼太は、まるっきり雷を恐れていないようだ。詩織がいるせいだろうか？

「残りの半分は」詩織は更に声を潜めた。「自分が死んだことに気づいていない幽霊。自分がまだ生きていると思っていて、生きている時と同じように振る舞っている。このタイプの幽霊は、自分が死んだことに気づくと消えてしまうことが多いの」

「消えちゃうの？」

「うん。消えちゃうか、そうでなければ、私のような幽霊になる。自分が死んだとわかっていて、なおかつ留まっている幽霊に」

「レベルアップだね」

「そうね。レベルアップね」

声が途絶えた。壁越しの声が聞こえなくなると、まるで誰もいないように感じられた。一人で廊下で息を潜めて、誰もいない部屋に張り付いているのだという思いが、私の中を駆け抜けていった。

私はその場を離れて、足音を立てないように注意しながら階段を降りた。蒼太が雷を恐れていないなら、割って入る理由はない。

リビングに戻ると、窓際の茜が顔だけ上げて、「どうだった?」と聞いた。

「どうって、何が?」

「蒼太の様子を見に行ったんでしょ。怖がって泣いてなかった?」

そう思うなら行ってやれよな、と私は思った。蒼太が幽霊と遊んでいると言ったら、茜は何て言うだろう。そんなことを思いながら、私は「大丈夫。泣いてなかったよ」とだけ答え、リビングを出て書斎に向かった。

またノートブックに向かい、幽霊の自覚について調べ始めた。だがいくらも経たないうちに、私は強烈な眠気に捕まってしまった。少しだけ休憩、と椅子の背に体を預けて目を閉じる。本気で眠るつもりはなかったのだが、じきに眠り込んでしまった。

少しずつ遠くへ去っていく雷の音。だんだん勢いが弱まって、小さく、薄くなっていく、雨が家を叩く音。夢うつつに、私はそんな時間の経過を聞いていた。

書斎の椅子の上で私は目を覚まし、窓の外で降り続く微かな雨を眺めた。どれくらい眠っていたのだろう。外は薄暗く、電気のついていない部屋の中も暗い。だが、それがもう夕刻だからなのか、雨のせいなのかはよくわからない。蒼太と茜は何をしているんだろう。ずいぶん静かだ。寝起きのぼんやりとした意識で、私は何もせずに座ったまま、窓の外を眺めていた。立ち上がって皆のところへ行こうと思うが、億劫で体が動かない。頭をほとんどからっぽにして、ただぼうっとしていると、やがて気配に気づいた。

この部屋の中に、自分以外の誰かがいる。

書斎は暗がりの中にあって、よく見ようとしても焦点が合わない。部屋の隅に向かうにつれて闇は濃さを増し、物の輪郭は溶けてぼんやりと滲んでいた。本棚と壁が交差する部屋の角のところに、うっすらと白い影があった。じっと見ていると、それは三角座りしている制服姿の少女であることがわかった。

「詩織かい?」と私は尋ねた。「蒼太のところにいるのかと思ってたよ」

「蒼太は眠っちゃった」と詩織は言った。「あなたに話があるの。大事な話」

「僕に?」

「コトリに気をつけて。コトリが蒼太を狙ってるわ。気をつけないと、連れて行かれちゃう」

詩織のいる場所を、私はじっと見つめた。闇が濃くて、詩織の存在ははっきり見えない。解像度の低いテレビのように、ちらちらと揺れている。

「きみは幽霊なのか？」と私は聞いた。「きみはどうして、僕たちの前に現れたの？　コトリって何なんだ？　妖怪？　そんなものが本当にいるのか？」

「そんなに一度に聞かないでよ」

「ごめん。でも、疑問がいっぱいだ。聞きたいことが山ほどある」

「私は幽霊よ。コトリはコトリ、この辺の森に昔から住んでる。子を取る鬼は本当にいるわ。これでいい？」

私は頭がくらくらするのを感じた。

「幽霊とか妖怪とか。そんなものが実在するなんて、思ってもみなかった」

「どうして？」詩織は言った。「名前があるなら、実在するのよ。実在しないのに名前がある方が不自然でしょ？」

「そうなのかな？」

「そうよ。あなたは実在ってものがよくわかってないのね」

「大人なのに？」

「大人だから、かな。あなたは夢は実在すると思う？」

「夢は実在しないよ。夢と現実、って言うくらいなんだから」

「じゃあ、怖い夢を見ても怖くないの？」

「怖い夢を見たら、そりゃあ怖いだろうね。でも……」

「怖いなら実在するってことじゃない。ないなら、何も起こらないはずでしょ？　怖くなるとかぞっとするとか、何かが起こるってことは、実在してるのよ。でしょ？」

畳み掛けられて、私は黙った。十四歳の女の子らしい饒舌だ。詩織は確かに実在だ、と私は思った。詩織が実在しているなら、妖怪コトリだって実在しているのだろう。

「どうして、コトリは蒼太を狙うんだ？」私は訊いた。「他の誰かだっていいのに。どうして蒼太が狙われなくちゃいけない？」

「蒼太は、特別だから」

「特別って……蒼太の能力のこと？」

私は蒼太の「特別な勘の良さ」のことを思い浮かべた。

「蒼太には力がある。知ってるよね？　でも、もっと大きな存在があるの」内緒話をするように、詩織は声を潜めた。「見えない、大きな力。妖怪というのは、その一部に過ぎないの」

「見えない、大きな力……？」

「大きな力は、蒼太の力を欲しがってる。蒼太を取り込んで、もっと大きくなろうとしている」

「力って、いったい何なんだ」

「力は実在。目に見えないけど、影響を与えるもの。人や自然に、常に影響を与えている。自分の行動は、全部自分の意思で決めたと思ってる？　本当は、見えない力に影響を受けて決めてるのよ」

「それで、きみにはその見えない存在が見える？」

「幽霊だからね。私はもう、あっちの側の存在だから」

詩織の話に取り込まれていく自分を感じて、私は窓の外に目を向けた。しとしとと雨が降っている。ごく普通の、当たり前の光景だ。見えないものなど何もない、常識的な世界。だが部屋の中には幽霊がいて、私は人や自然に影響を与える見えない力の存在を信じようとしている。

抵抗すべきなのか、身を任すべきなのか、わからなかった。

「森が見える？」と詩織が言った。「この家を、村を、ぐるりと取り囲んでいる暗い森。そのずっと奥の方に、コトリは住んでる。大きな力の源泉も、そこにある」

「僕たちがここに来たのは間違いだったのか？　ここに来るべきじゃなかった？」

「あなたがここに来たのも、力の影響の一環なのよ。あなたは呼ばれてここに来た。力があなたをここに連れてきたのよ」

「蒼太を取る為に？」

「蒼太を取る為に」

私は絶句した。雨が樋《とい》を流れる音が、ずっと聞こえている。

「どうすればいいんだ？」と私は言った。「街へ帰った方がいいんだろうか？」

「街へ帰っても同じよ」詩織は言った。「力の及ぶ範囲に限りはないわ。それに、蒼太への最初の攻撃は街で起こったんだから」

「最初の攻撃？」私ははっとする。「まさか？」

「事故がただの偶然だと思っていたの？」

足元の実体がゆらゆらと溶けて、虚空へ落ちていくような思いを私は味わった。

同時に、ようやく納得する思いも私は抱いていた。やっぱりそうだったのか……という思いだ。偶然にあんな事故に巻き込まれるなんて、なんだか変だと思っていた。意味もなく、ただの理不尽な巡り合わせであんな恐ろしいことになるなんて。それがやっと、腑に落ちた。意味があったんだとわかって、繋がった。

「あの事故で」詩織は言った。「力は蒼太を取り損ねた。だから今度はコトリを使って、今度こそ蒼太を取ろうとしてる」

「どうすればいい？」真剣な思いで、私は詩織に問いかけた。

「蒼太を守りたいのね？」

「もちろんだ。蒼太を失うなんて絶対に駄目だ。相手がどんな大きな力か知らないけど、何としても蒼太を守らなくちゃ」

「シンプルなことよ」詩織は言った。「蒼太から目を離さないこと。連れて行かれそうになったら、追いかけて連れ戻すこと。ただそれだけだから」

「それだけ？　魔除けとか呪文とかないの？」

「ないわよ、そんなの。ある訳ないでしょ」詩織はピシャリと言った。「後は絶対に蒼太を取られないっていう、強い意志。あなたがそれを忘れないこと」

「そんなことで……」

「私も気をつけて見ているわ。でも、私はただ見守ることしかできないの。実際に蒼太を守ることのできるのは、あなただけだから」

窓の外が暗くなってきて、部屋の中は更に暗がりが増した。最初から曖昧だった詩織の姿は、部屋の隅の闇に溶け込みつつあった。僅かに白い影が見えるばかりで、声だけが届いていた。

「忘れないで。奴らは、きっと妨害をしてくるわ。あなたが蒼太を諦めるように、あの手この手で騙そうとする。それに決して負けてはいけない」

「そんな、蒼太を諦める訳がないだろう」

「たぶんね。でもわからない。奴らはずるいから。忘れないで、強い意志が大事。どんなに困難でも、犠牲を払っても、蒼太を守り抜くという強い意志……」

「当たり前だ。蒼太を他の何かと引き換えになんてできるもんか」

返事はなかった。しばらく待ってみたが、返事は返ってこなかった。詩織は行ってしまったようだ。書斎の中は今や真っ暗だったが、暗がりの中に気配はなかった。

しばらくの間、そのまま暗がりに身を浸して、雨の音を聞いていた。消えてしまうと、詩織との会話もすべて幻のように思えた。幽霊と、目に見えない不思議な力について話していること自体がそもそも嘘みたいだが。自分の身に起こっているこの現象をどう解釈すればいいのか、考えても結論は出なかった。

やがてノックの音がして、私はドアの方に振り向いた。茜と思って待っていたがドアが開かないので、「はい？」と答えると田川さんの声がした。

「晩ごはんですよ」

「あっ、もうそんな時間ですか」

「まだお仕事中ですか？　私は帰らしてもらっていいですかね？」

「あ、はい、結構です。ありがとうございます」

田川さんのスリッパの足音が、廊下を遠ざかっていった。

私は手探りで机の上からリモコンを取り、部屋の電気をつけた。書斎は隅々まで明るく照らされ、暗がりはかき消えてしまった。もう幽霊の出そうな気配はなく、さっきの会話はますます夢の中のように思えるのだった。

8　佐倉さん(2)

「正木さん、どうぞ」の声に導かれ、私は待合室からカウンセリング室に入った。薄いピンクの壁紙と、犬のキャラクターのイラスト。ブースに入ると、椅子をくるりと回して佐倉さんが振り向いた。

「あら、こんにちは」と佐倉さんは微笑んだ。「正木さんは、この夏は別荘だったのでは？　あ、もう帰って来ちゃった？」

「いいえ。向こうにいますよ。今日は三時間かけて向こうから来たんです」

「あ、そうですか。じゃあ田舎暮らしが性に合わなかったって訳じゃないのね」

「ええ。暮らしには満足してますよ」

「田舎特有の陰湿ないじめにあったとか、村八分になったとか」

「ないですって。田舎を勧めたのは佐倉さんでしょうに。それに、なんだか変な偏見があるんじゃないですか？」

「冗談です。それより、突っ立ってないで座ったら？」

私は腰を下ろした。いつもながら、ペースを乱される。

佐倉さんはモニタを眺め、そこに映ったカルテをざっと見た。

「それで、何か変わったことはありましたか？」

「そりゃ変わったことがあるから来たんですよ。そうでなきゃ、わざわざ車に乗って来ないと思いませんか？　しかも一人で、肝心の本人を置いて」

「一人。ああ！　蒼太くんは？」

「置いてきました。今日は蒼太だけでなく、自分自身についても相談したくって」

私を見る佐倉さんの目が、キラリと光った……ような気がした。

「あら。自分についても気にかけるつもりになったんですね。それ、すっごくいいことですよ」

「いや、もちろんメインは蒼太のことなんだけど」

「それでもね。やっぱり田舎暮らしが良かったのかな。おお、私の判断は間違ってなかったってことよね。さすが私！」

「ちょっと待って。話を聞いてください」私はなんとか割って入って、「実はですね。幽霊が出たんです」

佐倉さんはぴたりと動きを止め、真面目な表情で私を見つめた。

「幽霊って……誰の幽霊？」

「誰の？」まずそんなところを聞かれるとは思わなかった。「詩織っていう女の子の幽霊です。六年前に十四歳で死んだ女子中学生の幽霊」

「女子中学生？」佐倉さんは意外そうな顔をした。「へえ。いったいどこの誰ですか。正木さんの隠し子？」

「まさか」私は苦笑いして、「茶化さないで、ちゃんと聞いてください」

「茶化してなんてないですよ。ないですけどねえ……」

「何ですか？」

「私は幽霊の専門家じゃないですからね。どっちかって言うと怖い話は苦手な方で。お役に立てるかどうか」

「別に幽霊を退治して欲しい訳じゃないです。僕はただ、幽霊なんてものを見ることが、合理的にどう説明されるのか、それが知りたいだけなんですよ」

佐倉さんは少し身を引いて、私を見た。片手に持ったボールペンを、手の中でくるくる回している。考えている時の佐倉さんの癖だ。

「合理的、ですか」佐倉さんは言った。「難しいですね。幽霊なんてもの自体が、合理的とは程遠いものですからね」

「僕らがへんてこな話をした時に、そこに合理的な説明をつけるのが、あなたの仕事でしょう？」

「うーん、なんだか言葉にトゲを感じるなあ……」

佐倉さんは椅子に背中を預けて、右手でボールペンをぶんぶん回した。

「まあ、見えないものが見える場合、いちばん一般的なのは幻覚です。病気による幻覚、薬物による幻覚、禁断症状による幻覚、いろいろありますが。私たちが皆さんからお話を聞いて、明らかに幻覚や幻聴があると判断した時には、本格的な通院や投薬をお勧めする場合が多いです」

「幻覚ですか」私は首を捻った。

「ぴんと来ない顔をしてますね。確かに、幽霊を見るという現象とはどこか違う気が私もします。いわゆる病的な幻覚や幻聴というのは、患者本人にとって大きな苦痛であることが多いです。周りの人が自分の悪口を言ってるとか、嫌がらせをされてるとか盗聴されてるとかですね。あるいは脳に埋め込まれた機械で操られているとか。なんにしても、本人にとって耐え難い苦痛であり、人格や生活が破壊されてしまうから、治療が必要となる訳です」

「なるほど。で、幽霊の場合は？」

佐倉さんはいかにも困った顔をした。眉がへの字になっている。

「何でしょうね……非常に現実離れした体験をした時、もっともふさわしい現象がありますね。誰でも覚えがある、ごくありふれた現象。夢です」

「僕が夢を見たって言うんですか？　現実と夢の区別くらいはつきますよ」

「それはどうでしょう。多くの人は、夢の中ではそれが夢であると気づけないものです」

「夢の中ではね。起きたら気づきますよ。後になって、夢の中の体験を現実の体験と取り違えるなんてことはない」

「そうでしょうか？　とてもリアルな夢を見た時、それが現実にあったことだと錯覚してしまうことはあるんじゃないですか？」

私は書斎での体験について考えた。薄暗い雨の書斎で、居眠りの後のぼんやりした意識の中での体験だ。実はあの出来事全体が居眠りの夢であって、夢の中で体験したことであったとしても……確かに矛盾はない。むしろ説明がつくと言うものだ。

「白昼夢、というものもあります」と佐倉さんは言った。「夢は眠って見るものとは限りません。起きていても、夢を見ているのと同じ脳の状態になることはあるんです」

「わかります。いわゆる脳の誤作動って奴ですよね」私は言った。「脳は無意味なものからも意味を見出そうとする。脳は無意識が見たいと望むものを見る。それに、脳は記憶を作り出す」

「そうですね。人はリアルタイムに今を生きているように思うけれど、人が自分の体験について認識するのは結局のところ記憶です。記憶次第で、認識する世界はいかようにも変わってしまう。あなたの幽霊を見た体験も、後から記憶に紛れ込んだものかもしれない」

「うーん……」

私は考え込んだ。脳や記憶を疑うなら、いくらでも事実ではなかったと見なすことはできる。だがこれは、どんな体験だって疑えるということに過ぎないんじゃないか。今回のケースが事実かどうかの検証には、なっていないんじゃないか。

私がそう言うと、佐倉さんは「それで、どういう経緯なんですか？」と聞いた。

そこで私は経緯を話した。一人で村へ出かけて、墓場で倒れてしまったこと。寺に運ばれて、本堂で少女と出会ったこと。その後で住職の奥さんから話を聞いて、少女が既に死んでいると知ったこと。

「ああ、それは……」佐倉さんは言った。「暑さのせいですね」

私は椅子の上でずっこけそうになる。「そんな簡単に済ませないでくださいよ」

「現にあなたは熱中症で倒れてるんだから。暑さは脳を一時的に狂わせる最有力の犯人ですよ」

「いや、そうじゃない。僕が見たものと奥さんの話と、辻褄が合ったんだから」

「そこですね。確かに順番はその通りでしたか？」

「順番？」

「そう。本当は逆だったのでは？　奥さんの話を聞いてから、その話通りの幽霊を見た」

私は首を振った。

「あり得ない。僕が幽霊を見たから、奥さんは死んだ娘の話をしたんだ。そうでない限り、赤の他人である僕にそんなデリケートな話なんてしないでしょう？」

「じゃあ、あなたは確かに何かを見たんでしょうね。でも、それはあくまでもあなた自身の中から出てきたものでしょう。奥さんの話の死んだ少女とは無関係」

「いや、そんなことは……」

「あなたは少女の幻を見た、確かに言えるのはそれだけでしょう？　名前を聞いた訳でもないし、正確な歳を聞いた訳でもない。顔を見比べた訳でもないですよね。あなたの話に影響されて、娘のことだと思い込んじゃったのはむしろ奥さんの方ですね」

「いや、でも……」

「人は、似た話を聞くと自分のエピソードに結びつけたくなるものです。誰でも自分語りが大好きですからね。奥さんの話にまたあなたが影響を受けて、それ以降はその十四歳の女子中学生の設定になったんでしょう」

一方的に話されて、いつの間にやら納得させられてしまう。佐倉さんのいつものパターンだ。

だが今回は、私は諦めずに反撃に出た。

「今回はそれだけじゃ説明はつかないですよ。僕だけじゃない、蒼太も見たんだから」

「あー……そうですか。蒼太くんも？」

期待に反して、佐倉さんの反応は薄かった。

「びっくりしないんですか？」

「いやあ……親子で同じ幻覚を共有することは、ないではないんですよ。蒼太くんはまだ五歳ですからね、お父さんの影響を受けて何かが見えちゃうことはあるんですよね」

「でも、蒼太には幽霊の話はまったくしていないんですよ？」

「奥さんに話したのを聞いたとか。聞いてないように見えても、無意識には残ってるってこともあります。だからこそ、本人には自覚されないまま出現するんでしょうね。普段から、勘が鋭いんですよね？　蒼太くんは」

「うーん」

私は唸った。どうにも、うまく伝えられないもどかしさがあった。佐倉さんの話は合理的に聞こえる。でも、私の体験したことを、正しく反映してはいない。違うんだという、強い感覚があった。だがうまく言葉にできない。

「じゃあコトリはどう説明します？」

「何ですって？」

「子を取るという意味でコトリ。あの辺の村に伝わる妖怪です」

「幽霊の次は、妖怪と来ましたか。その村、鬼太郎か何かいるんじゃないですか？」

「確かに荒唐無稽な話だけど、まあ聞いてください。コトリは、僕が詩織の幽霊と会ったお寺に飾られていた掛け軸に描かれていた妖怪です。この掛け軸は本物ですよ、お寺の本堂に今もちゃんと飾られている。それから詩織の幽霊は、僕にコトリのことを伝えに来たんです。蒼太が攫われないよう気をつけろって」

「なるほど」

佐倉さんは椅子を前にスライドさせ、ぐいっと距離を詰めてきた。私は思わず後ろに下がった。

「わかりましたよ、正木さんのところに幽霊が現れた意味が」

「どういうことです？」

「幽霊は、正木さんに忠告する為に現れたんですね。蒼太くんが危ない目に遭わないように気をつけろって」

「だからそう言ってるじゃないですか。わかったってそのことですか？」

「つまり、正木さんは心配で心配で仕方がないんですよ。蒼太くんが危ない目に遭うんじゃないかということが。その不安が、子を取る妖怪という形で現れる。幽霊がそれを知らせてくれる。やっぱり、正木さん自身の中から出てきたものなんです。蒼太くんが見えない友達を見るのと、同じですよ。親子だから、同じ資質を持ってるのかもしれないですね」

私は何か言おうとしたが、佐倉さんが更に接近してきたので、言うべきことを忘れてしまった。

「これもやはり、列車事故の後遺症の一つと言えるでしょう。事故で、あなたは大変な不安を味わった。もう二度とそんな思いはしたくないという意識が、幽霊となって現れたんですよ。妖怪というのは、突如として降って湧いた理不尽な災厄の象徴でしょう。確かに、列車事故も妖怪も、理不尽であるという点では変わりませんからね」

佐倉さんはすっかり気分が晴れたという表情で、にこにこしながら話している。右手の中でボールペンが軽快に踊った。

「幽霊の忠告は、潜在意識の忠告であると受け取ることはできるでしょう。蒼太くんが事故に遭ったりしないよう、気にかけてあげればいいんじゃないでしょうか」

私は苦笑した。

「どうも、あなたと話すと上手く言いくるめられてしまう」

「人を詐欺師みたいに言わないでください。私はただ自分が正しいと思う解釈を話してるだけなんだから」

「そろそろ田舎暮らしは終わりにして、街に戻ろうかとも思ったんですが」

「もったいない！」と佐倉さんは言った。「別荘での生活は、絶対にいい影響になっていますよ。妖怪や幽霊という形にせよ、事故のトラウマと向き合う気になれているのは進歩です。着々と回復に向かっているんだと思いますよ」

「何だか、僕の回復ばかり気にしてませんか。大事なのは蒼太の回復でしょう？」

佐倉さんは真面目な顔をして、「いいえ」と言った。

「あなたの回復が、蒼太くんの回復に繋がるんですよ。奥さんもです。あなたがトラウマを解消し切れないでいるうちは、蒼太くんも奥さんも同じでしょう」

納得した訳ではなかったが、どんどん前に出てくる佐倉さんにブースの端まで追い詰められたので、私は頷くしかなかった。

9　コトリ

悪夢を見て目覚めた。悲鳴を上げた気がする。布団の上で起き上がり、私は肩で息をしていた。畳敷きの寝室は暗がりに沈んでいた。開いて網戸にした窓から僅かに夜風が吹き込んで、じっとりと汗をかいて熱を持った体を冷ました。隣に目をやると、薄闇の中でぼんやりと、茜が静かな寝息を立てて眠っているのが見えた。茜と私の間のスペース、本当なら川の字の真ん中で蒼太が眠っているはずの場所には、ぽっかり隙間が空いている。蒼太はいなかった。

突然、強い不安を感じた。蒼太がいない。蒼太はどこだ？

蒼太は寝相が悪いから、いつもびっくりするような場所に移動して、そこで眠っていることがあった。布団を出て、寝室の隅っこまで移動して、そこでタオルケットにくるまって、すうすう寝息を立てていたりする。川の字の真ん中で両親に挟まれていたはずなのに、どうやって移動できたのか不思議に思うほどだ。だから、今夜もまず布団の周りを見回した。寝室の隅々まで目を走らせる。そんなに広くないし、家具もほとんど置かれていない部屋だから、探し回るまでもなかった。蒼太はいなかった。

窓の外から、夜の草むらの虫たちの合唱が聞こえている。茜の小さな寝息が聞こえる。それ以外には、物音はなかった。トイレに行ったのだろう、そうに違いない。私はそっと立ち上がり、音を立てないように注意して引き戸を開けて、廊下に出た。

曇っているせいか、窓から月明かりも射し込まず、二階の廊下は暗い。こんな闇の中を蒼太が一人で歩けるとは思えなかった。大人でも、目が慣れないと足下がおぼつかないほどだ。壁に背を沿わせて手探りのようにして、私は階段のところまで進んだ。そして、手すりに身を乗り出して階下へ続く階段を見下ろした。

階段の途中に白い制服の少女が立って、闇の中で私を見上げていた。

驚いて、私はのけぞった。壁に背中をぶつけて大きな音を立て、その姿勢のまま静止して、茜を起こしていないか様子を窺う。それからそろそろと息を潜めて階段へ戻る。そうっと覗き込むと、階段には誰の姿もなかった。

「詩織」と私は囁いた。「そこにいるのか？　いるなら出てきてくれ」

「出てこいと言うなら出てくるけど」耳元で声が囁き、私は今度は前に飛び退いて、危うく階段から転げ落ちるところだった。

「そんなふうに驚かれると、やりにくいんですけど」と詩織が言った。私の背後の廊下にいきなり立っていた。

「ごめん」と私は謝った。鼓動が高鳴り、息が弾んでいる。「でも、そんな出方をされると驚く。もっと普通に来てくれればいいのに」

「玄関のチャイムを押すの？　それも変じゃない、この真夜中に」

「それもそうだけど」

「幽霊には幽霊の出方があるのよ」

私は、詩織の顔を間近で覗き込んでいた。佐倉さんの話を信じるなら、今この時も夢の中か。あるいは事故のトラウマで、不安が高じて見ている幻か。

そうは思えなかった。闇の中だから輪郭がぼやけ、ぼうっとしているけれど、しかし詩織には存在感があった。霞のようではなく、確かにそこに存在している実在感。蒼太を見ているのと変わらない。

「そうだ、蒼太だ」私は思い出した。「蒼太がいない。どこに行ったか、知ってるか？」

「蒼太は外にいるわ」と詩織は言った。

「きみが連れ出したのか？」

「いいえ、違うわ。蒼太を連れ出したのはコウタよ。蒼太の以前の友達」

「コウタが？　夢でなくて、本当に？」

「正確に言うと、コウタに化けたコトリ」詩織は歌うような口調で言った。「コトリがコウタに化けて、蒼太を森へ連れてった。急がないと、このまま連れてかれちゃうよ？」

私は詩織を見た。涼しい顔で私を見ている。その顔を見ながらしばらく考え……それから慌てて立ち上がって、階段をドタドタと駆け下りた。

一階も真っ暗だったが、私は明かりもつけずに玄関へと向かった。靴箱の上に置いた懐中電灯を取って、外に出た。

空はどんよりと厚い雲に覆われ、月のない真夜中は真っ暗だった。花のない花壇の前に止めた青い車もぼんやりとしか見えない。私は懐中電灯をつけた。限定された細い光をあちこち動かすと、道路へ向かう敷石のアプローチを歩いていく二つの小さな背中が見えた。二つ？

蒼太が二人に分裂していた。前を行く蒼太が時々振り返って、後ろを行く蒼太に行き先を示していた。二人ともパジャマを着て、まったく同じ蒼太に見えた。その光景があまりにも不気味で、私はその場に固まってしまった。

「蒼太！」と私は呼びかけた。

聞こえなかったのか、蒼太は無反応だった。後ろの蒼太は、だ。前の蒼太は私の方をちらっと見ると、後ろの蒼太を促して歩くペースを上げた。前庭の縁を越えて、道路へ出ていく。懐中電灯の光が届かず、闇にふっと消えた。

呪縛が解けて、私は走り出した。玄関からの階段を駆け下り、前庭を突っ切って走る。前を照らす懐中電灯の明かりが激しく揺れて、様々な影を投げかけた。

道路に飛び出した。カブトムシ荘から斜めに道路を渡った道の脇に常夜灯が一つぽつんとあって、頼りない白い光を灯していた。大きな蛾が、光の中をバタバタと飛び回り、鱗粉を落としている。うるさいほどの虫の声が草むらから聞こえていた。カエルの鳴き声、鳥か獣の声のようなものも混じっている。夜の森は静寂には程遠く、賑やかだった。

道に沿って懐中電灯で照らしたが見つからない。光を戻して真正面に向けると、そこにいた。カブトムシ荘から道路を渡った森との境に、二人の子供のシルエットがあった。今しも一人の蒼太が森の中に入っていき、もう一人の蒼太を誘おうとしている。

「蒼太！」と私は大声で怒鳴った。そして全力で、道路を横断して森へ向けて走った。

辿り着いて蒼太の肩を掴む。蒼太はぼんやりとした顔で振り向いて、私の顔を見上げた。

「お父さん」と蒼太は言った。「どうして僕の夢の中にいるの？」

「夢じゃないんだよ」と私は言った。

前を向くと、森の中に二三歩踏み込んだところに、もう一人の蒼太が立っていた。その蒼太は、何から何までそっくりだったが、よく見るとほんの少しだけ大人びて見えた。まるで数年先の、ちょっとだけ成長した蒼太のような。私と目が合うと、それは急に表情を変えた。大きな口を開けてニタッと笑い、蒼太に似なくなった。下卑た獣の顔だった。

より強く照らそうと懐中電灯を向けた途端、それは飛び退いた。懐中電灯が投げる光の輪の中から外れ、森の奥、木々の向こうに飛び込んで、そのまま闇に消えてしまった。私は懸命に照らしたが、懐中電灯の貧弱な光ではいくらも遠くには届かず、木々の向こうは塗り込めたような闇があるばかりだった。

あっという間にそれは消えてしまい、森の端に立つ私と蒼太だけが残った。虫の声、森の物音は、何事もなかったように途切れなく続いていた。それが去ると同時に現実感も消えてしまったようで、夢から覚めたようなぽかんとした感覚があった。

蒼太は不思議そうに周りを見回して、「夢じゃないのか」と言った。

「夢じゃないよ」と私は繰り返した。「蒼太は夜中に寝床を抜け出して、家の外に出てたんだよ。何があったのか憶えてる？」

「ええとね。コウタが迎えに来たの。一緒に行こうって、いいものを見せてあげるからって」

「コウタはどこかに行ったんじゃなかった？」

「うん。でも、帰ってきたみたい。僕を迎えに来たんだって」

私はぞっとした。コウタが迎えに来たって？

「でも真夜中だよ。コウタが迎えに来たからって、外に出ちゃ駄目だよね？」

「ごめんなさい」と蒼太は素直に謝った。「でも、夢だと思っていたから」

「それで、どこに行こうとしていたの？」

「森だって」蒼太は言った。「森の奥の方に行けば、楽しいところがあるんだって。大きなカブトムシもたくさんいるって」

「でも、夜の森は暗いだろ？　おばけも出るんじゃないか？　怖くないの？」

「でも、コウタが絶対に来なくちゃ駄目だって言うんだもの」蒼太は少し口を尖らせて言った。

「それに、夢だったらいいと思ったんだ。これまでも、夢で森に行くことは何回もあったから」

「これまでも？　それは怖い夢じゃないの？」

「怖い夢だよ。すっごく怖い夢。でも、怖いだけじゃないんだ。何て言うか……」

蒼太はまた考え込んだ。手を頬に当て、少し首を傾ける。気づけば、私もそっくり同じ姿勢をしていた。私たちは鏡を覗き込むように、相似形で向かい合っていた。

「楽しいんだ」と蒼太は言った。

「怖いのに楽しいの？」

「うん。なぜかは、よくわからないんだけど」

私は蒼太の肩を掴み、まっすぐ目を見る姿勢にさせた。

「聞きなさい。コウタが何て言っても、絶対について行っちゃいけないよ」

「夢でも？」

「夢じゃない。今日来たのはコウタじゃないんだ。あれは……コトリなんだよ」

「コトリ？」蒼太の顔が、真剣に恐れる表情に変わった。「ついて行ったら、帰れない奴？」

「そう。もしついて行ったら、蒼太はもう家に帰れないかもしれない。そうしたら、もう二度とお父さんやお母さんに会えないかもしれないよ。そんなのは嫌だろう？」

「うん。嫌だ」

「じゃあ、約束だ」

私は小指を立てて、蒼太は指を繋いだ。真夜中の森を前にして、私たちは指切りをした。

蒼太がふわあ……とあくびをした。

「もう夜中だよ。寝に行こう」

手を繋いで、私たちは道路を渡り、カブトムシ荘の方へと戻って行った。懐中電灯で行く手を照らすと、無数の小さな羽虫が光の中を飛び回り、カブトムシと思われる大きな影が飛んで、私たちの行く手を横切った。

カブトムシ荘の玄関に、ぽつんと寂しそうな茜の姿があった。

「ちょっと、いったい何してるの?」と茜は言った。「こんな真夜中に二人で散歩?」

「大丈夫!」と私は叫んだ。次に何て言おうか迷っているうちに、蒼太が先に駆けて行って、茜の足に抱きついた。茜は戸惑いながら、屈んで蒼太を抱き締めてやった。

私もその後に続きながら……一度だけ振り向いて、道路の向こうの森を見た。既に光はそこまで届かず、森は完全な闇に沈んでいた。暗い夜空をバックにして真っ黒な森が佇み、虫たちの声を身にまとっていた。顔を背けて、私は家族の待つ家へと向かった。

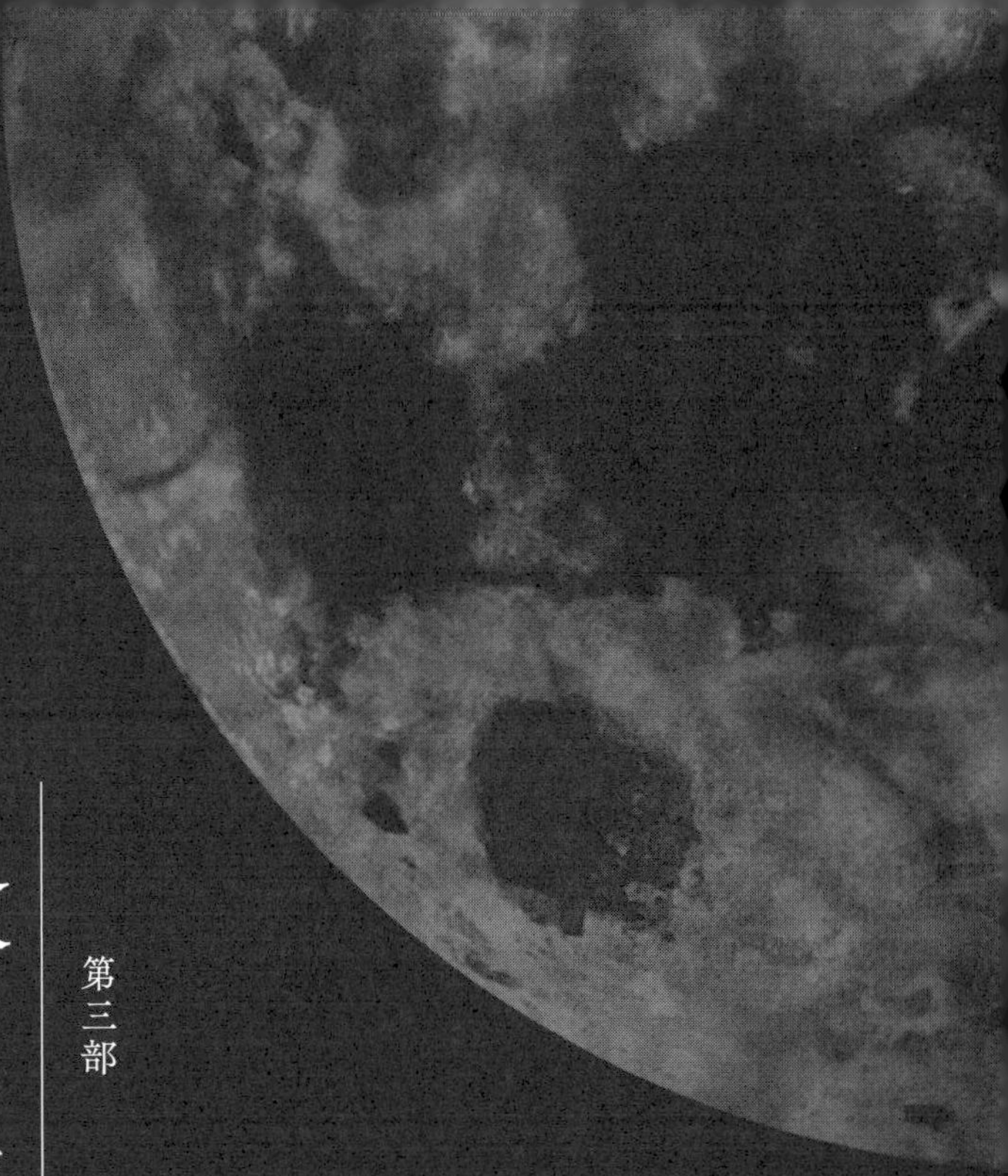

第三部 夏祭りの夜

1　ハレの日

八月に入った日曜日、村の神社の夏祭りの日だ。裏庭から鉄塔越しに谷の村を見下ろすと、確かにいつもと違うお祭りの雰囲気があった。村を横切る通りに、ぽつぽつと提灯が吊るされていて、露店も並んでいるのが見える。いつもは閑散とした村も、今日はさすがに人通りが多い。小学校の校庭では、盆踊りの櫓《やぐら》が組まれている。軽トラから木材が下ろされ、釘を打つ金槌の音が谷に響く。校庭に設置された割れたスピーカーの音が風に乗って流れてくる。盆踊りの音楽はテストなのか、途切れ途切れだ。間に挟まれるのは地元の世話役の訛ったダミ声。あれはどこかとか、あいつはどこ行ったとか、そんな裏方のやり取りをスピーカーを通してやっている。

蒼太は朝から興奮して、「早くお祭り行こう！」と急かしてばかり。

「まだ早いよ」と私はなだめた。「始まるのは夕方だろう。始まってから連れてってやるよ」

「別にいいじゃない。行こうよ」と蒼太は口を尖らせる。

「あんまり早く行って、始まる前に疲れちゃしょうがないだろう？　楽しみに待ってなさい」

それで蒼太は一旦は引き下がるが、休むことなく走り回って、何度も裏庭に駆けて行っては村の様子を見張っている。それでじきにまた「早く」が始まる。

茜はテラスに置かれたデッキチェアに寝そべって、文庫本を読んでいた。

「参ったな。早めに行こうか？」と私は茜に話しかけた。

茜は僅かに目を上げて、「ごめん。私はやめとく」

「また調子悪い？」

「うん。少し頭が痛いの。お祭りの騒々しいところとか、耐えられそうにない」

「なあ、一度あらためて診て貰った方がいいんじゃないか？」

「大丈夫よ。ちょっと頭が痛いだけだから。お祭りはさすがに勘弁、っていうだけ」

「でも、ずっと調子悪いのが続いてるだろう？　医者が面倒なら、せめて蒼太のかかってる佐倉先生はどうかな？　蒼太のついでに相談すればいい」

「私は大丈夫よ。街になんか行きたくない。ここでじっとしていたら、じきに調子も戻るから」

「でもさ……」

「澄んだ空気と静かな環境」茜は口ずさむように言った。「私たちの為に用意してくれたんでしょう？　私はここ、好きよ。ここにいると、落ち着くことができる。わざわざ街に出かけて行って、疲れる思いをしたくないわ」

釈然としなかったが、茜はそれ以上断固として聞く耳を持たなかった。茜は文庫本に戻り、私はばたばた駆け回る蒼太と裏庭から見る村の様子に目を戻した。

かん、かん、かん……と、釘を打つ音が谷間に谺する。盆踊りの櫓はあらかた組み上がり、赤と白の幕が張られているところだ。校舎の窓から男が身を乗り出して、提灯を吊るしたロープを張り渡そうとしている。準備をする大人たちに混じって、校庭には見物する子供たちの姿も僅かながら見えている。老人しかいないように見えた村だが、ちゃんと子供もいるんだ、と感心した。

あるいは、村から出た人たちが、子供を連れて帰省しているのかもしれない。

盆踊り会場の小学校から、軽トラが走り出てきた。露店が並ぶ通りを走って、坂を登っていく。村を横切る通りが、山の上の神社へ通じる参道であることに、今更ながら気付いた。通りは家々や棚田の合間を折り返しながら山を登っていき、最後には鳥居と階段のある安楽寺の前の広場に至る。軽トラの行方を目で追っていくと、階段以外にも車の通れる道が神社まで通じていることがわかった。更に狭くなった車道が、山の裏側へ回り込み、遠回りして山頂の神社に至っている。なるほど、この村の中心は山の上の神社で、参道に寄り添うようにして村が成り立っている訳だ。普段はよくわからない神社と下界を結ぶラインが、祭りの日にはよく見える。夜になって提灯が灯ったら、ラインはよりはっきりと浮かんでくるだろう。

神社自体は、山の上のこんもり茂った高い木々に隠されてよく見えない。ただ赤い鳥居と、辛うじて緑の上に突き出した屋根が見えるだけだ。神社でいつもと違う何かが行われているのかどうか、ここからではわからない。ただ、どん、どん、と一定間隔で聞こえているのは太鼓の音だろうか。この音は盆踊りの会場ではなく、山の上から聞こえているように思える。やはり何らかの儀式が行われているのだろうと、私は思った。

普段はほとんど死んだような村だ。見るからに過疎化が進んでいて、少ない住人も高齢化して老人ばかりが残っている。スキー場のある高原の賑やかさや別荘地の陰に隠れ、巨大な鉄塔にも押し潰されそうになっているこの村。時間が止まったような雰囲気で、自然の中に呑み込まれて沈んでいく印象があった。それが祭りの日には、がらりと様相を変えていた。ここにも長い歴史があり、伝統が死に絶えることなくまだ息づいているのだとわかった。

いや、むしろ、伝統だけが生きているのか。住人が高齢化していることは事実だろう。櫓を組んでいる人たちも、軽トラを走らせている人たちも、よく見れば若者という雰囲気ではない。小学校に子供の姿は見えているが、大人の中にちらほら混じって見える程度だ。祭りで賑やかだとは言っても、あくまでも普段の静けさに比べればの話。ハレの日であっても、寂れた空気は否めない。

そんな中で、伝統だけが力強く命を保っている。かつて村の中心であった神社が伝承してきた風習、それが祭りの日には浮上して、老いた人々を駆り立てている。おそらく、主役は村人ではなく、伝統という形のないものだ。人々はむしろ伝統に隷属し、伝統を生かし続ける為に動かされているのだ。

ぼんやりとそんなことを考えていて、はっと我に返った。近くに蒼太の姿が見えず、慌てて辺りを見回した。いた。蒼太は裏庭の端の方にいて、谷に向かって手を振っていた。

「蒼太！」と私は怒鳴った。

蒼太は振り向いた。「なに？」

「家に入ってなさい。あんまり端の方に行くんじゃないない」

蒼太は家の方へ駆けてきて、「もうお祭り行く？」と期待に目を輝かせる。

「もうすぐ行くから。中で遊んでなさい」

「はあい」

テラスから、蒼太は家の中に入っていった。茜はすれ違う時に少しだけ顔を上げて、蒼太に微笑んだ。

私は向き直り、蒼太が手を振っていた方を見た。鉄塔の向こう、棚田が段々の墓地に変わる辺りだ。きつい陽射しの中で、いくつもの墓石が並んでいるのを見ていると、その一つ一つが人影のように見えてくる。黙ったままじっとこっちを見ている大勢の影のように。目を閉じ、また開くと幻は消えて、元の墓石の列に戻った。見渡す限り、誰も見当たらない。

蒼太は誰に手を振っていたのか。詩織だろうか、それともコウタか。コウタだったとしたら、それはコトリがなり変わった姿だったのだろうか……?

「シンプルなことよ」と詩織は言った。「蒼太から目を離さないこと」

コトリが、夏祭りに紛れて蒼太を攫いに来たとしても、決して蒼太を連れて行かせはしない。私はそう自分に言い聞かせた。

2　盆踊りと焼きそば

午後遅く、カブトムシ荘を出た。蒼太と私はゆっくりと道を行き、村に着いた。まだ陽射しはきつくて、別荘地を抜ける長い道程を歩いてくるとたっぷり汗をかいた。村へ降りていく最後の坂道の上に立って、私たちは順番に水筒の水を飲んだ。

ふうと息をつく。下っていく先で道は村へとカーブを描き、巨大な鉄塔の根元を回り込んで、村を貫く参道へと通じていた。その通りから、今日は祭りのざわめきが聞こえてくる。小学校のスピーカーが鳴らす割れた音の盆踊りのメロディが、風に乗って流れてきていた。

「早く行こう！」と蒼太は先に立って走っていこうとする。待って、と私はたしなめた。

「勝手に一人で走っていったりしないこと。お父さんから離れないこと。特に人の多いところでは、お父さんと手を繋いでいること。わかった？」

「わかった！」

私たちは道を進んでいった。葛の葉に覆われた、鉄塔を囲むフェンスの前を過ぎていく。その先の通りの両側には、田んぼと古い木造の家が交互に並んでいる。田んぼには稲が青々と茂り、たくさんのトンボが飛び交っていた。前は虫を追って畦道へと踏み込んでいき、棚田を登って墓場に辿り着いたのだった。私は田んぼの向こうに続く斜面を見上げた。緑の稲の連なりの向こうに、立ち並ぶ墓石が見えている。

蒼太は一向に疲れを知らず、ぴょんぴょんと跳ねるようにして前を進んでいく。私はその後を遅れないようについていった。村の中に入っていくほどに、すれ違う人も増えてきた。カートを押したおばあさんが「こんにちは」と声をかける。蒼太は恥ずかしがって顔を伏せ、かわりに私が「こんにちは」と答えた。

村の中心に近づくと、道幅は狭くなる。道に面した古い家々に沿って、たくさんの提灯が吊されている。鄙びた風景に真っ赤な提灯はとても目立った。赤の色彩が、普段と違うハレの日を強調している。

やがて小学校に着いた。校庭への門が開放され、人々が出入りしている。ここまで来ると音楽はうるさいほどで、割れたスピーカーの耳障りな音がガンガン響いている。甲高い声で歌われる民謡が繰り返し鳴っていて、いかにも既製品のような音楽はこの村の雰囲気に馴染んでいないと私は思った。

校門の前にはベンチが置かれ、法被を着たおじさんたちが集って缶ビールを飲み交わしていた。櫓を組み立てていた人たちの打ち上げだろうか。音楽の大音響も気にせずに、将棋を指している人もいる。みんな楽しそうだ。

校庭の中央には大きな櫓が立っている。櫓の上には太鼓やマイクが置かれ、法被を着た男女が数人ひしめいているが、今はまだ演奏はしないでCDをかけているだけだ。櫓の周りをズラリと取り囲んでいるのは浴衣を着たおばさんたち、地元の婦人会のメンバーといった風情。ぴたり揃った振り付けで、櫓の周りをゆっくり回りながら踊っている。

民謡が終わって、次は子供向きのアニメの音頭になった。賑やかな音楽が鳴り響き、周りで見ていた子供たちが、わっと輪の中に入っていく。おばさんと子供らが、入り混じって踊り出した。

「おまえも行くか？」と私は蒼太に声をかけた。

「いい」と突っ立って見ていた蒼太は即答する。恥ずかしがり屋で、こんな時には必ず引っ込んでしまう蒼太だ。

櫓から離れた校庭の周囲、校舎に沿った辺りには、いくつかの露店が並んでいた。踊りの輪から離れて、蒼太と私は露店の方に近づいていった。スマートボールや金魚すくい、ヨーヨー釣りにスーパーボールすくいなど。「やる？」と聞いたが蒼太は首をぶるぶる振るばかり。私の足の後ろに隠れて、別の子が遊ぶのをじっと見ている。

少しずつ、太陽は西に傾きつつあった。夕方が近づいていたが、でもまだ全然涼しくない。真上からの直射が斜めに射し込む角度に変わっていて、むしろ顔にまともに照りつける。熱い汗がじわじわと滲んで、私は首から下げてきたタオルで顔を拭った。拭いても拭いてもきりがないくらいに汗が噴き出す。手をうちわ代わりにして扇いだが、いくらも風は感じなかった。

蒼太は、真剣な表情でよその子が遊ぶのを見つめていた。「やってみろよ」と私は何度も誘ったが、蒼太は頑なだ。

「よし、じゃあお父さんがやるよ」言って、私はお金を払って蒼太の隣にしゃがみ込んだ。薄い紙の貼られたポイを受け取って、真剣な表情で身構える。「頑張って！」と蒼太が小さな声で応援した。

幸い、ポイを破らずに連続でボールをすくうことが出来た。景品に貰ったスーパーボールを蒼太に渡す。蒼太はとても嬉しそうににっこりと笑った。小さなスーパーボールがいくつか入ったビニール袋を、大事そうに握り締めた。

それから、他のゲームや屋台を見て回った。蒼太はどの露店も興味津々で見る割には、自分では一切遊ぼうとしなかった。あんなにお祭りを楽しみにしていたのに、引っ込み思案にもほどがある。あまり強く勧めると蒼太が泣きそうな顔になるので、私はやがて勧めるのをやめた。でもまあ、楽しそうだからいいのだろう。蒼太はただ祭りの雰囲気の中に身を置くことを楽しんでいるようだった。

子供タイムの後、しばらく途切れていた音楽が再開された。今度は生演奏だ。櫓の上で大太鼓が打ち鳴らされて、その重低音がずんずん響いた。浴衣を着た太ったおばさんがこぶしを効かせて歌い始めた。さっきまでのCDを超える大音量が、割れたスピーカーを震わせた。

あまりにうるさいので、私たちは盆踊り会場の小学校から離れることにした。門の前ではまだ将棋が続いていた。おじさんたちの酒盛りもまだまだ続いていて、ベンチの下にはずらりとビールの空き缶が並んでいた。


大音量の音楽を背にしながら、村を抜ける坂道をゆっくりと登っていった。道に沿って続く提灯の列に、いつの間にか明かりが灯っている。まだ明るいので目立たないが、ぼうっとした赤い光を投げかけていた。狭い通りに露店が並びだすと、さすがに人混みになってきた。私は蒼太の手をしっかりと握った。

フランクフルトやから揚げ、綿菓子やりんご飴、お祭りにつきものの様々な食べ物の屋台が並び、いろんな匂いが渾然としてきた。焼きそばのじゅうじゅう焼ける音、ソースの匂いが、私の空腹を刺激した。背後から流れてくる太鼓の音も、腹にずんずん響く。

「焼きそば食べる?」と聞いてみると蒼太が頷いたので、私は列に並んで二つ買った。焼きそばの入った透明なパックを蒼太に手渡すと、パックはすとんと落ちて蒼太の足元でばらばらになってしまった。

土の上に散らばった麺やキャベツの切れ端を、私は見つめた。たちまち、蟻が集まってくる。ぼんやりと地面を眺めた後で目を戻すと、蒼太はまた泣きそうな顔をしていた。

「熱かった？　いいよ、一つを一緒に食べよう」

残ったパックを片手に持ってもう片方の手は蒼太の手を握ったまま、私は食べる場所を探した。大勢の人が行き交う道では立ち止まるのも大変で、私は先へと蒼太の手を引っ張っていった。

「お父さん、痛いよ！」と蒼太が言った。しばらく行くと家並が途切れて田んぼに面した一角があり、私と蒼太は畦道に避難して人混みを避けた。古い道標のような大きな石があったので蒼太を持ち上げてその上に座らせ、私は横に立って一息ついた。

ごった返す参道を外れると、夕方の涼しい風が吹いていた。緑の稲をざわざわと揺らして吹いてくる風を浴びて、火照った顔が冷まされるのを感じた。人混みの足下に埋もれていた蒼太も、石の上に上げて貰ってすっきりした表情をしている。畦道はまっすぐに続いて、田んぼの終わりで森の暗がりに吸い込まれている。夕暮れの暗さはまず最初に森にやってきて、そこから少しずつ広がっていくようだ。

ずんずん響く太鼓の音の向こうに、ヒグラシが鳴いている声が聞こえた。山の方から聞こえてくる。谷間の村であちこちに反響して、正確にどこで鳴いているのかわからない。急速に傾いていく太陽が強烈な西日を投げかけ、私と蒼太の影を長く畦道に延ばした。

そんな風景を見ているうちに、私はふと、込み上げるような幸せを感じた。蒼太と一緒にいられることの幸せ。かけがえのない、二度と来ない夏を、蒼太と過ごしていることの幸せだ。それは同時に、不安のようなものを伴っていた。この一瞬を失いたくないという不安。それでも、必ず失ってしまうだろうという不安だった。

それはそうだろう。夏祭りは今日限り。今年の夏は今年限りだ。同じ時間は二度と来ない。当たり前のことだ。過ぎていく時間を惜しんで不安になるのは、馬鹿げていることだと思う。

それでも、私は込み上げる感情を抑えることができなかった。

「どうしたの？」と蒼太が聞いた。「焼きそば食べようよ」

私は我に返った。慌てて蒼太に笑いかけて、焼きそばのパックを開く。拍子に輪ゴムが弾けて飛んでいって、蒼太は面白がって笑った。

一つの焼きそばを分け合って食べ終える間に、夕陽はぐんぐんと沈み、山の向こうに隠れていった。

3　悪い月

再び参道に戻る。神社に近づくほどに道は狭くなり、人混みも混雑を増していった。私は蒼太と繋ぐ手に力を込めた。

やがて、前方からざわめきが聞こえてきた。大勢の掛け声が近づいてくる。狭い通路にみるみる人が溢れて、神輿《みこし》の行列がやってきた。白い股引姿の男たちがどっと繰り出して、大騒ぎになった。人混みの向こうに、屋根に鳳凰を乗せた豪華な神輿がゆらゆらと揺れていた。誰かが笛を吹き、鐘を鳴らしている。

蒼太を見失わないように。私はただそれだけを考えていた。神輿を避ける人の波に押されて、道の端へと追いやられながらも、私は蒼太の手を離さなかった。

「見えないよ！」と蒼太が文句を言った。「ねえ、お神輿見たい！」

電柱の陰に身を潜めて、私は蒼太を抱き上げてやった。

熱気と汗を撒き散らしながら、神輿の行列が通り過ぎていく。いつもは眠り込んだようなこの村のどこに、こんな熱気が隠れていたのかと私は呆れ気味に考えた。これも、一年に一度だから出せる熱気なのだろう。一年分のエネルギーをこの日に一気に放出して、明日からはまた眠るような日々を過ごすのだろう。

行列の最後には真っ赤な袴が鮮やかな巫女さんが二人、ちりんちりんと鈴を鳴らしながらついて歩いていた。熱気を纏った神輿と、奇妙な静けさを湛えた巫女さんが坂を下って去っていくと、後には何とも言えない不思議な余韻が残った。

「よく見えなかった」と蒼太が口を尖らせた。

「きっとまた会うよ。この小さい村を練り歩くんだろうから」

私は抱き上げていた蒼太を下ろした。熱気の中で汗をかいて、私の全身はじっとりと湿っていた。

神輿の熱気にあてられて少し疲れを感じたが、蒼太はまだまだ元気だった。蒼太が先に立って、更に坂道を登っていく。

「駄目だよ蒼太、一人で行っては」

私は慌てて追いかけた。


やがて、道は広場に出た。砂利敷きの広いスペースの中央に、大きな楠の木が茂っている。広場に面しているのは安楽寺の正門。楠の向こうに鳥居があって、そこから山の斜面を登っていく神社への急な階段がある。今日はその階段にも、提灯の列が灯っていた。

既に陽は落ちて、広場には薄闇が降りていた。階段に沿って並ぶ提灯が、ぼんやりと光を放っていた。

「こんばんは」と声をかけられて、私はびっくりした。振り返ると、安楽寺の住職とその奥さんだ。住職は普段着の作務衣を着て、片手に手提げ提灯を持っていた。

「あ、どうも」と頭を下げた。

「お祭りの見物ですか」

「ええ、まあ」

「結構立派なお祭りでしょう。びっくりしたんじゃないですか?」

「そうですね、確かに立派なお祭りです。やっぱり由緒のあるお祭りなんですか?」

「歴史は古いですね。江戸時代から欠かさずに続いているという話です。これでも、昔に比べると規模は小さくなったようですが」

「昔はもっと立派だったんですね」

「受け継ぐ人の数も減りましたからね。ところで、お一人ですか？」

「あ、今日は息子と一緒です」

「ああ、前に話しておられた息子さんですね。おや？　どこです？」

「どこって、すぐそこに。蒼太？」

きょろきょろと周囲を見回したが、蒼太はいなかった。

「あれ？」

戸惑いの後、すぐに激しいパニックが押し寄せた。胸が苦しくなる。息ができなくなる。私は口をパクパクさせながら、そこらをうろうろと歩き回った。驚いたように見守る住職と奥さんに、すがるように問いかけた。

「たった今まで、一緒にいたんです。蒼太を見ませんでしたか？」

「さあ……。大丈夫ですか？　ちょっとあなた、落ち着いて」

私は住職たちに背を向けて、広場を囲む暗がりを見渡した。登ってきた道、楠の木、折り返して続いていく車道。鳥居をくぐって神社へ登っていく階段に、いた。蒼太の後ろ姿、青いTシャツの小さな背中が、提灯の明かりの中に見えた。

「蒼太！」と私は大声を出した。

階段を行く蒼太は立ち止まらない。小さな体がよたよたと、急な石段を登っていく。

住職が何か言っていたが、私はもう聞いていなかった。階段へ走り出した。足元の砂利を跳ね飛ばして走る。鳥居の下に辿り着いて見上げると、ずらり並んだ提灯に照らされ、暗い階段は不気味な赤に染まっていた。そのほとんど上端に近い辺りを、蒼太が登っていく。もう少しでてっぺんの第二の鳥居に着きそうだ。

　急な階段を、私は駆け上がった。一段飛ばしで登っていく。角が丸くなった石段で、何度も滑りそうになる。提灯が投げる赤い光が影と交互に投げかけて、赤い光が点滅しているようだ。これはまるで、悪夢の夜の中で現場を染める緊急車両のパトライト。横転しひしゃげた電車の車両と、路上に累々と横たわる重傷者たちの列。焼け焦げたオイルと血の匂い、この中に蒼太と茜がいるはずの、恐ろしい事故現場の風景だ。何度も何度も反芻した、実際は見ていない事故現場のイメージが、駆け上がる階段に二重写しに見えている。足がもつれて転びかけ、なんとか持ち直して前を見ると、階段を登りきった鳥居の向こうの暗い空に、真っ赤な月が昇っている。いつもより大きく膨らんで見える、血のように赤い昇りたての満月。

　それが、鳥居が切り取る黒い台形の中にぽっかりと浮かんでいた。まるで見つめる目のような、不吉な空気を孕んだ赤い月。底知れない悪意を込めて、赤い目が私を見下ろしている。

　それを目がけて、私は走った。

　よろけながらも階段を登り切り、鳥居をくぐって神社の境内に出た。階段の暗い雰囲気からなんとなく誰もいない境内を想像していたが、実際には明るくて、大勢の人がいた。鳥居から奥に控える本殿まで、砂利敷きの広い空間が開けていた。その中央には舞台があって、篝火が燃やされ、神官がそこで太鼓を叩き、笛を奏でていた。舞台の上には赤い袴を身につけた二人の巫女さんがいて、優雅に舞を踊っていた。舞台の前には多くのパイプ椅子が並べられ、見物客が集まっていた。

赤く燃える炎、ここにもいくつも吊るされた提灯の赤い光、それに雅な笛の音と、お腹に響いてくる太鼓の音。装束を身につけた神官や巫女さんの姿も映えて、境内は一種独特な異空間のように感じられた。それに、どうしても視界の中に入って来る、低い空にかかる赤い月。あの事故の夜と同じ赤い満月。あの夜、新幹線の中で感じ続けた不安を、今また強く感じていた。

そう、ここは想像の中の事故現場にとてもよく似ていた。黒い闇と赤い光、燃える炎、その照り返しを受けてちらつく人々の影。火の燃える匂い、木が爆ぜる音。繰り返し打ち鳴らされる太鼓の低音は、飛び交うマスコミのヘリコプターの音か。

「蒼太！」と私は怒鳴った。大声を出したが、笛と太鼓の音にかき消されてほとんど響かなかった。

激しい焦りが私を捉えていた。目を離してしまった……蒼太を見失わない、それだけが大事なことだと、わかっていたのに。早く追いつかなくちゃならない。蒼太を連れ戻さなくちゃならない。さもないと、取り返しのつかないことになる。

きょろきょろとせわしなく見回して、私は蒼太の姿を探した。舞台の周囲の見物人の中に紛れていないか、目を凝らす。篝火の光がちらちらと揺れて、影が人々の上を覆ったり消えたりするので、よく見ることが出来ない。

「蒼太！」

何度も怒鳴りながら、舞台に近づいていった。太鼓の音がより大きく重くなり、体全体を揺さぶった。気ばかりが焦って地につかない足が、太鼓の震動で更にふわふわと浮かぶようだ。篝火を見上げる人々の暗いシルエットを見て回る。「蒼太！」と怒鳴ると、何人かの見物客が何事かと振り向いた。

私は視線を感じた。ずっと、蔑むように見下ろす目。まるで地面を這い回る虫を観察するような、冷たい観察者の視線。月だ。底知れない悪意を内に秘めて見下ろす、真っ赤に染まった悪い月。あれだ。あれが黒幕だ。コトリを操り、蒼太を連れ去ろうとする黒幕。事故の夜もそこにいて、そして今もここにいる。すべての事象の影にいて、運命を操り、右往左往する私を見下ろして嘲笑っている。

今、私の気持ちは完全にあの夜と同じだった。西へすっ飛んでいく新幹線の中で、蒼太と茜を失う不吉な想像ばかりを延々と弄ぶ私を、ずっと窓から悪い月が見ていた。今また同じ月が昇り、あの時のイメージそのままの、赤い光が夜をべっとりと染めている。まるで時空が捻じ曲がって、時間が戻ってしまったようだった。

月がゲラゲラと笑っている。うろたえる私を面白がって。私は目を伏せて、見下ろす月を見ないようにした。

舞台の脇を通り過ぎ、境内に聳える大きなイチョウの木を回り込んだところで、私ははっとして立ち止まった。ずっと向こう、境内が終わって周囲の森に接するところに、立っている子供の後ろ姿があった。

「蒼太！」

私は走っていった。蒼太は振り向かない。走りながら、私は不意に疑った。あれは本当に蒼太か？　コトリじゃないのか？　コトリが蒼太を連れ去って、蒼太に成り代わっているんじゃないのか？

蒼太の背中が近づいてくる。ただ何もせず突っ立って、じっと暗い森を見つめている。まるで何かに魅入られたように。

「蒼太……」

急に怖気づいて、私はスピードを緩めた。ゆっくりと手を伸ばし、蒼太の肩に触れる。

蒼太が振り向いた。一瞬、私はコトリの顔を見た……まるで低空にかかる赤い月そのもののような、瞳孔のない真っ赤な瞳。いや違う、それは錯覚だ。瞳が炎を映しているだけだ。振り向いたのは蒼太だ。悲しそうな顔で、私を見上げた。

「あ、お父さん」と蒼太は言った。「また僕は夢を見てるの？」

私は言葉に詰まった。篝火の赤が照り返し、蒼太の顔を赤く染めていた。まるで蒼太が血にまみれているように見えた。

赤いおばけのように。あの事故現場で、線路の脇に寝かされていた大勢の死骸の顔のように。

「帰ろう」と私は言った。「もう夜だよ。家に帰ろう」

私は蒼太の手を取って、強く引っ張った。

早く早く、家に帰らないと。コトリに、月に追いつかれる前に。

空から見下ろす月の視線を感じた。圧力を感じる。見張られている。私は蒼太の手をきつく握りしめ、逸る思いのままに歩き出した。

4　帰り道

手を繋いで階段を下りた。安楽寺の前の広場には、さっきすれ違った神輿が帰ってきていて、打って変わった喧騒になっていた。楠の周りに大勢の人が溢れ、神輿の後を追って更に神社への坂道に向かおうとしている。人混みの向こうに住職夫妻がいるのが見えたが、そこまで辿り着くことはできそうになかった。彼らが私を見つけた。心配そうな視線に対して、私は頭を下げ、蒼太を見つけたことを身振りで示すだけにしておいた。

露店の並ぶ坂道を足早に下り、私たちは急いで村を横切っていった。蒼太も遊びをねだろうとはしなかった。ただ黙って、私について歩いた。

坂道から時々振り仰ぐと、赤い月が変わらぬ位置についてきていた。

鉄塔の辺りまで来ると、太鼓の音も盆踊りの音楽も背後に遠ざかっていった。提灯もなくなって、道を照らす赤い光は消え、ところどころにある常夜灯の光が届かない場所は闇が深い。常夜灯には大きな蛾が集まり、電灯にぶつかってバタバタと音を立てていた。

私に手を引かれていた蒼太が急に立ち止まった。

「どうした？」

蒼太は答えない。

「暗い道が怖い？　大丈夫、手を繋いでいれば平気だよ。早く家に帰っちゃおう」

蒼太はやはり答えなかったが、手を引かれて進むのに抵抗はしなかった。急ぎ足で、私たちは別荘地へ向かうカーブを登っていった。

カーブには常夜灯があって、白い光で明るく路面を照らしていた。石垣にヤモリが何匹か、ちょろちょろと走り回っているのが見えた。道を囲む草藪では、たくさんの鳴く虫たちが大合唱していた。リーリーリーリーリーリー……とそれは一瞬もやむことがなかった。大きな白い蛾が常夜灯のポールにとまって翅を広げていた。

カーブを過ぎてしばらく行くと、次の常夜灯までの距離が遠く、また高く茂った木々に見通しも阻まれて、ぐんと闇が濃い区間になった。蒼太の手を握る手に力がこもり、緊張を感じる。

見上げると、空にはたくさんの星が出ていた。都会では見られない密度の濃い星空だ。うっすらと天の川さえ見えるほどの。蒼太に伝えようとして、振り返る。背後の空には、やはり赤い月がついてきていた。蒼太に月を見せるのが嫌で、伝えるのをやめた。

仕方がないので、私は黙ったまま歩いた。背後に視線を感じた。月が追いかけてくる。たぶん今に始まったことじゃなく、ずっと前から追われている。どこまで逃げても追いかけてくる。街から田舎に逃げてきても、同じことだ。月から逃げ切ることなんてできないのだから。

やがて次の常夜灯が近づいてきて、いちばん暗いところは通り抜けた。また白いスポットライトと、蛾の羽ばたきが近づいてくる。光の中に鱗粉がちらついているのが見えた。

蒼太はずっと黙ったまま、手を引かれて歩いている。怖いとか疲れたとか言わずに、やけに素直に歩いているのが奇妙だと私は思った。常夜灯の下を通り過ぎる。光が背後に移ると、二人の影が細長く延びて前方の路上に現れた。ひょろりと背の高い人影が顔のないおばけのようで、なんだか怖い。なんのことはない、私は夜の道行きを怖がっている。蒼太よりずっと、怯えているかもしれない。

ガラス張りの家の前を通り過ぎた。正面のガラス面はカーテンが閉じられ、隙間から中の明かりが覗いている。私をずっと疑いの目で見ていた本橋氏は、祭りに出かけはしないのだろう。

ガラスの家を過ぎてしばらく明かりはなく、また闇は少しずつ濃くなっていった。一歩進むごとに、闇が深くなる。景色が曖昧になり、視界はちらちらとした粒子に覆われた。世界の輪郭が溶けていく。何もない場所を歩いていて、自分の体さえ頼りないような、そんな気持ちになっていく。握りしめている蒼太の手でさえも、不確かな感じになってきた。

「お父さん」と不意に蒼太が声を出して、私はドキッとした。

「なんだい？」

蒼太が立ち止まった。明かりと明かりの真ん中の、頭上を木々の茂みで覆われた場所、闇のいちばん深い場所で。

真っ黒な影になった蒼太は黙って立っている。あまりにも暗くて、目も鼻も口もわからない。ただ影法師のような黒い輪郭が見えるだけ。そんな影に黙ってじっと見つめられて、私の不安はどんどん募っていった。

「どうした？」と私は努めて軽く言ってみたが、ぎこちない調子の声になった。「こんな暗いところで立ち止まってどうしたの？　早く家に帰ろうよ」

「僕は蒼太じゃないよ」と蒼太は言った。「誰だと思う？」

「なんだって？」

蒼太はくすくす笑った。

「なぞなぞだよ、考えてごらん。僕はぴよぴよ鳴くんだ」

「変な冗談はやめなさい、蒼太」

自分の声がしわがれて聞こえた。蒼太はまた笑った。その笑い声はしかし、蒼太の声とは似ていなくて、喉をごろごろ鳴らすような音が混じる、動物じみた不快な笑い声だった。闇の中から聞こえてくる声が、どんどん蒼太とかけ離れていく。私がたじろいだ、その時。

頭上に張り出した枝の上で、何かがぎゃあと鳴き声を上げた。鳥か猿か、獣かあるいは何か異様なものか、わからない。私は思わず顔を上げた。視線を感じたのだ。私をじっと見下ろす視線。顔を上げると視線の主は確かにそこにいて、至近距離で目が合った。

しわくちゃの毛のない猿のような、赤ん坊のような老人のような顔が、木の枝の合間の暗がりからぬっと突き出て、私を見つめていた。真っ赤に充血した、大きな丸い目で。

私は思わず息を呑み、二三歩後ずさった。枝の上の顔はすぐに引っ込んで闇に消えた。同時に枝が大きく弾み、ガサガサと葉が揺れる音がして、何かが木から木へ飛び移りながら、森の奥へと去っていく気配があった。

動物だったのか？　猿か、アライグマか何かか、あるいはフクロウのような鳥か。それとも本当に、妖怪だったろうか？　それに気をとられていた私は我に返って、何も掴んでいない自分の手に気づいた。私の手は空を掴んでいた。顔を上げると、そこには誰もいない道があった。蒼太は消えてしまっていた。さっきまで蒼太が立っていたはずの暗闇を見つめ、その先にあるものに目を凝らす。道路の脇の石垣には、地蔵が祀られた小さな祠があった。ワンカップの空き瓶に、萎れた花が挿さっている。私はうろたえて周りをきょろきょろ見回したが、蒼太の姿はどこにも見えなかった。

祠の周りでは、姿の見えない虫たちが一斉に鳴き始めた。しばらく鳴きやんでいたのだ。木々の枝を派手に揺らしていったもののせいだろう。

「蒼太！」と私は大声で怒鳴った。声に反応して虫たちが一瞬鳴きやみ、またすぐに再開した。道の先と元来た方とを何度も交互に眺めたが、無人の道が暗がりの中に続いているばかりだ。誰のいる気配もなかった。

夜の中に、私は一人きりだった。

私は蒼太と繋いでいた空っぽの手を眺めた。反対側の手を見ると、スーパーボールの袋を提げていた。あれ、と私は思った。これは、蒼太がぶら提げていたのではなかったか。いつ受け取ったのだったろう。

道を挟む側のうち、祠のある山側は急な石垣になっている。高くまで急な石垣の斜面が続く。蒼太がこんな斜面をよじ登れるとは思えなかった。反対側はガードレールを隔てて、崖になって下っていく雑木林だ。落ち葉が積もった急斜面は、ずっと下まで落ち込んでいる。蒼太が急に消えたとしたら、この崖を滑り落ちたということだろうか。見る限り地面の落ち葉に乱れはなく、誰かが落ちた痕跡も見当たらないが、そうとしか考えられないいんじゃないか。

違うのか。ここにいた蒼太は、既に蒼太じゃなかったのか。蒼太になり変わったコトリだったのか。

だとしたら蒼太はどこだ？

「蒼太！」ガードレールから身を乗り出して、私は叫んだ。何度も声の限りに叫ぶ。声が枯れるほど叫んでも、林には虫の声がするばかりだ。

「どうしたんです？」と声がかかり、私は飛び上がった。振り向くと、例のガラスの家の住人である本橋氏が、手提げの電気式ランタンを手に立っていた。

「いや、あのう……」私はうろたえるばかりだ。「すみません、騒がしくしてしまって」

「いいんですよそんなことは。何かあったんじゃないんですか？」

「よくわからないんですが……。うちの子がここから落ちたかもしれなくて……」

「本当ですか？」

本橋氏はガードレールに寄り添って崖下を覗き込んだ。ランタンを持った手をいっぱいに伸ばして、光を林の中に向ける。

「本当に落ちたんですか？」

「いや、それが、よくわからないんです。ここまで歩いてきたら、急に消えてしまって」

「なら落ちた可能性は高いでしょう。警察を呼びましたか？」

「警察?」私はびっくりした。「いえ、まだ」

「私が連絡しましょう。ちょっと家に戻って、電話をかけてきます。それにこのランタンじゃ駄目だ。強力な懐中電灯がないと」

言って、足早に家に向かいかけた本橋氏に、私は「あのう」と呼びかけた。

「でも、落ちたかどうかわからないんです。落ちたところを見た訳じゃないので」

「ここで急に消えたなら落ちたとしか考えられないでしょう。他に隠れる場所もないんだから」

「いや、でも……もしかしたら、先に家に帰ったのかも」

本橋氏は向き直って、手を腰に当てて私を見た。

「どういうことです。消えたのか先に帰ったのか、どっちですか?」

「それがどうも……よくわからなくて」

本橋氏は呆れたような表情を見せたが、それでもテキパキと言った。

「それなら、早く家に帰って見てきてください。僕はここにいますよ。警察にも連絡しましょう。何事もなかったならそれでいい。人騒がせでも、手遅れになるよりずっといいですからね」

「ああ……そうですね。すいません」

「さあ、早く行ってください。僕は電話をかけたらここに戻るから」

「ありがとうございます」

本橋氏に背を向けて、私はカブトムシ荘に向けて走り出した。彼もまた、いい人だったんだと思いながら。悪い印象を感じていた人たちがみんないい人で、いろいろと私を助けてくれる。自分の人を見る目が間違っているということだ。

　本橋氏に言われたままに従って、警察を呼んで貰い、カブトムシ荘に走っている。懸命に走りながらも、自分が見当違いのことをやっているような気がしてしょうがない。だって蒼太は、コトリに攫われたんだから。詩織が前もって警告していた通りだ。蒼太はコトリに攫われた。だから崖から落ちたはずはないし、家に帰ったはずもない。

　だが、それは幽霊との会話で聞いた話。妖怪が登場する荒唐無稽な話だ。どうやって他人に説明すればいいかわからないし、自分自身その前提で行動していいのかどうか、まだ確信が持てなかった。


　最後のカーブの下り坂の途中で息を切らして立ち止まり、ポケットから電話を出して茜にかけた。携帯を持ってるんだから、わざわざ本橋氏に家に帰ってかけて貰わなくても、自分で警察を呼べばよかったんだ。自分が何をやってるのか、わからなくなっている。

　呼び出し音の続いた後に、やっと繋がったと思ったら「ただいま電話に出られません。電源が切られているか、電波の届かない場所に……」私はまた走り出した。

　ようやく辿り着いたカブトムシ荘は、明かりが消えて真っ暗だった。蒼太以前に、茜はどうしたんだろう。

　虫の声が響く前庭を抜けて、玄関から家に入る。リビングの明かりをつけたが誰もいない。ガラス戸が開いて網戸になっていて、涼しい風が吹き込んで暑さを和らげていた。網戸のところまで行ってテラスを覗いてみたが、デッキチェアにも茜はいなかった。

階段を駆け上がった。寝室の戸を開ける。暗い部屋の中に最初は誰もいないかと思ったが、よく見ると畳の上に茜が眠っていた。タオルケットにくるまって、手足を赤ん坊のように縮めて眠っている。声をかけようとして、やっぱりやめた。部屋の中に蒼太がいないことを確かめてから、私はそっと戸を閉めた。それからふと手にしたスーパーボールの袋を思い出し、少しだけ戸を開けて隙間から中に置いた。

二階の他の部屋も一応確かめた。蘇芳先生の寝室も見たが、やはり誰もいなかった。蒼太はカブトムシ荘にはいない。それは確実だ。

それはそうだ。蒼太が一人で、カブトムシ荘までの暗い道を帰っていくはずはないのだ。そんなことは最初からわかっていたはずだ。私はただ、怖いことから目を背けているだけだ。

崖から落ちたわけでもない。蒼太はコトリに攫われたのだ。私が手を繋いで帰ってきたのは、蒼太ではなくコトリだったのだ。コトリが入れ替わったのは、いつだ。

考えるまでもない。神社だ。蒼太が一人になって私の前から消え、神社の森の前にたたずんでいた時、あの時に既にコトリに入れ替わっていたんだ。

ならば、本物の蒼太はまだあの神社にいるということになる。あの時に蒼太が見つめていた暗い森。神社の奥の山の中だ。

本当か。まだ確信は持てない。だが、焦りの気持ちはどんどん強くなっていた。早く、なんとかしなくちゃならない。蒼太を取り戻しに行かなくては。でないと、取り返しのつかないことになってしまう。

私は走り出した。

5　森の中

また息を切らして走り、祠の場所まで戻ってくると、パトカーが一台路肩に停まって、赤いパトライトを点滅させていた。警察官が二人、ガードレールのところで崖下に懐中電灯を当てている。一人はガードレールを乗り越えて斜面の木につかまり、相当危なっかしい体勢になっていた。もう一人、年配の警官がパトカーの脇に立って、本橋氏と話していた。他にも何人かの見知らぬ顔がある。祭りの法被を着た男たちが何人か集まって話しているのは、地元の世話役か消防団といったところだろう。その一人が駆けてきた私に気づくと、「戻ってきたよ！　この人だろう！」と大声を出した。

本橋氏が駆け寄って、同時に彼と話していた警官も近づいてきた。鋭い目で睨まれた気がして、私はたじろいだ。

「どうでした？　家に帰っていましたか？」

「いいえ。いませんでした」

「ここから落ちたのは確かですか？」と警官が聞いた。

「それが、よくわからなくて」と私は口ごもった。

「私は巡査部長の桧山です」と警官は名乗った。「正木さんだね？　状況を話して貰えるかな？　出来るだけ詳しく」

「夕方からお祭りに出かけたんです。神社まで行って、暗くなったので引き返してきました。手を繋いで歩いてここまで来て、この場所で突然蒼太が消えてしまったんです」

「手を繋いでいて？」

闇に浮かぶ獣の顔が頭をよぎった。だが、そんなことはどうやって話せばいいのかわからない。

「いや、最後には手を離してしまって……」

「最後って？　どの辺りまで手を繋いでいたか正確に示せます？」

「それが、よくわからなくて……」

桧山は眉をしかめた。「ついさっきの話だよね？」

本橋氏が、助け舟を出してくれた。「小さい息子さんがいなくなって、気が動転しているんですよ。記憶が混乱するのも無理はないでしょう」

「知りたいのは」と桧山は言った。「崖下を確認するだけでいいのか。お祭りの会場で迷子になった可能性はあるのか、ということなんだけどね」

「それは……わかりません」

私の頭によぎっていたのは、蒼太は神社でコトリと入れ替わったという確信めいた思いだ。だが、そんなことをどうやって警官に話せばいいのかわからない。

「もしかしたら、神社かもしれない」と私は言ってみた。「神社ではぐれたのかもしれないんですが」

「神社って、ずいぶん遠くだよ？」と桧山は呆れたように言った。「そこからここまで子供と一緒だったかどうか、それもわからないの？」

私が言葉に詰まっていると、法被を着た男が近づいてきた。

「ちょっとあんた、今この人を問い詰めてどうしようっていうんだ？」皺だらけの顔をした男はもうずいぶん酒も入っているのか赤い顔で、ダミ声で警官にまくし立てた。「そんなことをグダグダ言ってる暇があったら、とっとと子供を探してやったらどうなんだ？」

桧山もむっとした顔をして言い返す。「探すよ。探すために、重要な情報の聞き取りをしてるところじゃないか」

「何が重要な情報だよ。そんなことより、汗かいて歩き回って子供を探すべきだろう」

まあまあ、と他の男たちがなだめる。赤ら顔の法被の男はずいぶん酔っ払っているようだ。

本橋氏が進み出て、桧山に向かった。「ともかく、早く崖下を調べるべきでしょう。怪我でもしていたら大変だ」

赤ら顔の男がまた前に出て、「祭りの方は俺たちが受け持つよ。本部に知らせて迷子の放送をして貰おう」

「ありがとうございます」と頭を下げた。

桧山は苦々しい顔をしていたが、ガードレール際の部下の方に向かった。パトカーからロープを取り出して、崖下捜索の準備を始める。法被の男たちは賑やかに話しながら祭りの方へと向かっていった。私はそんな様子をぼうっと見ていたが、やがて本橋氏に向かって言った。

「僕は神社に行ってみます」

「あなたはここにいた方がいいんじゃないですか？」

「いや、でもとりあえず確かめないと。すぐに戻ります」

本橋氏がまだ何か言っていたが聞かず、私は走り出した。警官たちが振り向いて何か言ったがこれも振り切る。本橋氏のガラスの家の前で、のんびりした歩調で歩いていた法被の一団を追い越した。

闇と常夜灯を交互に越えて、私はついさっき歩いてきた道を戻っていった。息を切らしながらふと見上げると、月はもうずいぶん高く昇り、さっきまでの真っ赤な色も消えていつも通りの白い月になっていた。


まだ祭りは続いていた。盆踊りの音楽も盛り上がり、人通りもさっきより多くなっている。人と人の間をすり抜けるようにして、参道を登っていった。神社に近づくと、また太鼓の音が聞こえてきた。不意にさっき蒼太を追いかけて走った時の記憶がよみがえり、デジャヴを感じた。同じことを繰り返しているようだ。もうずっと前から、例えばあの事故の夜からずっと、同じことを繰り返しているような。

住職夫妻は見当たらなかった。出会わなくてよかった。出会ったら、何を話していいかわからないだろう。

よろけながら階段を登り切り、ぜえぜえと肩で息をしながら、私はまた境内に立った。篝火が燃え、太鼓の音が響き、笛が奏でられている。舞台には巫女さんのかわりに年寄りの神官が立ち、祓え串を振っていた。パイプ椅子にもその周りにも、大勢の人がいた。神輿を担いでいた股引姿の男たちもいて、端の方で缶ビールを飲んでいた。

私はまっすぐに、蒼太が立っていた森との境へと向かった。いや、あの時既に入れ替わっていたとするなら、あれはもう蒼太ではなくてコトリだったのか。暗い森を前にして立つ。夜の森は鬱蒼として、木々の向こうは深い闇だった。

意を決して境界を踏み越え、私は茂みを掻き分けて森の中へと入っていった。

しばらく進んだところで、背後から呼び止められた。「ちょっと、そこのあなた！　森に入っちゃ駄目ですよ！」振り返ると、白い袴を着た男が呼びかけながら、篝火の方から歩いてくる。

「神社の森は神域ですよ！」と男は怒鳴った。私は聞こえない振りで先へと足を速めた。ちらっと見ると、男は足早にその場を離れていった。誰かに知らせに行ったのだろうか。そうなら、連れ戻されるまでにあまり時間はないかもしれない。

早く蒼太を見つけなくては。

森に踏み込んですぐは笹が生い茂り、シャツや腕に引っかかる枝を掻き分けて進まねばならなかった。しばらく行くと笹の密生地帯を抜けて、下草もまばらになった。木々の間を自由に歩き回れるのはいいが、それにしても暗い。木々の影はかろうじて輪郭がわかる程度で、森は深い闇の中にあった。闇を見つめていてもいつまで経っても目が慣れず、ちらちらとノイズが踊る。足下もほとんど何も見えず、闇に浮かんでいるようだった。

振り返ると、篝火や提灯の赤い光がかろうじて藪の向こうに見えた。これ以上進んだらあの光も見えなくなって、どっちから来たのかもわからなくなりそうだ。森で迷ったらどうなるだろう。懐中電灯も持たずに夜の森に入るなんて、無茶なのかもしれない。

だが、どのみち蒼太を見つけずに帰る訳にはいかない。蒼太を見失ったままで、茜には会えない。私は先へ進んだ。

ザクザクと、乾いた落ち葉を踏む音が響いた。鳴く虫は夜の森のいたるところにいて、近寄ると黙り、離れるとまた鳴き始めることを繰り返していた。だがこの森の中では私の存在感はとても薄く、虫たちはほぼ途切れることなく鳴き続けていた。

「蒼太！」と叫んでみた。喉がからからで、いがらっぽい掠れた声が出た。私の叫びは夜の森に吸い込まれてしまった。

映りの悪いテレビのように、木々はちらちらと揺らいで見えた。木々の枝が揺れる。茂みが突然揺れて、何かの影が動いた気がする。それが現実なのか、単に暗いせいで見えるノイズなのか、区別がつかなかった。

どこかの木の上で鳥がぎゃあぎゃあと鳴いた。本当に鳥なのか、さっきの猿のようなコトリの声か。それとも、そもそも何も鳴いてなどおらず、緊張しきった意識が生み出した幻聴か。木の影に、何かが隠れた気がする。人の形をした何か、子供の大きさの何かが。蒼太がいつか話した悪夢を思い出した。おばけのことを、確か蒼太は話した。

赤いおばけについて、蒼太は話した。電車について、蒼太は話した。本当に聞いたのか、そう思い込んでいるだけなのかわからない。だが今、その声が耳元で聞こえた気がした。

闇に視覚が溶けた結果、意識も不確かに拡散していき、どこまでが現実でどこからが想像なのかが曖昧になっていた。記憶の中の物事が、現実との区別をなくしている。思い出したことも想像したことも、本当に目の前に見えているものとまったく同質の存在となって、そこにあった。

周囲の木々はぼんやりと見える。その先の空間は解像度が粗く、更に遠くは深い闇に包まれて目を閉じているのと変わらない。その見えるはずのない闇の中を、蒼太が歩いているのが見える。いやそうじゃない、あれはただ、私の想像が闇に投影されているだけだ。

「お父さん、どこにいるの？」と蒼太は怯えた声で呼びかけた。「お父さん、急に手を離すなんてひどいよ。僕をここから連れ出して」

「蒼太！」と私は叫んだ。でも蒼太には聞こえない。振り向きもせずにどんどん森の奥へと進んでいく。後を追いかける私は、根っこに躓いたり枯れ枝に腕を刺されたり、よろけながら必死でついていく。

蒼太は私を探している。私が蒼太の手を離してしまったから。決して手を離しては駄目だと、言われていたのに。わかっていたのに、離してしまった。

事故の時と同じだ。私は知らされていた。電車と赤いおばけの夢という形で。蒼太は予知夢を見て、私に行動する機会を与えてくれていたのだ。それなのに、何もしなかった。家族を置いて、私は出張に出かけてしまった。わかっていたのに、何もしなかったのだ。

子供の夢を真に受けているると思われるのが、恥ずかしかったのか。自分の中の意味のないプライドが、私に何もさせなかった。茜に、列車を避けるように言うことさえしなかったのだ。そして、茜は蒼太が列車に言及したところを聞いていなかった。

それが、私が逃げていたことの一つだ。起こったことが、つまるところ私の責任でもあるということ。その事実からの逃避。

「蒼太！」と私は叫んだ。完全な闇の中、まるで手応えがない。自分の声は、水がスポンジに吸い込まれるように闇に溶け込んで消えた。

もう右も左もわからない。周囲を覆う木々が濃密で、森の上から照らしているはずの満月の明かりも届かない。私はまるで、宇宙空間にぽつんと浮かんでいる、命綱のない宇宙飛行士のようだった。どこにも行けない。ただそこにいるだけしかできない。

「蒼太！」ともう一度叫んだが、闇はびくともしなかった。私は急に怖くなった。体の奥から湧き上がるような、強い根源的な恐怖を感じた。これはもう本能のような、闇に対する恐怖。進むことも戻ることもできず、何もできない無力感に襲われる。

「誰か！」と私は叫んだ。「誰か、助けてくれ！」

「おーい」と声が聞こえた。「誰かそこにいるのか？」

また幻聴かと思ったが、違った。振り返ると木々の向こうに、サーチライトのように差し込む懐中電灯の光があった。動き回るいくつもの人影も見える。誰かが私を連れ戻しにきたのだ。

反射的に、私は反対方向に走り出した。蒼太を見つけないまま、連れ戻される訳にはいかないから。だが闇の中を走り出してすぐに、私は足を踏み外した。

不意に、足元の地面が消えた。見えない斜面に踏み込んだようだ。何かにつかまろうと手を伸ばし、かろうじて木の枝をつかんだが、体を引き上げようと力を込めた途端に呆気なく折れてしまった。滑る枯葉の上にうつ伏せになり、私の体はずるずると斜面を滑り落ちていった。

トゲだらけの藪の中に、私は体ごと突っ込んでいった。シャツやら腕やらが傷だらけになり、枝が折れる音が森の中に響き渡った。音を聞きつけて皆がやってくるのが感じ取れたが、私は藪にはまってしまって身動きすることもできなかった。いくつもの懐中電灯の光をまともに顔に浴びせられ、私の目は眩んだ。

「おーい、ここにいたぞ！」口々に怒鳴る声が聞こえた。ちかちかする残像の中で大勢の手が伸びてきて、目が見えないままの私を藪から引き剥がしていった。

6　祭りの終わり

大勢の男たちが寄ってたかって手取り足取り、私を森から連れ出した。懐中電灯で足元を照らしながら大勢で歩いていくと、あっという間に森を出てしまった。ずいぶん長いこと闇の中をさまよった気がしていたが、実際は近いところをうろうろしていただけだったようだ。

境内は変わらず篝火が燃えていたが、舞台での太鼓や笛の演奏は終わっていた。予定通りに終わったのか、私が騒ぎを起こしたからの中断なのかわからないが、さっきまでの祭りの高揚した熱気はほとんどなくなっていた。代わりに店じまいと後片付けの、どこか白けた空気があった。

テントの下に警官たちがいるのが見えた。巡査部長の桧山も見えた。森から連れ出されてきた私を見ると、こちらに向かって歩いてきた。何やら難しい顔をしている。私は緊張した。

明るいところで自分自身を見てみると、シャツは裂けて穴だらけ、腕にはいくつもの切り傷擦り傷ができていた。頭を触ると、髪の毛には枯葉やクモの糸が絡まっていた。助け出してくれた男たちは、よれよれの体で立っている私を白々とした目で眺めた。いたたまれなくて、私はまた暗いところに引っ込んでしまいたい気分だった。

助けてくれた人たちの中にはさっき会った法被の男たちもいた。桧山に食ってかかっていた赤ら顔の男もいたが、しかめ面で私を睨んでいた。私は首をすくめて、「どうも」と言った。

「どうもじゃねえよ」と赤ら顔の男は吐き捨てた。「あんた、こんなところで何をやってるんだ」

「すみません。蒼太を探そうと思ったんですが」

「あんたなあ。子供なんて最初からいなかったそうじゃないか。あんなに大騒ぎしておいて、人を馬鹿にするのも大概にして貰いたいな」

私はびっくりした。「何のことです?」

まあまあ、とまた周りの連中がなだめて、男を私から遠ざけた。代わりに巡査部長の桧山がやってきた。

「あちこち傷だらけだね。治療しますか?」と桧山が聞いた。

「大丈夫です。それより、崖下の捜索はどうなりました? 息子は見つかりましたか?」

巡査部長は困ったような顔をした。

「まあ、とにかく一休みしましょう」

桧山に導かれて、私はテントの下に入った。パイプ椅子がいくつも並べられ、折り畳み式のテーブルの上にはペットボトルのお茶と紙コップが用意されていた。祭りの関係者らしい人々、法被を着ていたり神輿の白装束だったりする人々が席を立って、私の為に場所を開けた。皆、露骨には見ないものの、こちらの方を遠巻きに見守っていた。

私を椅子に座らせて紙コップを置き、桧山はペットボトルのお茶を注いだ。それから自分もパイプ椅子を移動させて、私に向かい合う位置に座った。

私はきょろきょろと周囲を見た。崖のところにいた二人の若い警官が、テントの端に控えて立っていた。私を助け出した一団もそれぞれにお茶を飲んで喉を潤したり、パイプ椅子に腰掛けたりしていた。そんな中でも赤ら顔の男は腕を組んで不機嫌そうだ。本橋氏は見当たらなかったが、代わりに別荘地管理人の北村がいるのが見えた。彼は皆の後ろに立って、じっと私を見つめていた。

「明るいところで見ると、結構な傷だね」と桧山が言った。「救護班の人たちがまだいるから、治療して貰おう」

「大したことないです。それより……」

私の言葉を遮って、桧山は肩越しに呼びかけた。「救護班の人、怪我見てあげて」

救急箱を下げて、救護班の腕章をつけた女性がやってきた。私の隣に椅子を寄せて座り、腕を取ってぺたぺたと消毒液を塗っていった。

頭を下げ、治療されながら、私は桧山の方に向き直った。

「それで、崖下はどうだったんです？」

「ちゃんと調べましたよ。そこにいる二人がロープで下まで降りてね。結論から言うと、誰もいなかったよ。何かが滑り落ちた痕跡もなかった。誰もあそこに落ちたものはいないね」

「そうですか。それじゃあ、やっぱり」

桧山は私の顔をじろじろと眺めながら、ポケットから煙草を出して火をつけた。

「やっぱり、森の中だと思うんです。警察の方は、探してくれているんですか？　こんなところで悠長に煙草を吸ってる場合じゃないでしょう」

桧山は答えない。探るような上目遣いで、じっと私を見ている。

「早く探さないと。森の中を探してみたけど、僕一人じゃどうにもならない。でも皆さんに手伝って貰えたら、なんとかなるはずです。それに取りかかって貰えませんか？」

それでも桧山が黙っているので、私は興奮して声を荒げ、立ち上がった。

「どうして動かないんです？　誰も手伝ってくれないなら、僕一人でもう一度行きますよ！」

消毒してくれていた女性が、びくっとして手を止めた。

「まあ、落ち着いて」桧山は言った。「どうして森の中だと思うんです？　あの崖のところまで手を繋いでいたんでしょう？」

虚を突かれて、私は座った。

「それは……もしかしたらと思って」

「ここからあの場所まで、歩いたら十分以上の距離がある。気が動転して多少混乱するのはわかりますが、しかし十分の距離を子供と一緒に歩いたかどうか、わからないはずがないでしょう？」

「理屈の上ではそうです。でも……」どう話すべきか、私は迷った。「僕は、子供と一緒に帰ってきたつもりだった。でも、そうじゃなかったかもしれないんです。実は近頃、記憶が曖昧で」

「記憶が曖昧？」

「ええ。実は半年前に、妻と息子が列車事故に巻き込まれまして」

「聞きました。例の大事故ですよね」

聞いたのか。どこから？　私は不安を感じた。

「はい。それでショックを受けたせいか、時々記憶が曖昧になることがあって」

「なるほど。では、息子さんと一緒に帰ってきたか、そうじゃなく一人だけで帰ってきたか、どっちかわからない？」

「そうなんです。変な話ですが」

桧山は身を乗り出してテーブルの上の灰皿を引き寄せ、溜まっていた灰を落とした。そうしている間も、目つきは何やら険しいままだ。

「それで、どうして森の中が怪しいと思うんです？　何か理由があるの？」

「実は、最初にここに来た時に、一旦息子を見失ってしまって……」どこまで話せばいいのか。「あそこの、神社と森の境のところで見つけたんですが、後から考えるとそれは蒼太じゃなかったたか

だったのではないかと」

いや、その、変な話に聞こえるのはわかってるんですが」私は迷いながら言った。「その、コトリ、

「別の子供というか。見つけたと思い込んだだけで、本当は見つけてなかったんじゃないかと。

「息子さんじゃない？　どういうことです。誰か別の子供だったってこと？」

もしれなくて」

「コトリ？　なんですかそりゃあ」

喋りながら、既に私は後悔していた。桧山の目がますます険しくなっていくのがわかる。

「安楽寺にあった掛け軸で見たんですが……山に住んでいて子供を攫うという。ご存知ないです

か？　この辺に伝わる伝承かと思ったんですが」

「初耳ですな。そんな話は聞いたことない」桧山は吐き捨てるように言った。「で、なんですか？

息子さんはその鬼だか妖怪だかに連れ去られたと？」

「僕だって、こんな非常識なことを言い張りたい訳じゃありません」私は語気を強めた。「でも、

そうとしか思えないんです。おかしいと思われるのはわかってますけど、でも蒼太がいなくなっ

たのは事実なんです」

「つまり、なんですな」と桧山は言った。「あなたは鬼だか妖怪だかに息子さんが連れ去られた、

そうとしか思えないと仰る。そして、十分もの距離を子供さんと一緒に歩いたかどうかも定かで

ない」

「そうじゃなくて……」と言ったものの、何がそうじゃないのか自分でも説明できない。

「要するにあなたは、現実と空想の区別がつかない訳だ」

「違う！」私は大声を出した。救護班の女性がまた緊張した。とりあえず一通りの傷の消毒が終わったので、彼女は救急箱をしまってそそくさと立ち去った。

桧山は短くなった煙草を灰皿に押し付けて消した。

「ともあれ」と桧山は言った。「少なくとも、息子さんと一緒に帰ってきたかどうかはわからない。そういうことですね？」

「……はい」

急に、私は不安になってきた。今ここで、何が起こっているのだろう。これじゃまるで取り調べだ。どうして私が問い詰められているんだ？

「それじゃ、帰り道じゃなく行きはどうです？」と桧山は言った。「行きは確かに息子さんと一緒でしたか？　実は行きも一緒じゃなかったんじゃないですか？」

「何を言ってるんです。一緒に決まってるじゃないですか」

「でも、帰りは自信がないのでしょう？　なら行きだって同じじゃないですか」

「同じじゃないですよ。それとこれとは違う」私は笑おうとしたが、うまくいかなかった。

「いっそのこと、祭りに出かける前はどうです？　家にいる時、息子さんは確かにいましたか？いなかったんじゃないですか？」

桧山はじっと私を見つめた。不機嫌な表情ではない、むしろ憐れんでいるかのような眼差しだ。また不安が募った。

「実はね、あなたについて話を聞いたんだよ」と桧山は言った。「あなたの息子さんは、半年前の列車事故で亡くなったそうだね。まだ小さいのに、気の毒だったと思うよ。本当に辛いことだ。でも、それを受け入れず目を背けるのはどうなんだろうね」

私は愕然とした。「何を言ってるんです?」

「わかってるんだろう? 本当は」

「わかるもんか。蒼太が死んだだって? それも半年も前に」

冗談じゃない、と言おうとした。私は笑い飛ばそうと思った。蒼太が半年前に死んだなら、カブトムシ荘で一緒に暮らしたのはいったい誰だ? 幽霊だったとでも、言うのか?

「冗談じゃない」と私は言った。笑ったつもりだったが、乾いた声しか出なかった。

「冗談じゃないんだよ」と桧山は言った。「私も人の親だからね、あんたの辛さはわかる。本当にお気の毒だとは思うよ。しかし、いない子供は探すことはできないんだ」

「蒼太はいたんだ」と私は言い張った。「一緒にここにやってきて、夏休みをずっと一緒に暮らしたんだ」

「あんたは病気なんだよ。あんたは病院できちんと診てもらうべきだよ」

桧山は椅子に深く腰掛け直し、煙草を出して火をつけた。一仕事終えたように、ふうと煙を吐き出す。

「誰がそんなことを言ったんです?」

「え?」

「蒼太が死んだなんて。そんなひどい話をいったい誰から聞いたんですか？」

「誰からって。それは、あんたのことをよく知っている方からだねえ……」

「だから、それは誰なんです？」

「私ですよ」と、別荘地管理人の北村が進み出た。

私は立ち上がって、北村の無表情な顔を見つめた。怒りが込み上げる。顔が熱くなってくるのがわかる。

「彼は、僕のことなんて何も知らない」と私は言った。「彼とは、ここに来て初めて会ったくらいです。ろくに話もしていない。それでどうして、僕のことをよく知ってるなんて言えるんです」

「私は蘇芳先生から、あなたのことを言付かっているんですよ」と北村は言った。「あなたが家族の妄想を抱いていることも聞いていてね。もし妄想が原因で誰かとトラブルになるようなことがあったら、取り持ってほしいと蘇芳先生から言われていたんだよ」

「妄想だって？」

私は強い怒りを感じた。怒りのあまり、頭がくらくらするほどだ。

「できる限りは、あなたに妄想であることを教えないように、とのことだったんだけどね。でも、警察沙汰とか騒ぎが大きくなるようなら、仕方がないと。これは仕方がないケースですよね？」

「うむ。仕方がないでしょう。そうでなければ大掛かりな山狩りが始まるところだったんだから」と桧山も同調した。

頭がズキズキと痛んでいた。北村への湧き上がる怒りのせいだ。私はもう一度腰を下ろして、脈打つこめかみを押さえた。

北村への強い怒りが、私の中で渦巻いていた。だが、その怒りが何なのかははっきりとしなかった。ひどいでたらめを言われたことへの怒り？　それとも、デリケートな真実を簡単に暴露されたことへの怒り？

真実だって？　蒼太が事故で死んだということが真実？　そんな馬鹿な。そんなひどいことがあるものか。

「妖怪がどうとか、言っていたね？」と桧山が言った。「あんたはそれを見たと言う。自分でも、自分で見たものが本当かどうか、定かでないんだろう？　それなら、息子さんも同じことなんじゃないか？」

北村が近づいてきた。手にした旧式の携帯電話を、私に差し出す。「蘇芳先生です」と北村は言った。

北村の顔を見て、強い嫌悪感を感じる。差し出された携帯を受け取る気になれないのは、北村への反感ゆえか、あるいは決定的な何かへの恐れか。そんな私の感情を知ってか知らずか、北村は無表情なまま、どこか憐れみも感じられる目で見ている。溢れそうな感情を抑えながら、私は携帯を受け取った。

「はい」

「どうも、蘇芳です」と電話の向こうの声が言った。

「大変でしたね。でも、落ち着いて。そしてじっくりと考えて、受け入れてほしいのです」

私は黙っていた。

「聞いていますか？」と蘇芳先生が言った。「蒼太くんがいなくなったんですよね。それは、むしろ正しいことなんです。今までのあなたは、妄想を見ていた。蒼太くんが生きているという思い込みの世界を生きていたんです。それが消えた。あなたはむしろ、癒されたのだと受け取るべきです」

「癒された？」

「そうです。その場所での生活が、あなたに良い影響を与えたと言うべきでしょう」

「ああ……あれですか」私は思い出した。「澄んだ空気と静かな環境」

「そうですね」

今度こそ、私は笑い出した。蘇芳先生はまだ何か言っていたが、私の笑いは止まらなかった。

7　夢の終わり

桧山はパトカーで送ると言ったが、私は断った。テントの下で見送る桧山や警官たち、法被の男たちや救護班の女性、それに北村らの視線を背中に感じながら、私はふらふらと歩いていった。

神社の長い階段を下り、参道を降りる。境内の催しは後片付けに移っていたが、参道の露店はまだどこも営業していて、人波で賑わっていた。行き交う人々の間、ソースやら砂糖やらの焦げる匂いが入り混じる中を、私は一人で歩いた。

賑やかな祭りの中を一人で歩きながら私がずっと考えていたのは、このひどい悪趣味な誤解を、いったいどうやって解けばいいのだろうということだった。

私は蒼太のことを思い描いた。朝からお祭りが楽しみで、何度も早く行こうとねだった蒼太。混み合った道を手を繋いで歩いた蒼太。神輿を見たがった蒼太。それもこれもすべて現実ではなく、私の妄想に過ぎなかった。蒼太と一緒に歩いているつもりで、その実は私はずっと一人きりだった。

そんなことがあり得るだろうか？

あり得ない。警察が何を言おうと、蘇芳先生がどんなに辻褄の合ったことを言ったとしても、自分自身の体験を否定するなんて、間違っていると感じる。それでは、自分というものを否定してしまうのに等しい。

では、この状況をどうすればいいんだ。誰も助けてくれない、誰もが蒼太なんていないと私に言い聞かせようとする状況で、どうやって蒼太を探せばいいのだろう。

今すぐ神社の森に戻りたいという切迫感に襲われる。だが、今戻っても同じことになるだけだろう。でも、このまま家に帰ってどうなるのか。どんな顔をして茜に会えばいいのか。

夜の道で立ち止まって、私は虚しく足踏みをした。思考が空回りするうちに、蘇芳先生の声がまた重みを増してくる。蒼太が妄想でないとしたら、蘇芳先生の説明がつかない。蘇芳先生が私を騙しているなんて考えられないし、騙す理由も思いつかない。

自分自身の記憶の頼りなさ。事故の夜からずっと続く、意識がはっきりと晴れない感覚。事故の後しばらくのことはほとんど覚えていない。新幹線を降りて、病院に駆けつけて、それからどうなったんだっけ。思い出そうとすると、頭が痛くなる。体が全力で思い出すことを拒んでいる。

蒼太が事故で死んだなら、私は病院で蒼太の遺体と対面したというのだろうか。その後に続く、お通夜や告別式……斎場、焼き場、骨……そんなことは、想像しただけで気持ちが悪くなった。頭が割れるように痛み、記憶は濁った霧の中に沈んだ。

そんなことは、信じられない。自分がそんな恐ろしい体験をしたなんて。だが、そうでない記憶も思い出せないのだ。病院で生きている蒼太に出会った場面は思い出せない。無事を喜び合った場面も思い出せない。かろうじて思い出せるのは、マンションの部屋に戻って元の暮らしを再開した、その後のことだけだ。それこそが、捏造された記憶なんだろうか？

私は佐倉さんのことを思い浮かべた。事故の後、蒼太のカウンセリングをしていた佐倉さん。蒼太が事故で死んだとするなら、佐倉さんが診ていたのは蒼太じゃなかったということだ。佐倉さんがカウンセリングしていたのは、私だったということだろう。

そう言えば、私は佐倉さんが蒼太と話をするのを見たことがない。私が佐倉さんと会うのは、いつも蒼太が診察室から出てきた後だった。あれも結局、私一人きりだったということか。

私の妄想に話を合わせながら、佐倉さんは私の治療を行っていた。蒼太の死を受け入れられないという、私の病状を蘇芳先生に伝えたのも佐倉さんだ。そして佐倉さんと蘇芳先生が相談し、私の回復の為に、田舎暮らしを用意した。

ここに来る車の中で、カブトムシ荘で、私は蒼太が話し、むずかり、笑うのを見た。でもそれは、いつか別の時、別の場所の出来事ではなかったか。いつかの夏休みに家族で遊びに出かけた記憶。地元の神社の夏祭りに、手を繋いで出かけた記憶……。

いや違う。違うんだ、と私は心の中で懸命に叫んだ。蒼太の頭を撫でたあの感触。蒼太を抱き上げてやったあの温かさ、腕にずんとくる重み。その実感は、今も手に残っている。それを否定するなんて無理だ。それがなかったということは、自分自身がいなかったというのと同じだ。

堂々めぐりだ。何もわからないでいるうちに、私はもうカブトムシ荘に着いてしまった。のろのろと階段を上り、家に入った。カブトムシ荘の中は暗く、がらんとしてひどく寂しげに見えた。

全身が疲れ切っていた。二階への階段を上りながら、私は不意にパニックのような感覚に襲われた。茜になんて言おう。蒼太が半年前に死んでいたなんて……そんなこと、どうやって茜に伝えればいいんだ……。

だが寝室の戸を開ける前に、私は既に気づいていた。

戸を開けると畳の上には、さっき私が放り込んだスーパーボールのビニール袋だけが転がっていた。私が自分ですくって、自分で持って帰ってきたスーパーボールだ。奥の方には昨日私が寝た敷き布団と丸まったタオルケットがあって、その膨らみは誰かがそこで眠っているように見えなくもなかった。だが、誰もいないことはすぐにわかった。部屋は無人で、窓も閉じてむっとする熱気がこもっている様は、誰かがいた気配を感じさせなかった。

蒼太がいないということは、茜もいないんだ。それが当たり前だ、二人同じ列車事故に遭ったのだから。茜だけが生きていて私と同じ妄想を共有しているなんて、そんなことがあるはずがない。あの夜、赤い月の下で、蒼太も茜も死んでしまった。

赤いパトライトの点滅、道路の上で燻る炎、赤と黒とに交互に染まる風景。路上に累々と横たわった人々、怪我人、重症者、意識不明者、そして遺体。まるで野戦病院のように、区別されず入り混じって並んでいる。救急隊が走り回っているが人手が足りない。搬送の優先順位を示すトリアージ。蒼太と茜の体に、死亡を示す黒いカードが付けられてしまう。

いや違う。この風景こそが幻だ。私は事故現場を見ていないのだから。蒼太と茜が現場にいる時、私がいたのは西へ向かってひた走る新幹線の中。じりじりする気持ちを抱えながら何もできず、ただ座席に座っているだけ。窓の外、どこまで走っても付いてくる、低空にかかる赤い月を見ているだけだ。延々と新幹線を追ってついてきて、私を見下ろして悪意に満ちた声で笑う悪い月。新大阪駅からタクシーに乗り、指定された病院に着いて、白い服を着た連中に案内されて辿り着いたのは……目に障る蛍光灯で照らされた広いホールの床に、横たわった人々の体がずらりと並ぶ、想像の事故現場と酷似した光景？

頭が割れるように痛んだ。抑圧された記憶は傷口から染み出る膿のように、じくじくと爛れて痛みを増幅させた。

放心状態の自分がいる。その様子を、肉体を離れ空中に浮いて眺めているような感覚がある。すべてはテレビの中のフィクションの出来事のような。大勢の人が私に話しかける。大勢の人が泣いている。お気の毒でしたね……どうか気を落とさずに……だが私は涙の一滴もこぼさずに、淡々と要求された作業を事務的にこなしていく。

いろんなところに電話をかけた。大勢の人たちがやって来て私を慰め、大量の涙を流した。私は一向に涙を流さなかった。大勢が手伝ってくれたことで事務的な作業がスムーズに進み、助かったという思いがあっただけだ。誰かが黒い服を届けてくれて、言われるままに私は着替えた。挨拶も、滞りなく無難に済ませた。白木の棺がある。大きいのと小さいのと、二つの棺が。それが運び出される時にも、私は涙を流さなかった。

なぜって、それはみんな嘘だから。新幹線の中で私が思い描いた、最悪の想像に過ぎないからだ。「こんなことになったら嫌だなあ」という、くだらない想像。現実ではない。現実であるはずがない。現実だったら、こんなにぼんやりとしている訳がない。一部始終は白昼夢のように途切れ途切れで、映りの悪いフィルムの映像のようだった。頭をハンマーで打たれるような、強烈な頭痛が既に始まっていた。

すべてが終わって、私はマンションへ帰った。ドアを開けると、蒼太が走ってきて私の足に飛びついた。

「おかえり!」と蒼太は言った。

「おかえりなさい」と茜も言って、私の黒い上着を受け取った。

「おみやげは?」と蒼太が騒ぐ。

「おみやげなんてないよ。お葬式なんだから」

「なーんだ。つまんないの」

黒いネクタイを解いて、私はテレビの前のソファに座った。蒼太が膝の上に飛び乗る。頼むよ、疲れてるんだから、と抵抗しながらも、膝をゆさゆさ揺らしてやると、蒼太はきゃっきゃ言って喜んだ。

「駄目よ、お父さんは疲れてるんだから」

言いながら、茜はキッチンへ。私の為に熱いコーヒーを入れてくれる。冬の昼下がり、何でもない日常の一シーンだ。ほら見ろよ、と私は思った。二人が死んだなんて、そんな訳がないじゃないか。二人はこうして生きている。当たり前の生活が、また再開する。

そんな想像。辛い現実から目を背け、張り裂けそうな心を安定させる為の物語。そんな二つの現実を生きるうちに、いったいどっちが本当で、どっちが想像なのかわからなくなってしまった。

二つの現実を行き来しながら、私は冬から春にかけての日々を生きていった。私は抜け目のない二重生活者だった。人前で一人芝居を演じたり、おかしな言動をしたりすることは決してなかった。無意識のうちに優先していたのは、できるだけ人目を避けて、この微妙な状態を長続きさせること。

私は自宅にこもり、滅多に誰にも会わなくなった。余計なことを言われるからだ。幸い、事故のことを知っている人々は私が事故の話を避けるのを当然だと考えてくれたし、多少ずれた会話になっても察して合わせてくれるのだった。母親は違った。彼女は私に何かをわからせようと躍起になった。だから私は、母親と会うのをやめてしまった。

列車事故は大きな災害だったから、被害者や遺族の心のケアにも注意が払われていた。自動的に割り当てられたケアプログラムの中で、私に紹介されたのが佐倉さんだ。佐倉さんは私の現実を無下に否定することはしなかった。だから私は彼女との面会は持続した。

蒼太のＰＴＳＤの治療という名目ではあったが、私は真面目に佐倉さんのカウンセリングに通った。それはあるいは、どうにかしてこの二重生活から抜け出して、まともな現実を受け入れたい、という無意識の表れだったのかもしれない。

頭がガンガンと痛んだ。窓を閉め切って暑さのこもる寝室の中、私はじっと立ち尽くしていた。私の世界は壊れてしまった。この半年間、守ってきた世界……どっちつかずの曖昧な、モラトリアムの世界は。

だが、次にどんな世界を選べばいいのか、それが私にはわからないのだった。

8　残暑

その翌朝、私はいつもと同じ時刻に起きて、いつもと同じ朝の手順をこなした。体に巻き付いたタオルケットを引き剥がして寝室を出て、洗面所で顔を洗い、歯を磨く。コップには私の青い歯ブラシと共に、茜のピンクの歯ブラシと、蒼太の黄色い小さな歯ブラシが並んでいた。

リビングのガラス戸を開け、夜の間に溜まった熱気を払う。テラスに出て、伸びをする。部屋に戻って畳スペースの上のテーブルを見ると、文庫本が置きっ放しになっていた。シャーロック・ホームズの思い出。栞の挟まったページは、前に見た時と同じ「黄色い顔」のエピソードだ。

文庫本を本棚に押し込む。畳の隅にはブロックと絵本が置かれていたが、その配置が初めてカブトムシ荘に来た頃と違っているかどうか、私には思い出せなかった。

田川さんが来る時間にはまだ早い。カブトムシ荘に、私は一人きりだった。

浴室に行って脱いだ服を洗濯機に放り込み、シャワーを浴びた。体に染み付いた夜の汗を洗い流す。着替えのシャツとズボンを身につけて、ようやくさっぱりした。

キッチンに行き、冷蔵庫から食パンを取り出して、トースターで焼き、その間にコーヒーを入れた。食器かごには二人分のコーヒーカップと小さなマグカップも入っていた。無意識の動きのままに、私は一枚だけトーストを焼き、自分用に一杯だけコーヒーを作っていた。毎日、三人分の料理を平らげていた訳ではなさそうだ。

焼きあがったトーストを皿に乗せ、コーヒーカップを片手に持って、リビングのテーブルに向かった。いつもの位置に座る。空いたテーブル、空いた席を見ながら、蒼太と茜がテーブルのどの位置に座っていたか、思い出せないことに気がついた。見ていたのはやはりこの光景。誰もいないテーブルの光景だったのだ。

黙って、窓の外の景色を眺めながら私はトーストを齧った。歩き回って疲れ、ろくに眠れなかった翌朝だったが、腹は減っていなかった。もそもそと、味のしないトーストをコーヒーで流し込んだ。

朝食が終わると皿とコーヒーカップをキッチンに運び、流しで洗って食器かごに置いた。食事の前と同じように、私と茜と蒼太と、三人分のカップがそこに揃った。

ガチャガチャと鍵を開ける音がして、勝手口から田川さんが入ってきた。手に大きな買い物袋を下げている。私の方をちらりと見て、小さな声でもごもごと「おはようございます」と言った。

田川さんはいつも、ほとんど口をきかなかった。黙々と決められた仕事をして、いつの間にか来ていつの間にかいなくなり、必要なことがあればメモを残した。私と話すことを、極力避けていたのだろう……ようやくそれを理解した。

田川さんは少し足を引きずるようにして、ゆっくりと歩く。一定のペースでリビングを横切る田川さんの様子から、いつもと違う雰囲気は窺えなかった。昨夜のことを知っているかどうかはわからない。

でも、知っているだろう……と私は思った。田川さんは蘇芳先生の家政婦だ。私のことは当然蘇芳先生から聞いていただろう。この家で、田川さんと茜や蒼太が会話を交わしたことはない。いつも二人は偶然にもその場にいないことになっていて、田川さんは調子を合わせていた。

田川さんはキッチンにやってきて収納を開け、持ってきた食材をしまって、ブツブツと小声でひとり言を言いながら備蓄の量をチェックした。

田川さんにキッチンを明け渡して、私は書斎へ向かった。窓を開けて書斎に風を通してから、パソコンを立ち上げて仕事の続きに取り掛かった。そのまま、午後の直射が窓から差し込むまで仕事に没頭した。

やがて、暑さと喉の渇きを覚えて、私は作業の手を止めた。伸びをして軋む体を伸ばし、ノートパソコンを閉じる。書斎を出てリビングに戻った。田川さんの姿は見当たらない。がらんとした、誰もいない空間。

キッチンに向かい、冷蔵庫の中を物色している間、私は何もかも忘れていた。喉は乾いていたが腹は減らないままで、私はミネラルウォーターのペットボトルを出して、半分くらい残った中身を一息に飲み干し、冷蔵庫を閉じた。

誰もいないリビングを眺めながら、蒼太と茜はどこにいるんだろうと考えた。それから一拍置いて、昨夜のことを思い出した。

以前もこんなことがあった気がする。その時は家中を探し回ったあげく、茜たちは買い物に出かけたのだと納得した。あらためて考えてみれば、そんなはずはないのだ。茜はペーパードライバーで、運転をしないのだから。神戸で暮らしている時ならともかく、車しか交通手段のないここでは茜は町へ出られない。

家の中で仕事に夢中になって、ふと我に返って蒼太と茜の不在に気づいた時、あれは真相に気づくチャンスだったのかもしれない。だが結局、買い物に行ったという言い訳を自分ででっち上げて、またごまかしてしまったのだ。

もやもやとする頭を振って、私はキッチンを離れた。リビングのテーブルの上に、田川さんのメモがあるのに気づいた。

「おわったのでかえります よかったらトイレットペッパー買っておいてください」

トイレットペッパー？　おかしな間違いだ。そういえばストックが切れていたっけ。面倒くさかったが、この家に一人居続けるのもうんざりした気持ちだった。私はキーを掴んで家を出た。

久しぶりに、町まで車を走らせた。車を走らせながら、何度も蒼太と茜のことを忘れている時間があった。こんなふうにして、日々の日常的な用事をこなしていたんだと私は思い知った。窓の外を流れていく夏の田園風景を眺める。田んぼは青々と茂り、緑濃い山の向こうには大きな入道雲がもくもくと湧き上がっている。うわあ、と息を呑む蒼太の声が、後部座席から聞こえる気がした。

町のスーパーに行って、トイレットペーパーの他に缶ビールとワイン、つまみをいくつか買った。もっと買い物をしたかったが、買うべきものを何も思いつけなかった。スーパーを出て、ゆっくりと運転しながらふと気づくと、氷室高原の町は観光客らしい人々がずいぶんと多くなっていた。考えてみればもうそろそろお盆休みだ。多くの人たちはようやく休みを取って、家族を連れてここにやってくる。自分だけがそんな営みの外にいるようだ。

道幅の狭い木漏れ日の道を通って、別荘地に戻ってきた。カブトムシ荘の前庭に車を停めて降り立つと、林のセミの声はツクツクボウシが主になっていた。セミの中でも遅くに鳴き出す、夏の終わりを告げるセミだ。この高地では、もう夏は終わりに差し掛かっていた。

いつも通り、ひと気のない別荘地に一人立ち、降り注ぐセミの声を浴びていると、突然やるせない思いが込み上げてきた。圧倒的な自然の中で、一人きりでいることはひどく心細かった。五歳くらいの子供に戻って、迷子になってしまった気分だ。ここはどこだ、と私は思った。いったいどういう訳で、こんな遠いところまで来てしまったのだろう。

私は前庭に立ち尽くして、感傷的な気分が去るのを待った。そして、これから何をしようか考えた。まず車の荷物を下ろして、買い物を整理して。仕事の続きをしようか。でも、いったい何の為にそんなことをやるんだろう。急に無気力に取り憑かれ、何をする気もなくなってしまった。

「正木さん」

後ろから呼びかけられた。一瞬、いつもの幻聴かと思って、私はのろのろと振り返った。本橋氏だった。片手に下げた袋を、掲げて見せていた。

「どうも」と無表情な隣人は笑わずに言った。「ビールでも一緒にどうです」

「え？」

私は戸惑った。予想だにしないことだったので。本橋氏はやはりニコリともしないまま、片手を下ろして言った。

「嫌だったら別にいいんですが」

「嫌ってことはないです。でもどうして？」

「どうしてと言われても。夕べはいろいろあったので、気晴らしが必要かと思っただけです」

「でもどうしてあなたがわざわざ……」

「さあ。ご迷惑なら帰ります」

「……いえ。どうぞ」

私は玄関を開けに向かったが、本橋氏は裏庭で構わないと言った。

「軽く飲めるテーブルがあるでしょう？」

「どうしてご存知なんですか?」

「蘇芳先生に招かれたことがあるので」

「ああ、なるほど。それじゃあどうぞ庭から回ってください。僕は鍵を開けてきますから」

私は玄関から入ってリビングを抜け、裏のガラス戸を開けた。テラスに出ると、本橋氏はもう裏庭へ回ってきていた。

「すみませんね。厚かましいことをして」

「いえ。どうぞ」

別に不快ではなかったが、意外だった。彼がこういうことをするキャラクターだとは思っていなかった。どこまでも人を見る目がないんだ、と私は思った。

本橋氏はテラスのウッドデッキに上がり、持参したクーラーバッグから缶ビールを二本取り出してテーブルに置いた。それに、タッパーに入った枝豆も。

私は慌てて立ち上がって、「コップを取ってきます」と言った。

「すみません。できれば、何かお皿もお願いします」

私はキッチンに向かい、コップと皿を出して洗った。昨夜のことがあったから、彼は来てくれたのだろう。蒼太をめぐる事情も、既に聞いているはずだ。私の話を信用して大騒ぎした挙句、探すべき子供などいなかったと聞いたなら、きっと腹を立てたことだろう。

コップと皿を持って戻り、缶ビールを注いで乾杯をした。本橋氏はビールを呷り、私の持ってきた皿に枝豆を出して、自分で摘んだ。その間ずっと、むっとした表情のままだ。

「あのう」と私は話しかけた。「やはり、怒ってますか?」

「え?　別に怒ってませんよ」

「あ……その……夕べはすみませんでした。ご迷惑をかけて」

「いえ別に。迷惑なんて」本橋氏は私の顔を見た。「気にしないでください。つまらなそうに見えるのは生まれつきなので。迷惑だと思ってたら、来ないですから」

「そうですか……」

「まあ、どうぞ」

「はあ」

私はビールを飲んだ。私と本橋氏は黙ったまま、テラスのテーブルに向かってちびちびとビールを飲んだ。裏庭を取り囲む林で、ツクツクボウシが鳴いていた。しばらく飲んでいなかったから、僅かなビールでもすぐに体に染みてきた。やがて少しずつ緊張がほぐれ、凝り固まっていた心と体が和らいでくるのが感じられた。

「あのう」と私は呼びかけた。「夕べのことなんですが」

「何です?」

「警察は崖下を調べたんですよね?」

「ああ。ロープを使って、降りてましたよ。なかなか大変そうでした」

「すみません」

「別に、僕が降りた訳じゃないですよ」

無表情な本橋氏が、口の端を歪めて僅かに笑いのような表情を浮かべた。

「そこに北村さんがやって来た訳ですか」

「そうですね。いつもの軽トラで乗りつけて、例の巡査部長と話し込んでいました。あなたについての情報を伝えていたんでしょうね。警官に話した後は、わざわざ私にも一部始終を話してくれました」

「そこで、警察は捜索をやめてしまった?」

「いいえ、その後もしばらくは崖下での活動を続けていましたよ。北村氏の話を鵜呑みにする訳にもいかんのでしょう。突飛な話ですからね……失礼」

「いいんです。自分でも突飛な話だと思います」私は自嘲的に笑った。「それで、警察はよく信じましたね?」

「そこは蘇芳先生ですよ。北村氏が電話をかけて、直接警察と話をさせていました。あの先生はここでは有名人だし、名士ですからね。みんな信用します」

またしても蘇芳先生か。自分よりも他人の方が、自分のことをよく知っている。自分のことが自分でわからないから、他人に説明して貰わねばならない。情けない。

でも……と私はふと思った。自分についていちばん知っているのは、やはり自分のはずじゃないだろうか?

「まあ、僕も北村氏の話だけでは信じられなかったでしょうね。蘇芳先生の話にしても、彼が精神科の医師でこういうことに詳しいだろうと思うから、とりあえず信用するけれど、心から納得した訳でもない。どうしても、奇妙な話だと思ってしまいます」

私は期待を感じて、本橋氏の顔を見た。彼が信じないというなら、あるいは……。

「でも結局のところ、信用するとかしないとか言っても無意味です」と本橋氏は言った。「警察は当然、あなたの情報をしっかりと調べたはずですから。役所にあるような情報をね。その上での警察の判断なんだから、事実なんでしょうね。僕らがどう思おうが関係なく」

私の期待はすぐにしぼんだ。

本橋氏は自分と私のコップにビールを注ぎ足した。途中で足りなくなったので、クーラーバッグから次の缶を出して開けた。

「心を見つめ過ぎるのは危険ですよ」と本橋氏が言った。

「え？」

「心の世界は豊穣で、時に有意義ではあるけれど、そればかり見つめ過ぎるとおかしなことになりがちです。大抵が、ろくなことになりません」

私がきょとんとしていると、本橋氏は苦い笑みを浮かべて、続けた。

「私にも多少経験がありましてね。厄介な心の泥沼にはまり込んで、体調を狂わせてしまいました。それで仕事もリタイアして、ここで静養を余儀なくされたという訳です」

「ああ、そうなんですか」

「心の世界は時にすべてのように思えるけれど、実はそうでもない。この世の半分は物質的な世界です。田舎に来たら、物質的なものに目を向けた方がいいです。例えば昼間から表で飲む冷え

なゲップが出た。

私はちびちび飲んでいたコップを傾けて、一気に喉に流し込んだ。少しむせて、それから大きなゲップが出た。

「……失礼」

「それでいいんですよ」と本橋氏は言った。「心の状態がどうでも、ビールを飲めばゲップが出るんです。大したもんではないんですよ、心の世界なんて」

「なるほど」

私が置いたコップに、本橋氏がまたおかわりを注いだ。本橋氏は赤い顔をしていて、彼も別に強い方ではなさそうだ。私は軽く笑い、それが特に無理をした笑いではないことに気づいた。

私は立ち上がった。「何かつまむものを作ってきますよ」

「わざわざ別に……」

「いや、僕も腹が減りましたから」

気がつけば本当に腹が減っていた。私はキッチンへ向かい、冷蔵庫からソーセージを出してフライパンで炒めた。香ばしい匂いが立ち上ると共に、私は久しぶりにリラックスを感じた。

ソーセージを皿に移して手に取ったところで、耳元で囁く声が聞こえた。

「何をしているの?」

私ははっとして顔を上げ、周りをキョロキョロと見回した。誰もいないキッチン。誰もいない別荘の中。ガラス戸の向こうのテラスに、本橋氏の姿が見えている。がらんとした部屋の中はもちろん、無人だ。

「詩織……？」と、私は更に小さな声で呼びかけた。本当に聞かれてしまうのを恐れるように、聞こえるか聞こえないかの小さな声で。

詩織は答えなかった。幻聴だ。ずっと蒼太と茜の声を聞いていたのと同じ。ありもしない声を、自分の中の声を他人のように聞いていた。私に蒼太と茜を見せていた想像力が、この場所に感化されて生み出した存在、それが詩織という幽霊だったのだろう。蒼太と茜が、実在しなかったというのなら。

でもその言葉は……詩織の言葉は、どこか怒っているようだった。リラックスしている私に怒っている。蒼太がコトリに奪われたのに、もう忘れようとしている私に対して怒っている。

酒なんて飲んでる場合じゃないのに。

今すぐ何もかも放り出して、蒼太を探しに行かなきゃならないのに。

私は目を閉じて、頭の中で荒れ狂う思いを必死で抑え込んだ。もう、こんなことは考えちゃ駄目だ。考えたら、また同じことの繰り返しだ。

私はソーセージの皿を持って、テラスに戻った。本橋氏は私をちらりと見たが、私の変化に気づいたそぶりは見せなかった。私たちはそれまでと同じように、途切れ途切れに言葉を交わしながら、いい匂いのする焼いたソーセージをつまみに、ゆっくりとビールを飲んだ。

日が陰ってきていた。強い風が、森の木々を揺らして音を立て、裏庭を横切ってテラスへと吹いてきた。熱気を吹き払う、涼しい風だ。夏の終わりを告げる風。季節を秋へと引き継ぐ風。心地よい緩やかな時間が流れていた。本橋氏と一緒にいることも、私を緊張させることはなかった。

だがその一方で私はずっと、視線を感じ続けていた。

強い怒りを含んだ視線。リラックスする私を責める視線。

蒼太と茜を忘れようとしている私を、告発する視線だ。

私はビールを飲み、酔いの感覚が視線をかき消してくれるのを待った。

9　詩織

それから、私は卒なく毎日をこなした……自分ではそのつもりだった。蒼太と茜を探してパニックになることもなく、過剰な感傷に取り憑かれることもなく、毎日同じように目覚めて、自分の為の食事を作り、田川さんに挨拶をして、なんだったら冗談を言って笑い、書斎にこもって仕事をした。夜は深く眠れず、常にぼやっとしたもやがかかったような状態があったし、時々ひどい頭痛に襲われることがあったが、それ以外は精神の平衡は保たれていた。

本橋氏はその後も時々ビールを提げてやってきて、午後のひと時を共に過ごした。飲みすぎることはなく、一時間ほどで切り上げて本橋氏は帰っていった。初日以上に踏み込んだ話をすることはなかった。二人ともろくに話さず、ただ裏庭のテラスで一緒にビールを飲むだけだったが、私は次第にそれを楽しみにするようになっていった。

八月も終わりに近づいたある日に、私はふと思い立って、久しぶりにカメラを持って外に出た。

長らく遠ざかっていた、虫の撮影をやってみようと思いついたのだ。冷たい水を入れた水筒を持ち、帽子も被って、午後の炎天下に歩き出した。

夏もピークを過ぎたはずだが、その日は十分暑かった。太陽はじりじりと照りつけ、道路の路面を熱く焼いた。光量が多く視界は常に眩しくて、日向では薄目を開けた状態でなければならないほどだった。

久しぶりに外に出たので、暑さは体にこたえた。ヒマワリの公園に着く頃には、ずっしりと疲労が全身にのしかかり、頭痛もじわじわと始まっていた。熱中症の予兆を感じ、私は立ち止まって水筒の水をごくごくと飲んだ。

公園のヒマワリはすっかり盛りを過ぎて、花のほとんどは萎れていた。花弁が落ち、中央の丸い部分にたくさんの種ができたヒマワリは、だらんと頭を垂れていた。

大きなカラスアゲハが飛んできて、頭の上を音もなくふわふわと漂った。黒い翅に浮かぶ青紫色の模様が、光を受けてきらきらと輝く。私はカメラを取り出して、大きなチョウがとまるのを待った。やがて公園の土の上にチョウはとまり、地面にストローの口を伸ばして何かを吸っている様子になった。私はカメラを構えて、少しずつ近づいた。

何度かシャッターを切ったところでチョウに自分の影を落としてしまった。カラスアゲハは急な光の変化を察知して素早く飛び立った。しばらく常夜灯の辺りをうろついていたが、やがて空高く飛び上がって去った。それを目で追った私は太陽の光で目が眩み、視界は真っ白になってしばらく何も見えなくなった。

白く飛んだ世界の中に、白い制服を着た少女の曖昧な輪郭があった。

少女の幽霊に、私は呼びかけた。白く飛んだ世界をはっきり見ようと、何度も目を瞬くけれど、チカチカとフラッシュのような光が邪魔するばかり。咄嗟にカメラを構えて、少女に向けてシャッターを切った。

「詩織？」

汗が目に入り、思わず目を閉じて激しくこする。うつむいて眩しさから目を背けるうちに、やがて少しずつ元に戻った。顔を上げて、少女がいたはずのブランコ辺りを見るが何もない。ただ誰もいないブランコが微かに揺れて、微妙な軋み音を立てているだけ。

私はカメラの再生ボタンを押して、さっき撮った画像を見た。何の変哲もない、公園のブランコを撮った風景写真だった。目を凝らしたり拡大したりしてみても、変わったものは何も写っていなかった。

そうだ、写真だ。ここにいる間に、蒼太と茜を撮影した写真があるはずだ。私はカメラをバッグにしまって、足早に公園を出た。汗をかきながら炎天下の道路を走り、急いでカブトムシ荘に帰る。バタバタとおぼつかない足取りで廊下を走り、書斎に行ってパソコンを開いた。

ここに来て何度も写真を撮った。多くは虫の写真だが、その合間に遊ぶ蒼太も撮っているはずだ。撮り貯めた写真は、何度かに分けてパソコンに転送してあった。

ソフトを立ち上げると、夏の写真がズラリとモニタに並んだ。緑をバックにした様々な昆虫の写真だ。花で蜜を吸ういろいろな種類のチョウ、雑木林で見つけたカブトムシやクワガタ、墓場で撮ったハンミョウもある。だが一面に並んだサムネイルの中に、人間の姿はなかった。昆虫の写真ばかりだ。

一連の写真のところどころに、虫も写っていない風景写真があるのに私は気付いた。景色を撮ったにしてはアングルが不自然だ。誰もいない公園、誰もいないテラスのウッドデッキ、誰もいない裏庭。これらが、蒼太と茜を撮ったつもりだった写真であるようだ。

私は写真に写らない家族と暮らしていたのか。

詩織と同じだ。蒼太と茜は、幽霊だった。

私は幽霊と暮らしていたのか。

何のことはない。はたから見れば、このカブトムシ荘こそが幽霊屋敷で、私はそこの住人だった訳だ。

笑いが込み上げてくる。誰もいない書斎で自分の撮った写真を見ながら、私は一人、声を出して笑った。

その時、強い視線を感じた。咎められた感覚があって、笑いを引っ込める。背筋が寒くなるような、氷のような冷たい視線。ひしひしと感じるのは、非難の意思だ。私を責めている。蒼太がいなくなったのに、蒼太がコトリに取られたのに、何もせず笑っている私を責めている。

「違うのか、詩織?」思わず声が出た。「やっぱり、妄想じゃないのか?　コトリが二人を連れていったのか?　詩織どこだ?　答えてくれ」

立ち上がり、おろおろと書斎をうろつく。じっとしていられなかった。書斎を出て、誰もいないカブトムシ荘の中を詩織を探して歩き回った。混乱して、ほとんど泣きそうになりながら。まるで親とはぐれてパニックになった小さい子供みたいだ。

蒼太と茜の存在が否定されたとしても、詩織まで否定されたわけじゃない。詩織は安楽寺の幽霊だ、私の中から出てきたものじゃない。蒼太と茜が消されても、詩織はまだいるのかもしれない。

（そうじゃないだろう。蒼太と茜が私の妄想なら、詩織だって同じだ。私が勝手に想像して、一人で作り上げた人格だ。私が聞きたいことを、耳元で囁いて貰うためのイマジナリー・フレンド。蒼太にとってのコウタと同じだ）

そうかもしれない。でも、そうじゃなかったら？　詩織はコトリのことを警告しに現れた。詩織はコトリの側じゃない、味方なんだ。蒼太を連れ去ろうとする力に対抗し得る、唯一の味方。もう一度詩織に会うことができれば、まだどうにかなるんじゃないのか？

（詩織を探しては駄目だ。また、同じことの繰り返しになってしまう）

ちょうどカブトムシ荘にやって来たあの日のように、私は家の中を順に見て回った。あの時は蒼太が一緒だったが、今は一人だ。一人だが、頭の中で自問自答を繰り返す。まるで自分が二人に分裂してしまったようだ。

二階に行き、二つの寝室を見て回り、最後に廊下の端で立ち止まった。天井を見上げる。屋根裏部屋へ通じるパネルが、そこにある。突き当たりの壁に、物干し竿のような棒が置かれている。パネルを開けるための棒だ。私はそれを手に取り、呆然として天井のパネルを眺めた。

しっかりと閉じたパネルの隙間から、向こうにある闇が染み出してくるような気がした。深く暗い、濃厚な闇。決して覗き込んではいけないような。

蒼太はここは嫌いだと言っていた。私も嫌いだと言った。ここには近づかないとあの時に決めたのだ。ここは何か、良くないところに通じる闇だから。

でも、ここがあの世に通じているのなら、詩織に会えるのはここじゃないのか？

私は棒を持ち上げて天井のパネルのフックに引っ掛け、引っ張った。カチリとロックが外れる手応えがあって、パネルは開いた。

まっくろくろすけ、出ておいで……という蒼太の声が聞こえた気がした。

天井に開いた穴から覗く闇を見つめ、私はまだ少し逡巡していた。だが、このままパネルを閉じることはできなかった。今は蒼太がいないから、誰もやめようと言ってくれない。私は棒を操って、スライド式のはしごを引き下ろした。ガラガラと大きな音がして、アルミ製のはしごが降りてきた。

（本当に行くのか？　これは何かの分かれ目なんじゃないのか？）

深呼吸して、私ははしごに手足をかけ、登っていった。


屋根裏部屋。というか、物置だ。三角屋根に面しているので、壁の一面は斜めになっていて、空間全体が三角形になっていた。斜めの壁に圧迫されるし、太い梁が横切っていて、屈んでいないと移動できない。古い家電器具や埃をかぶった段ボール箱があちこちに置かれていて、どのみち動き回る余地はそれほどなかった。

梁から小さな裸電球がぶら下がり、そのスイッチらしい紐も下がっていた。手を伸ばしかけて、やはりやめた。今は暗がりの方が必要だ。

足元の開いたパネルから差し込む光が、柔らかく周囲に届いている。三角形の空間の奥行きが屋根に沿って続き、ごちゃごちゃと物が置かれたその向こうは闇だ。深い闇。何も見えない。そこで屋根裏部屋が終わっているのか、更に奥行きが続いているのかもよくわからない。そんな闇に、私は目を凝らした。

「詩織」と小さな声で私は言った。

誰も答えない。私の声は闇に吸い込まれて消えた。

「お願いだ、出てきてくれ。聞きたいことがあるんだ」

屋根裏部屋のカビ臭い空気が、動いた気がした。風か……いや、誰かの吐息か。

闇には誰も見えなかったが、さっきと同じ視線を感じた。冷たい、刺すような視線。私を責める視線。

「こんなところで、何をしてるの?」怒りを孕んだ声で、詩織が言った。「蒼太をコトリに攫われたのに。取り戻しにも行かないで、のんびりして。もう蒼太を諦めちゃったの?」

私は声の方に向き直った。電気ストーブの箱、古い衣装ケースが積まれている。その向こうには、斜めの天井の影が落ちている。闇の溜まりがそこにあって、声はそこから聞こえてくるように思えた。

闇に向かって、私は話しかけた。

「でも、蒼太と茜は僕の妄想だったんだ」

「簡単に騙されてしまうのね。蒼太を守るって約束したのに。あっさりと見捨ててしまうなんて」

「見捨てる訳じゃない。僕だって二人を取り戻したい。でも、無理なんだ。二人は半年も前に死んでるんだから」

「私だって死んでるわよ。六年も前に」

「そうだ。だからわからないんだ、きみが幽霊なのか、それとも僕の妄想なのか。僕は今も一人きりで、壁に向かって自問自答しているだけなのか。もうどっちかに決めて欲しい。自分じゃ決められないいんだ……」

頭を抱えて、闇から目を背ける。それでも、詩織の声は私の中に聞こえてきた。

「私に消えて欲しいの？　何もかも妄想だったことにして、蒼太もこのまま忘れてしまうの？　コトリに取られたままで、森の奥に置き去りにして」

「そうじゃない。だけど……」

「言ったでしょう？　奴らは卑怯な手を使ってくるって。あなたは絶対に蒼太を諦めたりしないって言ったけど、ほら、もう諦めてる。奴らにすっかり騙されて、蒼太が妄想だったなんて言ってる」

「だって……妄想じゃないか。誰もが蒼太も茜もいなかったんだって言ってる。大勢の人が現実と認めないのは、妄想だってことじゃないか」

「大勢の人が認めたら現実？　現実は多数決なの？」

「そういう訳じゃない。でも、客観的な事実は無視できない。蘇芳先生がそう言ってる。警察だって、僕のことを調べたはずだ。役所や病院の記録を見たんだろう」

詩織の溜め息が聞こえた。いかにも私を哀れんでいるように。

「ここにいない他人の言うことを信じて、ここにない、あるかどうかもわからない紙切れを信じて。それで、目の前に見えているものを信じないの？」

「僕は自分が信用できないよ。今となってはね。それに、写真にだって写ってなかった」

「だから何度も言ってるでしょう？　騙されちゃ駄目だって。それが奴らのやり口なのよ」

「……奴らって？」

「前に話したでしょう？　大きな、強い力があるって。力はコトリを使って、蒼太を森に連れてった。あなたが追って来ないように、力はあなたを騙してる。蒼太が初めからいなかったと、あなたに思い込ませてしまった。蘇芳先生だとか北村だとか、そんな人たちを使ってね」

「蘇芳先生や北村を使って？」

「そうでしょ。あなたに、蒼太がいないと思い込ませたのは彼らでしょ。あの女の人もそうね。あなたにここに来るように仕向けた人」

「佐倉さんか？」

「そう。彼らもコトリと同じなのよ。本人は気づいていないけど、力に操られている。力の手下。人間のコトリなの」

また混乱が起こってきた。頭の芯がじりじりと痛む。

「でも写真はどうなる？　他にも証拠はたくさんあるだろう？　客観的な、どうにもならない証拠が」

また溜め息。私を憐れむように。

「世界の仕組みが、まだわかっていないのね」

「大人なのに？」

「大人だから、かな。蒼太の方がずっと、世界の仕組みをよくわかってたわよ」

「そうなのか？」

「世界は、あなたの中にある。あなたの中にしかないの」と詩織は言った。「写真も、あなたの言う客観的な証拠も、みんなあなたの中にあるの。だからあなたの心次第で、いくらでも変わってしまうのよ」

私は黙った。三角屋根の裏側にこびりついた闇。いつまで経っても目が慣れない。詩織の声は、闇の中から流れてくる。言い含めるような詩織の声は、薄く笑っているように聞こえる。どこか少し、以前までの詩織と違う気がするのはなぜだろう。

「力は人や自然に影響を及ぼす。そう言ったでしょ？　力に操られた人たちに騙されて、あなたは蒼太がいない世界を受け入れてしまった。それで、あなたの世界は書き換わってしまった。あなたの世界をこんなふうに変えたのは、だからあなた自身なのよ」

（駄目だ、駄目だ。これ以上詩織の話を聞いては駄目だ）

私は闇から目を背け、あたふたと後退りしてはしごを降りた。そのままパネルを戻しもせず、廊下を走って階段をドタバタと駆け降りる。リビングに立つと同時に、バタンと音がして、玄関へのドアが開いて閉まった。蒼太の青いシャツがそこから出て行く瞬間が見えた。

違う、と私は思った。脳は願望を見せる。記憶の中の光景を見せる。これは脳の一時的な誤作動、錯覚だ。

それでも、後を追いかけずにはいられなかった。私はドアを開けて玄関へ出た。外に出て、眩しい陽射しに目が眩み、手をかざして薄目を開けて見る。前庭にも道路にも誰もいない。蒼太の姿はなかった。私は玄関の階段に座り込んだ。

幻を追いかけて走り回る。妄想に振り回されては、期待したり失望したりを繰り返す。もうとっくに失われているのに、それを認められずに馬鹿騒ぎを続けているのだ。それが辛くて仕方がないのに、どうしてもやめられない。私は泣きたくなってきた。

「辛いから諦めるの?」頭の中で、詩織が言った。「自分が楽になりたいから、蒼太を見捨てるの?」

「そうじゃない……そうなのか?」

世界についての詩織の話。蒼太と茜が私の妄想で、詩織もそれと同じなら、この話も結局は自分の頭の中から出てきた話に過ぎない、ということになる。事実を受け入れたくない為に、無理やり捻り出した異常な話。ご都合主義な子供じみた妄想。

だがもし……万が一にも、本当だったら?

自分が信じなかったばっかりに、蒼太と茜を見捨てることになる……のか？

あの時のように。蒼太が予知した列車事故を信じずに、むざむざ蒼太と茜を事故にあわせてしまった、あの時のように。

また、同じ間違いを繰り返そうとしているのか？

「あなたはわかってるはず。だって、ここで蒼太や茜さんと一緒に暮らしていたんだもの。それが嘘だなんて、そんなの誰にも言えないはずよ。誰が何と言おうと、世界中であなただけはわかっているはず。違う？」

階段の上で太陽の直射を浴びながら、私は頭を抱えた。

「どうすればいい？」と私は聞いた。「どうすれば元の世界に戻る？　蒼太や茜を取り戻せる？」

「世界を敵に回しても、蒼太たちを守る気があるなら」詩織は言った。「あなた次第よ。よく考えて」

「でも、いったいどうやって」

顔を上げて、私はぎょっとした。目の前、前庭を横切る敷石の上に、汚い作業服を着た北村が立っていた。草刈りの途中なのか、服には草やら土やら緑の汁やらがいっぱいこびりついている。家の前の道路にはいつもの軽トラが、いつの間にか停められていた。

「お子さんが帰って来ましたか？」と北村が言った。

「えっ？」

「いや、何だか一人で喋ってたみたいだから。想像のお子さんが、帰って来たんかなあと思ってね」

私は、頭の辺りがかっと熱くなるのを感じた。恥ずかしさのせいではない。怒りのあまりだ。

「ほら、これが力に操られてる手下の一人よ」詩織が言った。「あなたから、蒼太を奪おうとする人間のコトリ」

頭が割れるように痛い。北村への激しい怒りのせいだ。痛みを堪えながら、私はなんとか「何か用ですか？」と言った。

「いやあ、別に、用って訳じゃあないけどね。大丈夫かなあと思ってね。だってあんた、顔色が悪いよ？」

お前のせいだ、と言いたくなるのを堪えた。

「調子が悪いんですよ。一人にして貰えませんか？」

「そりゃあんた、そんな日向で一人で喋ってるからだよ」北村は立ち去る素振りは見せず、階段の前に突っ立って喋り続けた。「あんた、まだ幻覚が見えてるんじゃないのかね？　早く街に帰って、病院に行った方がいいよ。今の病院は大したもんだよ。幻覚なんて、薬でぱあっと消えちまうもんだから」

「ほらね」と詩織の声。「あなたをここから追い出して、蒼太を諦めさせようとしている。こんな奴らが寄ってたかって、あなたから蒼太を奪ったのよ」

この男を排除したい、という思いが、私の中に湧き起こってきた。

「そうすれば、元の世界に戻るかな？」と私は詩織に問いかけた。

「そうね。戻るかもしれない」詩織は言った。「やってみる？　その覚悟はある？　力に操られてるのはこいつだけじゃない。まだ他にも手下がいるわ。やり遂げられる？」

北村は私をじっと眺め、それから言った。「私の兄貴もね、のべつひとり言を言っとった。でも医者嫌いでね。何度言っても、医者にかかろうとはしなかった。その結果、早死にしたよ。あんたもそうなりたくなかったら、早く病院に行った方がいいよ」

私は立ち上がった。階段の上に立って、黙ったまま北村を見下ろす。

私は本来、暴力的な男ではない……自分ではそう思っている。若い頃から喧嘩などには縁遠かったし、蒼太を叱るのに手を上げたこともない。だが今、私は強い衝動を感じていた。内から湧き上がる、どす黒い衝動だ。北村を殴りたい、と私は思った。押し倒して、馬乗りになって、力の限り殴り続けたい。鼻の折れる音が聞きたい。飛び散る鮮血が見たい。両手で首を掴み、捻りあげてやりたい。そして、そのまま最後まで……。

不穏な空気を感じたのか、北村は不安そうな表情を浮かべて後ずさった。

詩織の声が聞こえてくる。

「蒼太のいない世界を押し付ける、人間のコトリを排除するのよ。邪魔をする奴らがいなくなれば、きっとあなたの意思が勝つ。あなたの意思で、世界をもう一度書き換えることができる。蒼太も茜さんも戻ってくるわ。元の世界を取り戻すの」そして耳元で囁くように、「頑張って。きっとできるから」

私は目を閉じた。そして、自分の中の強い衝動が通り過ぎていくのを待った。それからくるっと後ろを向いて、玄関を開けて家に入った。まだ見ているだろう北村の方は見もせずに、後ろ手にドアを閉めた。

「なーんだ」と詩織が言った。からかうように、嘲笑うように。「やっぱりできないのね。結局は、勇気がないんだ」

「頼むから静かにしてくれ」と私は言った。そして頭の中で飛び跳ねるような頭痛が、治まってくれるのをひたすら待った。

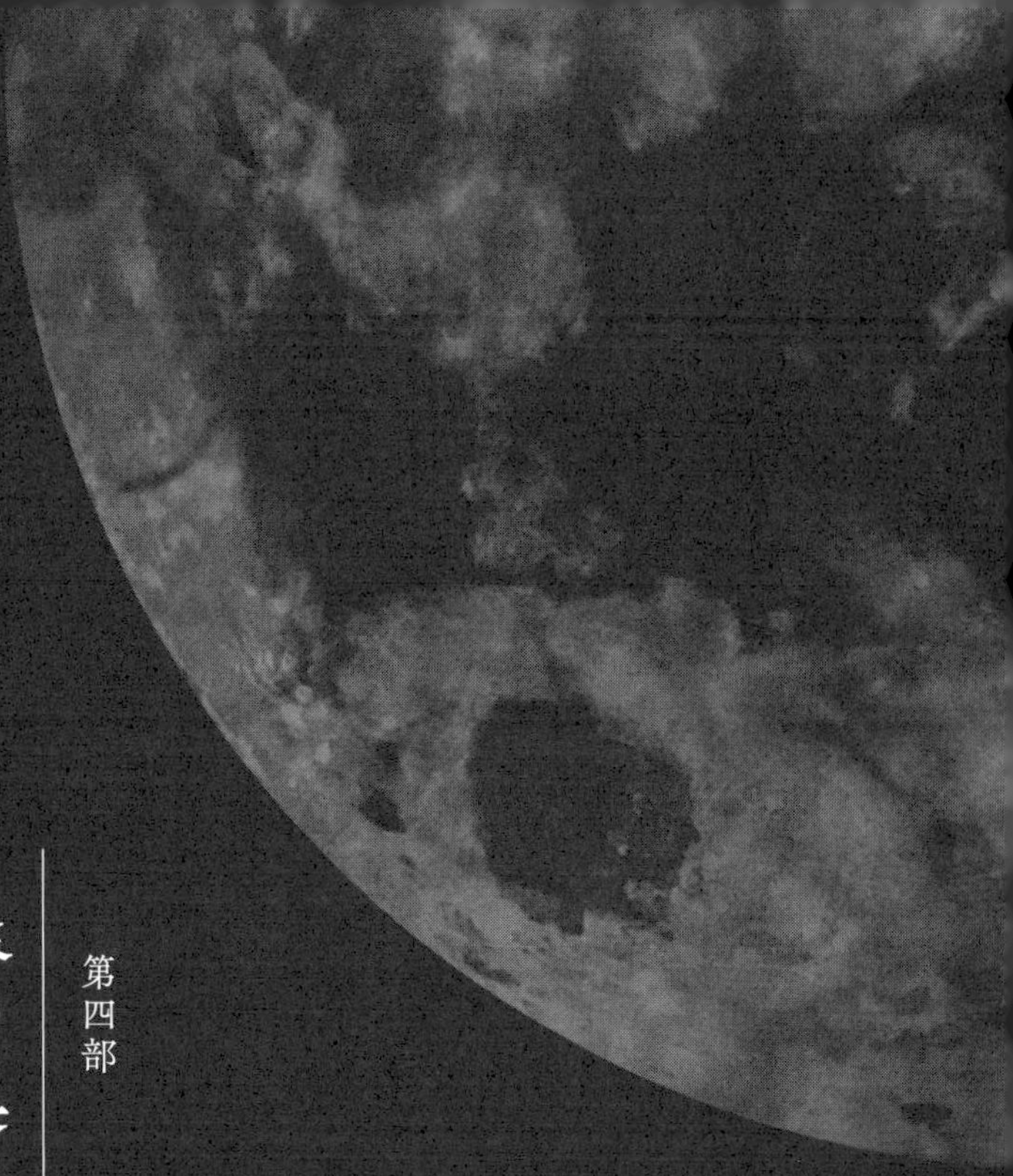

第四部

森の奥

1　佐倉さん(3)

　九月初めのある朝、私は早くからパソコンに向かい、データの一切合切を送信して、入稿を終えた。これでこの仕事は終わりだ。この後、校正刷のチェックなど細々した仕事はあるだろうが、一仕事終えたと言っていい。頭痛のせいで遅れ、結局は締切を延ばして貰うことになったが、それでもなんとか大きな迷惑はかけずに、仕事を終わらせることができた。ノートブックを閉じて、機嫌良くその表面をトントンと指で弾き、それから書斎を出て、コーヒーを飲む為にリビングへ向かった。

　昨夜は徹夜だったから、体には疲れがあった。肌にねっとりと汗をかき、頭の芯が少し痺れていた。それでも、仕事を済ませた解放感があった。軽く鼻歌を歌いながらお湯を沸かし、コーヒーを入れて、テラスに出た。

　九月になって、高原の空気には秋の清涼感が漂っていた。空は晴れていたが夏とは違う透明度の高い澄んだ水色の空で、羊雲が浮かんでいた。セミの声は消え、あちこちをトンボが群れをなして飛んでいた。雑木林を吹き抜ける風は涼しくて、時に首筋に冷たさを感じるほどだった。

　疲れていたが目は冴えていて、眠れる気はしなかった。私はテラスのデッキチェアに体を預け、そこで本を読んで午前中を過ごした。シャーロック・ホームズの思い出。読書はすいすいと進み、二時間足らずで読み終えてしまった。

緩やかな時間が流れていった。やがて午後を過ぎた頃、落ち葉を踏んで走るタイヤの音が近づいてきて、カブトムシ荘の敷地に車が入ってきた。約束より、少し遅れた到着だ。私は玄関に立って出迎えた。コンパクトな車だが、外車なのか、変わった色をしていた。緑というか黄色というか、まるでカナブンの光沢ある背中のような色だ。開いた窓から、音楽が聞こえてきている。土しかない花壇の前の青い車に寄り添って並んで、黄緑色の車は停まった。エンジンと音楽が止まりドアが開いて、佐倉さんが降り立った。

佐倉さんは白いTシャツにタイトな青いジーンズ、サングラスに大きな麦わら帽子という、まるでリゾートに訪れたような、いかにも夏らしい格好をしていた。玄関に立つ私を見るとにっこり笑い、颯爽と歩いてくる様はカウンセラーというより久しぶりに会った恋人のようだ。とんとんと玄関の階段を上がって、サングラスを外して「こんにちは」と言った。

「どうも」と私は言った。「すみません、わざわざこんな遠いところまで来ていただいて」

「いいえ、私が来たいと言ったんですから。こちらこそ急にお願いして、強引に押しかけてしまって申し訳ありません」

「いやいや。私を心配して、わざわざ足を運んでくださったんでしょうから。ともかく、立ち話も何ですから」

玄関のドアを開けて、私は佐倉さんを家に招き入れた。佐倉さんはリビングに入って帽子を取り、周りを見回しながら、「素敵なおうちですね」と言った。

「ええ、蘇芳先生の趣味がいいからでしょうね」

佐倉さんはリビングの中をうろうろと見て回り、畳のスペースに立って壁にかかった昆虫標本を眺めた。ここに来た日の茜と同じポーズだ。私は軽い混乱を覚えた。

「すごいコレクションですね」と佐倉さんは言った。「これ全部、蘇芳先生が自分で捕まえたんですか？」

「さあ。でも、たぶんそうなんでしょうね」

「へえ。すごいなあ」

佐倉さんは網戸の方へ歩いていった。テラスに出て、裏庭の景色を見ている。物置の脇に停められていた白い軽トラックに目を留めた佐倉さんは振り向いて、「あの車は？　あれも正木さんの車ですか？」

「ああ……あれは管理人さんのトラックですね。しばらく停めさせて欲しいとのことで、そこにあります」

「そうですか」

「コーヒーを入れますか？　それともお昼にします？」

「いえいえそんな。ご面倒でしょう？」

「面倒じゃないですよ。どうせ自分の分を作るんだから。パスタ程度の、簡単なものしかできませんが」

「パスタは大好きです」

「そうですか。では」

私はキッチンに行って、二人分の昼食を用意した。大鍋にパスタを茹でて、フライパンでニンニクと唐辛子をオリーブオイルで炒め、野菜を適当に切って、ペペロンチーノを作った。

「いい匂い」と佐倉さんがうっとりとした顔で言った。

「本当にありあわせですよ」

「すっごく美味しそう。料理がお得意なんですね」

「一人が長かったものですから」

微妙な含みを持った沈黙が流れた。

なんとなく落ち着かない気分があったが、私は手際よくいつもより品数の多い昼食を用意していった。大皿にいっぱいのパスタ、エビとオリーブを加えたサラダを作り、ガーリックトーストを焼いて、チーズも切った。

「もしよかったら、こっちで食べませんか？」と佐倉さんがテラスで言ったので、外のテーブルに運んで料理を並べた。何やらちょっとしたパーティーのようになってきたが、私は心の隅でふわふわと落ち着かない気分を感じ続けていた。佐倉さんが実は存在しなくて、妄想の相手と一人きりでパーティーの準備をしているなら滑稽だ。そんな思いを抱き続けていた。

テラスのテーブルで二人、昼食をとった。いつもは本橋氏と少ないつまみでちびちびとビールを飲むところだが、今日は意外にも華やかなことになっていた。佐倉さんは立ち上がって、大皿のパスタを取り分けた。彼女が車なので、ワインの代わりに水で乾杯した。

裏庭から臨む山々は、くっきりとした緑色で、まだ夏の盛りの装いに見えた。それでも大合唱していたセミの声がないので、ずいぶん迫力は下がって感じられる。村の棚田を見てみると、緑の稲は少しずつ黄色に変わりつつあるようだ。夏が終わる。

「料理が上手だから、この別荘でずっと一人でも平気だったんですね」と佐倉さんが言った。「掃除とか洗濯とかは、どうだったんですか？」

私は口に運びかけた水のグラスを持つ手を止めて、見返した。

「もしかして、探りを入れてます？」

「いやあ、探りって訳では……」佐倉さんはあははと笑って頭を掻いて、「いや、探りか。バレバレですね。すみません」

「いいんですよ。その為に来られた訳ですもんね。大丈夫です。あれから、蒼太と茜がいる妄想は見ていませんよ」

「妄想だと、納得がいったんですか？」

「納得というか。納得するしかない感じですね。実際問題として消えてしまったし、蘇芳先生や警察が調べた上で、二人は半年前に死んでいたと言うんだから」

「と言うと、まだ記憶は完全には戻っていない？」

「そうですね。うっすらと、ない訳ではないですが……」

病院の広いホールの映像。大勢の人が涙を流して口々に何か言っている、取り留めのない記憶。

「はっきりとは、思い出せません」と私は言った。「思い出そうとすると、頭がひどく痛くなります」

「無理に思い出そうとしない方がいいですよ。無意識の抑圧には、それなりの合理的な理由があるんだから。いつか、本当に心が癒えたら自然と思い出すでしょう」

佐倉さんは言いながら、パスタを頬張った。気持ちのいい食べっぷりをする人だ。

「思うんですが」と私は言った。「いつか時間が経った時に思い出す記憶って、もはや本物と言えるんでしょうか？」

「どういうことです？」

「だって、本当は直後の記憶がいちばん確かで、時間と共に不確かになっていくものでしょう。辛い記憶だから抑圧していて、ずっと後になってダメージを受けない範囲で思い出すなら、それはもう本物の記憶とは言えないんじゃないですか。何重にも検閲されて、ソフトに書き換えられた記憶であって。単純に、時間が経って忘れたり、間違ったりってこともあるでしょうし」

「そうですね……そうかもしれない。でもそれはある程度、仕方がないことでしょうね。主観によって影響を受けるのは、記憶というものの性質上避けられないことでしょう」

「それなら、過去のことで何が正しくて何が間違ってるなんて、誰にも言い切れないんじゃないですか？」

「そうですか？」

「だってそうでしょう。人が世界はこうなってる、ああなってるなんて言っても、それも結局は誰かの記憶に基づいて言ってる訳でしょう？　それが正しいかどうか、誰にもわからないってことじゃないですか」

「厳密に言えばね。でも普通は、記憶はそこまで曖昧なものじゃないですよ。だいたいは合ってる。日常生活を送る上で、それで困りはしないものです」

私は自嘲的な笑みを浮かべた。

「そりゃそうですね。普通は、家族が生きてるか死んでるかがわからなくなったりしないですもんね」

「いや……」

佐倉さんは言葉を濁して、ごまかすようにキュウリを取ってポリポリ食べた。私はパスタのお代わりを取った。落ち着かない気持ちと裏腹に腹は減っていて、食は進んだ。二人ともモリモリ食べながら、ややこしい話をしている。

やがてキュウリをごくんと飲み込むと、佐倉さんは言った。

「正木さんの場合は、多大なストレスによる記憶障害が大きな要因だったと思います。非常に辛い事故の記憶を、無意識の抑圧で封印してしまった。それ自体は、割とよくあることです。精神をダメージから守る為の本能的な防衛機構です。それによって出来た記憶の空白を、想像力で埋めてしまったのが今回のケースの特殊なところでしょうね。一時的にそういうことはあっても、大抵はいずれ現実との間に齟齬が出て、矛盾が隠しきれなくなって続かないものなのだけど」

私はまた苦笑する。「それを乗り越えちゃった訳ですね、僕は」

私が笑っているのを見て、佐倉さんはほっとしたようだ。軽く息を吐いて笑顔を見せた。

私は手を伸ばして、佐倉さんの空いた皿にパスタのお代わりを盛り付けた。

「ありがとうございます」と佐倉さんは言って、「そうですね。ある意味すごい、ですね」と続けた。

「もしかして、そんな僕を珍しい実験台のように思って、観察したかったんじゃないですか？　蘇芳先生も、佐倉さんも。だから、この別荘に隔離した。今頃、立派な論文が書き上がっていたりして」

「いや、そんな」

目を逸らして、佐倉さんはパスタを頬張った。なるほど、と私は思った。佐倉さんにせよ蘇芳先生にせよ、ただ単純に善意だけという訳でもなさそうだ。

「人と会うことを極力避けましたからね。母親とか、いかにもな理由をつけて距離を置きました」

「日常生活が確立したら、そこからは安定期に入ったようですね。妄想のある生活が、定着してしまった」

「そう言えば言ってましたね。違う世界を見ているんだって。空の色が違う世界、でしたっけ」

私は思い出した。「蒼太のことだと思っていたけど、あれは僕のことだったんだ」

「確かにそうでしたね。でも、あなたも蒼太くんに託して自分のことを話していたんだと思いますよ」

「自分のことを？　僕が？」

「事故以来、悪夢を見続けている。悪夢が常態化している。あなたのことでしょう？」

「ああ……なるほど」

「夜中に悪夢を見て目覚めていたのも、あなただったんじゃないですか？　自分自身の辛さを、蒼太くんに託していたんですよ、きっと」

　何度も繰り返した夜を、私は思い出した。真夜中に、悲鳴を上げて私は目覚める。そんな時に見ていたのは、例の赤い月の夜の夢だった。夢とうつつの合間で胸の動悸を抑えながら、這い上がるべき現実の岸辺を探していると、やがて蒼太の泣き声と、なだめる茜の声が、過去の彼方から聞こえてくる……。

「コーヒーを入れましょうか」言って、私は席を立った。

　空になったパスタの大皿をキッチンに運び、薄暗い室内でしばらくじっとして、私は頭の芯にずっとある痺れのようなものを感じた。前にあった頭痛は去ったが、代わりに途切れない痺れがそこに残っていた。それからコーヒーの用意をしながら、ガラス戸の向こうのテラスを見やった。佐倉さんは向こうを向いて座っている。

　あそこには本当は、茜がいるべきなのに……と私は思った。

　やがてコーヒーを盆に載せて私は戻った。ぼんやりと景色を見ていた佐倉さんは向き直って、「ありがとうございます」と言った。

「でも、良かったです」と佐倉さんは言った。「あなたがすっかり妄想を脱して、現実に適応できたみたいで。あまりにも急なアクシデントのような形で現実に直面させられてしまったから、心配していたんですけど」

「もっと悪くなってるかもしれないと？」

「という訳じゃないけど。でも、そうじゃなくて良かったです」

「誰にとって良かったんでしょうか？」

　私がそう言うと、佐倉さんはハッとしたように顔を上げた。

「前に言いましたよね。周りから見れば異常な状態でも、本人にとってはそうでない場合もあると。本人にとって安定して、平和な状態でいるなら、無理にそれが異常だと突きつけるべきじゃないと」

「それは……そうです。今でもそう思ってはいます」佐倉さんは言った。「でも、いずれは異常な状態を脱しなければならない時がやって来ます」

「そうでしょうか？　僕には蒼太と茜と暮らした日々が、異常だったとは思えないんです。周りからどう見えるか知らないけど、少なくとも僕にとっては異常ではなかった。むしろ、もっとも満ち足りた日々でした」

　私は佐倉さんの方へ、コーヒーカップを押しやった。

「コーヒーをどうぞ」

「ああ……すみません」

　少しの間黙って、コーヒーを啜った。

「僕は今でも、蒼太や茜と暮らしたいと思ってます」と私は言った。「妄想でもいい。幽霊でもいいんです。もう一度二人を取り戻して、これからも一緒に暮らしたい」

「それは……無理です」

「どうして?」

「だって、あなたは自分で妄想を脱したからです」佐倉さんは言った。「蒼太くんが突然消えたと言いましたよね? それは、あなたが妄想を維持できなくなったということです。時間と、ここでの落ち着いた生活によって、抑圧が解け始めてきたんでしょう。その結果、妄想を維持することに無理が生じてきた。だから、蒼太くんや奥さんを見ることができなくなったのだと思います」

「違いますよ。蒼太と茜を消したのは、コトリです」

「コトリ?」佐倉さんは顔をしかめた。「妖怪ですか?」

「前に話しましたよね。子供を攫う妖怪です。こいつはただの妖怪じゃなくて、より強い力の一部なんです。人や自然に作用して、現実を変容させる力です。蒼太たちは攫われて、力は現実を書き換えてしまった。だから、蒼太たちは最初からいなかったことにされてしまったんです。わかりますか?」

佐倉さんは目を丸くして私を見つめた。

「妄想を脱したのではは、なかったのですか?」

「蒼太や茜が、妄想だとされていることは理解しましたよ。この世界ではね」

「この世界?」

「そう。今のこの世界は、空の色が違う世界なんです。力が僕に作用して、世界を書き換えてしまったんですよ」自分の口調が熱を帯びてくるのがわかった。「この世界では、僕はこの家でずっと一人だったんでしょう。悪夢を見て夜中に目覚めたのは僕で、佐倉さんに相談していたのも僕一人きりだった。でも、それはこの世界の話です。で、これは書き換わった世界なんです。僕が知っていた世界とは違う。僕はやっぱり、元の世界を取り戻さなくちゃならないんです」

佐倉さんは溜め息をついた。

「前に話しましたよね。妖怪はあなたの不安の現れだって」

「そうですね。この世界では」

「ここに来て、あなたの精神は回復していました。回復するということは、蒼太くんと奥さんの存在が維持できなくなるということ。二人が消えてしまうということです。その不安が形をとって現れたものが、妖怪です。コウタという蒼太くんのイマジナリー・フレンドが消えてしまったことや、幽霊の警告も同じでしょう」

「この世界ではそうですね」と私は繰り返した。「確かにもっともらしく聞こえます。でもそれは、あなたもその力に影響を受けているからなんですよ」

「私も、ですか?」

「そう。操られている、と言ってもいい」私は佐倉さんの慌てた表情を見て、薄く笑った。「あなたは私が蒼太を妄想だと思うように仕向けた。あなた自身は良かれと思ってのことかもしれませんが、それは本当は力の意思なんです。この別荘地に来るように仕向けたのも同じです。あなたは自分でも知らないうちに、力の手下になっていたんですよ。コトリと同じように」

佐倉さんはまた大きな溜め息をついた。私の発言があまりにも予想外だったのだろう、対応が追いつかないようで、目がきょろきょろと泳いでいる。いつもの余裕ある雰囲気ではなくなっていた。

「いったいそんな話を、どこで思いついたんですか？」

「コトリは寺の掛軸に描かれている、村の伝承です。コトリや、力について教えてくれたのは詩織という幽霊です」

佐倉さんは軽く苦笑する表情を見せた。

「幽霊が話したんなら、それもあなたの妄想の一つでしょう。妖怪の話を作ったのは、あなた自身ですよ」

「でも、掛軸は本当にあるんですよ？」

「掛軸はあるんでしょう。でも、妖怪コトリの絵かどうかはわからないんじゃないですか？　全然別の意味のある絵かもしれないですよ。動物とか、仏様とか」

「あれは確かにコトリの絵ですよ。あなたは見ていない。僕は見たんだ」

「あなたにはそう見えたんでしょう。だからこそ幽霊にそんな話をさせた訳だから。どっちにしても、出どころはあなた自身でしょう」

私はうんざりした。まただ。またそうやって私の世界を否定して、正しい世界を押しつける。

「たぶん、その掛軸を見たことがきっかけじゃないでしょうか」と佐倉さんは言った。「蒼太くんや奥さんがいつ消えるかわからないという不安が、子供を攫う妖怪の絵と一致して、あなたに強い印象を与えた。そこから始まったんですよ。あなたが作り上げていた蒼太くんと奥さんのいる世界に、いろいろな異物が入り込んできた。蒼太くんたちがいなくなる不安が形を持った、妖怪やら幽霊やらです。自分で作った世界を壊す物語。でも、その物語を作ったのも、やっぱりあなた自身なんです。すべてはあなたの中で起こっている物語だったんですよ」

佐倉さんは畳み掛けるような口調になっていた。私の態度に苛立って、なんとか説得してしまおうとしている。

「そうだ。お寺に行ってみませんか？」と佐倉さんが言った。

「寺に？」

「そうです。掛軸を見せて貰って、謂れを教えて貰いましょう。幽霊が本物なら、掛軸の謂れも一致するはずです。本当の謂れが全然違うものなら、やっぱりあなたの想像だったってことでしょう」

私は驚いた。本当は、こちらからそれを切り出すつもりだったのだ。どうやって自然に誘おうか思案していたが、思いがけず向こうから言い出してくれて、手間が省けた。本当に、いつも予想を超えてくる人だ……と私は感心した。

さっそく佐倉さんは立ち上がり、テラスから裏庭に降りていこうとしている。

「スリッパですよ。靴は玄関です」呼び止めると、佐倉さんはまたせかせかと引き返してきた。

佐倉さんは、熱を帯びた目で私を正面から見つめた。

「正木さん、早く行きましょう。納得したら、きっと楽になりますから。後片付けは後で私しますから、そのままにしておいてください」

意気込んで、佐倉さんは玄関へ向かって行った。いささか呆れて、私はその背中を見送った。自分勝手というか。それでカウンセラーが務まるのだから不思議なものだ。なんのかんの言って、私もしっかりと佐倉さんのカウンセリングを受けていた訳だし。能力は高いと、認めざるを得ないのかもしれない。

しかし、と私は考える。やはり佐倉さんにはわかっていない。世界の仕組みがわかっていないのだ。蒼太や茜は幻だったのだろう。コトリは私の不安の具象化で、妖怪も幽霊も私の心の中から出てきたものに過ぎないのだろう。この世界では。力の作用を受けて自分自身が書き換えてしまった、この世界では、だ。

掛軸を見に行っても同じことだ。コトリの伝承は否定されるのだろう。だがそれは、この世界でのことに過ぎない。私が言っているのはこの世界のことじゃない。書き換わる前の世界。以前は確かに存在した、元の世界のことだ。

元の世界を取り戻す為には、多数決に勝つしかない。元の世界を否定する人々を排除して、もう一度世界を書き換えるのだ。

私は裏庭に停まった白い軽トラックを眺めた。私の視線は無意識に、テラスの脇の機械室への階段へと向かっていった。

2 北村

始まりは、昨日かかってきた電話だった。佐倉さんからの電話。私の状況に責任を感じた佐倉さんは、翌日、カブトムシ荘にやってくると言う。

電話を切った後、私は裏庭の物置の前に立って、中の様々を眺めていた。いくつか積まれた段ボール箱と、脚立と、芝刈り機。結局どれも一度も触っていない。箱に積もった埃は厚くなっていた。芝刈り機も埃をかぶって、もう動かないガラクタであるように見えた。

内部の壁にフックがあって、いくつもの武器が吊られていた。小ぶりな鎌、大きな重そうな鉈、何種類かの鋸と、金づち、それにシャベルと鍬、それから、ひときわ大きく目立っているチェーンソー。武器じゃない、道具だ。前と同じ連想をして打ち消すが、私はホラー映画の一シーンのように、チェーンソーを振り回して誰かを追いかける様を思い浮かべていた。駄目だ。私には、どうやってチェーンソーを起動するのかさえもわからない。たとえ起動できたとしても、まともに扱えず自分の足を切り刻むのがやっとだろう。

草刈り鎌や、ずっしり重そうな鉈。だが、刃物はどうにも使いこなせる気がしなかった。私の目は、積み上げられたたくさんの木の棒に吸い寄せられた。

粗く角が取られた、薪くらいのサイズの木材。

使いこなすだって？　いったい何をする気なんだ？

もちろん、本気じゃないんだろう？

手を伸ばして、積まれた一本の棒を取った。よく乾いている。片手で持てるが、ずしりと重い。

そして相当に固そうだ。

手にした棒を右手に持って、軽く振ってみる。棒はあつらえたように、ちょうど手に持ちやすいサイズだった。木材の重みが、空気を切り裂く。その空気の震えが、手に伝わる。これなら使えそうだ。後ろ手にこの棒を持って、気づかれないように近づいて……油断している相手の後頭部に、渾身の力を込めて振り下ろす。

「何やってるんです？」

いきなり背後から声をかけられて、私は飛び上がった。振り返ると、テラスの前に北村がいた。前と同じ緑に汚れた作業服を着て、前と同じ探るような目で見ている。

慌てて、持っていた棒を物置に戻した。

「何やってようが勝手じゃないか」私は言った。「そっちこそ、何をやってるんだ？　人の家の敷地に勝手に入って。人の様子をこそこそと探って、まるでスパイみたいじゃないか」

「お言葉ですな」北村は言った。「ここはあんたの家じゃないですよ。ここは蘇芳先生の家だ。それで、私は蘇芳先生から委託されてるんだから。勝手に入って咎められる筋合いはないよ」

「蘇芳先生のスパイだって言うのか？　蘇芳先生に命令されて探ってるってことか？」

北村はやれやれ、と言うように首を振った。

「重症ですな。私は医者じゃないけれど、あんたが病気なのはよくわかるよ」

「それで、いったい何の用なんだ？」

「機械室を見せて欲しいんだよ。蘇芳先生から連絡があってね。漏電がしてないか確認しといてくれって。漏電があると火事になるかもしれないからね。本当はあんたがやれば済むんだが、あんたじゃ頼りないと思ったんだろうな」

　私は黙った。また、頭痛と衝動が湧き上がってきていた。次の行動を決められないまま黙って突っ立っていると、北村が苛立った声を出した。

「それで、機械室に入れてくれるのかくれないのかどっちだね。帰れと言うなら、喜んで帰るよ。蘇芳先生にあんたの有り様を報告するだけだからさ」

「鍵を取ってくる」と言い捨てて、私はテラスへ向かった。足早に階段を駆け上がり、リビングに入って鍵を取る。薄暗いリビングを横切る時に、部屋の隅っこの暗がりの中、詩織が三角座りで見ているのが見えた。詩織は何も言わなかったが、期待のこもった目で私を見ていた。見ていたような、気がした。

　鍵を取って裏庭に戻り、北村に何も言わないまま地下への階段を早足で下りて、鍵を開けた。北村も階段を下りて、私の後ろに立って待っていた。

　地下室のドアを開き、電気をつける。蛍光灯が激しく瞬き、灯った後も点滅を続けていた。結局、機械室の蛍光灯のことは忘れたままになっていた。

　北村は目障りに瞬く蛍光灯を不快そうに見上げた。

「切れかけの蛍光灯くらいは変えといて欲しいもんだけどね。人の別荘借りてるんなら、それぐらいやるべきじゃないのかねえ」

　言いながら、北村は機械室の中へと進んでいった。私に無防備な背中を向けて。蛍光灯が点滅して、闇と光が繰り返し、北村の背中の残像がいくつも闇の中に重なった。密室で近くにいるせいで、北村の服にこびりついた草の匂いが強烈に立ち昇った。

頭が殴られるように痛み、吐き気が込み上げた。配電盤の方へ向かっていく北村の背中を見ながら、私はその後ろについていき、息を潜め、後ろ手に隠したあの硬い木の棒を持ち上げて、その後頭部めがけて振り下ろす……思いっきり、出せる限りの力を込めて。ぐしゃりと頭が潰れる、感触。……いや、そうじゃない。木の棒は物置に置いてきた。私の手には何もない。

何度も何度も、木の棒を振り上げ、北村の頭に振り下ろす……その想像が、繰り返し頭の中で再生された。持ち上げる腕にかかる重み、振り下ろす重力の加速、そして頭蓋骨を砕く感触を、私はまざまざと感じた。ぼやけた映像が、点滅する残像の中にいくつも重なって見えていた。まるでいくつもの可能性の世界が、重なり合って見えているように。何度も生々しい感触を感じ、何度も膝から崩れ落ちる北村の背中を見ながら、私は実際には何もせず、配電盤に向かう北村の背後に突っ立っているのだった。

点滅する光の中で北村が振り返って、間近に立つ私に気づいてぎょっとしたように数歩遠のいた。

「どうかしましたか？」と北村が言った。

私は顔から滴り落ちる汗を拭った。

「いや、ちょっと気分が悪くて……」私は言った。「外に出て、待っていていいかな？」

「どうぞご自由に。初めからついて来てくれなんて頼んでないですよ」

私は振り返って、早足で北村から離れた。機械室を出て階段を駆け上がり、最後にはほとんど手をつくようになりながら、裏庭に転がり出て、吐いた。

裏庭の芝に四つん這いになって、私は激しくえづき、胃の中のものを吐き出した。吐くものはほとんどなかったが、吐き気はいつまでも治まらず、私は長いこと土を掴んで震えていた。

まだ力強い太陽が、私の後頭部をじりじりと焼いていた。土を掴んだ指の隙間から、小さな蟻が私の手を渡っていった。私は目を閉じ、まぶたの裏の赤い世界を見ながら、最悪の吐き気が去るのを待った。


「やるべきことをするのは、今よ」耳元で、詩織が囁いた。「蒼太のために、やるべきことをやらなくちゃ」

私は目をきつく閉じた。目が痛くなるくらいに。

「ほら、勇気を出して」


ゆっくりと目を開けて、私はよろよろと立ち上がった。殴られるような頭痛と、こみ上げる吐き気は続いていた。歯を食いしばって痛みに耐え、私は機械室の方へ戻って行った。

地下への階段を見下ろすと、ちょうど北村が機械室から出て来たところだった。北村は顔を上げて私を見た。

「大丈夫ですか――?」と北村は言った。「……って、暑い地下室で汗かいて働いたのはこっちだけどね。まあ病人だから、仕方ないですな」

喋りながら、首にかけたタオルで汗を拭きながら、北村は階段を上がって来た。

「漏電は大丈夫でしたよ。蛍光灯もなんだったら替えてあげるよ。あんたが出来ないんだったらね。蛍光灯のスペアはどこかに……」

北村が階段の最上段に足を置いたところで、私は両腕を伸ばして北村の胸を押し、後方へ突き飛ばした。

北村はまったくの無防備だった。なんの抵抗もなく後ろ向きに倒れ、両足を振り上げて仰け反って、途中の段で頭を打った。そのカツンという乾いた音が、やけに高く響いた。さかさまになった北村の体は、ガタガタと音を立てながら、そのまま階段をずり落ちて行った。いちばん下まで落ちて、上半身を機械室の前に、足を階段に投げ出しただらしない姿勢になって、止まった。

階段の最上段に立ってぼんやりと、私は階下に横たわる体を眺めていた。それが痛みにもがき、声をあげ、動き出すのを待って。だが、動き出さなかった。声も出なかった。ただじっとしているだけだった。機械室の扉の影の中にある顔は、目を見開き、口をぽかんと開けて、びっくりしているように見えた。

死んだのかもしれない、と私は思った。

死んだ？　本当だろうか。

こんなにも簡単に？

私が殺した？

階段の上に突っ立ったまま、私は長いこと微動だにせず待った。汗が顔を伝って流れ、足元にボトボトと落ちた。ずいぶん長い間待ったが、北村の体はぴくりとも動かなかった。よろよろと起き上がって「やれやれ」と嫌味を言うことも、「何をするんだ」と私に食ってかかってくることもなく、ただ寝ているだけだった。仕方がないので、私は階段を下りて行った。

狭い階段で、北村の体にまたがるようにして立って、私は「おい」と声をかけた。

「済まなかった」と私は言った。「そんなつもりじゃなかったんだ」

じゃあどんなつもりだったんだ、と北村が嫌味を言うことはなかった。びっくりした表情のまま変わらず、北村は虚空を見上げていた。その目はどんよりと曇っていて、確かにもう生きていないように見えた。

さて、どうしようか。

このままにしておくわけにもいかない。

私は北村の作業着を掴み、機械室の中へと引きずっていった。幸いにも、北村は扉を開けたままで上がってきていた。続けて蛍光灯を変えるつもりだったのだろう。働き者なのだ、私と違って。電気もつけたままで、機械室の中は目障りな光の点滅が続いていた。

更に大量の汗をかきながら私は北村の体を引きずり、どうにか足先までを機械室の中に入れた。目の中にも汗が入ってきて、私の視界は霞んでいた。重い図体を埃っぽい床に横たえると、私は扉の前まで後退して、自分の仕事の首尾を眺めた。

頭を打ったのに、北村は出血していなかった。階段にも、血の跡は残っていなかった。それが今になって、大量の出血が始まったようだ。仰向けに横たわった北村の頭の下に、血がどろどろと染み出してきている。濃厚な赤、粘性のある血の水溜まりができていく。点滅する蛍光灯の光の中では、それは赤と黒とに瞬いて見えた。見ている間にも、血溜まりはどんどん大きく広がって、機械室の床を占めていった。この光景は、いつかどこかで見たことがある。鉄臭い血の匂いと、北村の作業服が放っていた草の匂い、それに自分自身の汗の匂いが入り混じって、私を包み込んだ。

私はもう耐えられなかった。逃げるようにその光景に背を向け、機械室を出て重い扉を力を込めて閉めた。鍵をかけ、階段を上がりながら、蛍光灯を消すのを忘れたことに気がついた。閉ざされた機械室の中で赤と黒の点滅がいつまでも続き、血の池に浮かぶ北村を照らし出している様を、私は思い浮かべた。

それからしばらく、私はカブトムシ荘の中をあたふたと忙しく歩き回った。まずキッチンに行き、冷蔵庫から水を出して喉を潤し、水道の水でざばざばと顔を洗った。その後で思い直して、浴室へ行ってシャワーを浴びた。水のシャワーを頭から浴びると、体に染みついた汗と血と草の匂いが排水口に流れていった。新しい服を着てリビングに戻る頃には、私はもうずいぶんすっきりとした気分になっていた。

ずっと取り付いて離れなかった、頭痛が消えていた。私は久々に、意識が晴れているのを感じた。

さっきの出来事は既にぼんやりとして、またしても現実か想像かの区別がつかなくなっていた。

思い返すと光景はふわふわとして、いかにも夢の中のように頼りなく思えた。北村の死はあまりにもあっけなく簡単で、都合よく思い描いた妄想であるように思えた。これまでのいろいろなことと同じように。

冷蔵庫からビールを出して、私はテラスに向かった。裏庭はいつも通りで、何か異常なことが起きたようには見えなかった。機械室への階段も、ただ日照りの中で沈黙している。

テラスから身を乗り出して、地下へ降りていく階段を覗き込む。機械室の扉が、カブトムシ荘の影にかろうじて見えた。ちゃんと、閉じたままになっている。じっと見ていると、いきなり内側からガンガンガン！　と叩かれる……ということもなく、扉は静かに閉じたままだった。

デッキチェアに座り、ビールをちびちびと飲みながら、本橋氏が来ればいいのにと私は思った。もし彼がやって来たら、私はすべてを話して、機械室の鍵を渡し、何もかも任せて投げ出してしまっていただろう。だがしばらく待ってみても、本橋氏は来なかった。

私は一人でビールを飲み、静かで穏やかな午後を過ごした。

北村の軽トラに気づいたのはずっと後、午後も遅い時間になってからのことだった。何気なく玄関を出て、家の前に停められた白い軽トラを目にして、私は愕然とした。ずっと置きっ放しだった。誰かが通りかかったら、見られているだろう。すべて終わったような気分になって、こみ上げる吐き気を感じながら、よろよろと軽トラに近づいた。運転席の窓は開いていて、エンジンキーは挿さったままだった。

私はほっとした。まだ終わりじゃない。それに、この別荘地を誰かが通りかかるなんてことはめったにない。

北村の軽トラに乗り込み、キーを回してエンジンをかけた。ガタガタと揺れる軽トラを運転して裏庭まで移動させ、物置の傍に停めた。

エンジンを止めて車を降りると、くたびれた軽トラは初めからそこにあったように、風景に馴染んで見えた。まるで本来あるべき風景に戻ったようだ。

「これでいいんだよな？」と私は呟いたが、詩織は答えてくれなかった。頭痛と一緒に、詩織もどこかに消えてしまったようだった。

3　寺への再訪

青い車に乗り込んでエンジンをかける。ラジオがついて、音楽が流れた。佐倉さんは助手席に乗り込んで、シートベルトを掛け、私の顔を見て微笑んだ。

「さあ、やっかいな妄想にけりをつけてしまいましょう」と佐倉さんは言った。

やれやれだ。私は黙ったまま、車を発進させた。

エアコンが効くまでの間、車内にこもった熱を逃がすために、私は窓を開けて走った。窓から流れ込む外気は涼しくて、確かに夏が通り過ぎたことを実感させた。風は心地よくて、私はふとここへやって来た日のことを思い出した。私は神戸から車を運転し、後部座席には茜と蒼太が並んで座っていた。運転する私から二人の姿は見えなかったが、二人と話をしながら走ったのだ。ラピュタについて蒼太が話し、雷を怖がってむずかり出した。私と茜が慌ててなだめた。それさえも、私が一人で想像したことに過ぎないと言うのか。

そう言うのだろう……力の手下である、人間のコトリたちは。助手席で窓の向こうの景色を見ている佐倉さんは、私の想像力を褒め称えるのだろう。あるいは、ただの勘違いだと言うのだろう。それはここに来る時の記憶ではなく、いつかまったく別の時と場所で、家族で旅行にでも行った時の記憶と混同していると言うのだろう。

本当なら今も、後部座席には蒼太と茜が乗っていて、聞こえてくるのは二人の声であるはずなのに。二人の存在が消されてしまって、助手席には違う女が座っている。まるで観光に来たみたいに、助手席の窓を開けて景色を見ている。蒼太と茜がいるべき場所に……。

「とてもきれいな場所ですね」と佐倉さんが言った。「それになんだか、とても気持ちがいい。風が美味しいみたい。やっぱり、森の効果なんでしょうか。木が何かの粒子を出すんですよね。なんでしたっけ。フォトン……フィトン……」

「フィトンチッド?」

「あ、それです。でも、理屈じゃないんでしょうね。人は森に抱かれて、木々に囲まれると、リラックスするものなのかもしれない。ねえ、どうしてでしょう。やっぱり森の中で暮らしていた頃の、古い記憶なんでしょうか」

私は苦笑いした。

「森の中で暮らす……って、どんな大昔ですか。日本人は縄文時代から田んぼのある平地で暮らしてきましたよ」

「敵に追われた時に、森の中に逃げ込んだのかもしれないですね。安全地帯だったから、落ち着くんですよ、きっと」

「そうかな」と私は言った。「森にも怖いものはいますよ。危険な動物とか、毒のある草とか虫とか」

妖怪とか。幽霊とか。

「そうかもしれないけれど。私は、森にはなんだか優しいものを感じます」

「だったら、後で森に行ってみますか？」

「森に？」

「お寺からもうちょっと上に上がると神社があります。そこに大きな森がありますよ。神様の森なんでしょうね」

「そうなんだ。いいですね！」

「コトリの森です。蒼太はそこで消えたんです」

何か言いかけて、佐倉さんは黙った。

「もし良かったら」慎重に、私は言った。「佐倉さんに森を見て欲しいと思っています。実際にそこへ行けば、僕の言ってることが事実だと感じてもらえるはずです」

「それは……」

私は軽く笑った。「僕をお寺に付き合わせるなら、あなたも僕に付き合ってくれないと。神社はお寺のすぐ近くですよ」

佐倉さんも、つられて微笑む。「わかりました。じゃあ、お寺の後で行ってみましょう」

車は本橋氏の別荘の前に差し掛かった。別荘の前に本橋氏が立っていて、車のトランクに荷物を積み込んでいるところだった。別荘地を去って都会に帰るのかもしれない。本橋氏は私に気づいて、軽く手を挙げた。何か言いたげに見えたが、私はスピードを緩めなかった。軽く会釈だけして、車はそこを通り過ぎた。

カーブミラーのある深いカーブを曲がり、巨大な鉄塔の脇を走って、車は村へと入っていった。いつもと同じく、村にはひと気がなかった。夏祭りの時のにぎわいが幻のようだ。田んぼの稲は黄色く色づいて、頭を垂れている。もうすぐ収穫だ。私が足踏みをしている間にも、季節は着々と巡っていた。

ぐるぐると曲がる坂道を上り、寺の前の砂利敷きの広場に出て、車を停めた。エンジンを切ると、ラジオの音楽も止まった。佐倉さんはいち早く車を降りて、手を腰に当てて安楽寺の看板を見上げている。少し遅れて、私も車を降りた。急に、私は気後れを感じていた。安楽寺を訪れるのは、熱中症の後、お礼を言いに行って以来だ。寺の夫婦も、私が夏祭りの夜に晒した醜態を知っているだろう。どんな顔で訪ねていけばいいのか。

私の逡巡をよそに、佐倉さんはさっさと門をくぐって寺へと歩いていった。私は後を追うしかなかった。

今回も、玄関に出てきたのは奥さんだった。奥さんは私を覚えていて、私の顔を見ると嬉しそうな顔をした……少なくとも顔を曇らせたり、気違いを見るような不安な表情はしなかった。以前訪れた時と、変わらないように見えた。

「ということは、そちらは奥さん？」

「いえ、違うんですよ」と佐倉さんは明るく言った。「私はカウンセラーです。今日は、彼が見たと言う掛軸をもう一度見せていただきに来たんです」

「掛軸？」

「ええ。彼が熱中症で、こちらのお寺で助けていただいたことがありますよね。その時、彼は掛軸を見たそうです。子供を奪う妖怪の絵が描かれた掛軸を」

「妖怪？」奥さんは首を傾げた。「うちにそんなものがあったかしら」

「妖怪というのは、何かの思い違いかもしれません。それを確かめに来たんです。本堂を見せていただいてもいいですか？」

「ええ、いいですよ。どうぞどうぞ。妖怪の掛軸は、たぶんなかったと思いますけどね」

奥さんに促され、私と佐倉さんは靴を脱いで廊下に上がった。突然訪ねてきたかと思えば、カウンセラーと一緒にやって来て、妖怪の掛軸がどうのと言い出す男をいったいどう思っているのだろう……と私は考えたが、奥さんは特に怪しむようなそぶりは見せなかった。私の現在の状況を何も知らないのか、あるいは知っていて素知らぬふりをしているのか。それとも、本当に何も気にしていないのかもしれない。

薄暗い廊下を通って、私と佐倉さんは本堂に通された。高くにあるガラス窓から光が差し込むモダンな本堂。奥には、大仏にも思える大きな仏像が睨みを効かせている。

奥さんと佐倉さんは後ろに控えて、私を前に行かせた。私が見たという掛軸を、私に見つけさせようとしている訳だ。私は本堂を見回し、すぐにそれを見つけた。仏像の脇の壁に飾られている、いくつかの掛軸のうちの一つだ。険しい崖の途中に張り付いた小鬼と、その小鬼に赤子を奪われて嘆いている女の絵。

すぐに、私は違和感に気づいた。前と違っている。絵から、赤子が消えている。崖に張り付いた小鬼は、手に何も持っていなかった。

「これですか？」と近づいて来た佐倉さんが言った。

「ええ……たぶん。でも絵が変わっている。前は、崖のところにいる妖怪が赤ん坊を抱いていました。それが消えています」

「絵は変わらないでしょ。この掛軸、以前は別のものだったりしました？」

奥さんにそう問いかける。奥さんは「いいえ」と言った。「本堂の掛軸は、季節ごとに変えますけどね。夏の初めに変えたきり、最近は変えていません。以前に来られた時のままですよ」

「じゃあ、別の掛軸なのかな。どうですか？」

今度は私に問いかける。問い詰められるようで、私はイラッとした。

本堂には他に三本の掛軸があった。ざっと見て回ったが、それらは以前に見たものにはまったく似ていなかった。風景画や花の絵だ。私は最初の掛軸の前に戻って来て、もう一度眺めた。前に見たのはこれだと思う。でも、赤子が消えているのも確かだ。

「それにこれは妖怪じゃないですよ」と奥さんが言った。「汚いなりをしているので、妖怪みたいですけどね。これは昔の説話に出てくるお話で、崖のところにいるのは偉いお坊さんです。この人は元は奥さんも子供もあったのだけど、ある時発心して家族も俗世間も捨てて、山に入り修行の道に入られたのですね。そうして数年経ったところへ、元の奥さんが訪ねてきて、奥さんも出家剃髪をして尼さんになる覚悟を決めて、仏の道に入ることにしたと言う。これは夫婦の感動的な再会シーンなわけですね」

「妖怪じゃないんだ！」と佐倉さん。

「まあ、山で修行するお坊さんは天狗みたいなもので、妖怪と紙一重ではありますねえ」

「じゃあ、赤ちゃんを奪うはずもないですね」

「むしろ、この奥さんは一人娘を親戚に預けてきてますね。娘を捨てても、仏の道に身を捧げる覚悟をするとはなんと偉いのか……って話ですね。子を捨てるって、今の目で見るとどうなんだろうって思うけど、まあ昔のお話ですからねえ」

私は掛軸の前に立って、周りで喋り続ける女性たちの声をどこか遠くに聞いていた。熱中症の後で私はこの絵を見て、そこで詩織に出会った。妖怪の絵だと詩織は言った。子を取る鬼でコトリ。嘆き悲しむ母親の姿を見て、食った子供に成り代わった。今は絵から赤子が消えていて、出家のために子供を捨てた母親を褒め称える絵だと言う。

消えた赤子は蒼太だ。コトリは蒼太を森の奥へと連れ去って、代わりに現実をすり替えていった。蒼太と茜が、事故で死んでいたという現実に。だから、手がかりである掛軸も入れ替わってしまっている。妖怪コトリを描いた絵から、妖怪じみた修行僧と子供を捨てた女を褒め上げる仏教説話に。この絵は、私に子供を捨てて諦めることを勧めているのか。そういう意図なのか。

辻褄は合う。辻褄は合っているんだ。理屈はきちんと通っている。おかしなことを言ってるわけじゃない。理屈の通ったことを言っているだけなのに。

でも、誰も信じてくれない。馬鹿なことを言ってると鼻で笑うばかりだ。真面目に取り合おうとしない。こうしている間にも、蒼太が力に取り込まれていく。どんどん取り返せなくなっていくのに……。

こうして現実を思い知らせて、佐倉さんは私を追い詰めているつもりなのだろう。でも、実際にはそうじゃない。寺に来てもどうにもならないことは、私には最初からわかっていた。こうして退路が断たれていくことで、私の選択肢は限られていく。私を追い詰めているつもりで、逆に自分を窮地に追い込んでいることに、佐倉さんは気づいていなかった。

寺を出ると、私は足早に歩いて車に向かった。運転席に座り、エンジンをかけると、エアコンの作動音とともにラジオが鳴り出した。ちょうどかかっていた曲が終わり、ニュースに切り替わるところだった。

「本日朝早く、兵庫県宝塚市島畑の医師、蘇芳隆行さんの自宅で、蘇芳さんと見られる男性が血を流して倒れているのを出勤した家政婦が見つけ、警察に通報しました。蘇芳さんは頭部に深い打撲傷を負っており、病院に運ばれましたが意識不明の重体です。県警は殺人未遂事件と見て、周辺の聞き込みなど捜査を開始しています」

追いかけてきた佐倉さんが助手席のドアを開けた。私はキーを回してエンジンを切り、ラジオの音声はぷつんと途切れた。

「大丈夫ですか?」と佐倉さんが言った。

私はハンドルに手を置いたまま、胸の動悸を抑えようとしていた。佐倉さんの顔を少しだけ見て、大丈夫ですよと笑みを見せる。上手く笑えたか、自信がなかった。

「もう帰りましょうか? 何もかもやめにして」と私は言った。考えるより先にそんな言葉が出て、自分でも意外だった。

「掛軸が思っていたのと違ったので、ショックを受けました?」助手席のドアに手をかけて外に立ったまま、佐倉さんは言った。「自分の記憶に裏切られることが続いて、辛いですよね。わかります。でも、それを受け入れられれば、楽になるんですよ。あともうちょっとなんです」

「あともうちょっと?」私は佐倉さんを見た。

「そうです。何事も、通り抜けるまでが辛いものです。抜けてしまえば、きっと心は楽になります。どうしてこんなことで苦しんでいたんだろうって、思いますよ」

「そうですか」と私は言って、佐倉さんを見上げて笑った。「もうちょっとですか」

私を見て、佐倉さんは少しホッとしたように笑った。

「神社の森に行きますか?」佐倉さんが言った。「さっき、お寺の後で行くって言ってましたよね」

「ああ……そうですね」私は言った。「まだ私に付き合ってくれるのでしたら、行ってみましょう」

私は再び車を降りた。佐倉さんは助手席のドアを閉め、周りを見回した。鳥居と、その向こうを登っていく階段に気づいて、指差した。

「神社って、あの階段の上ですよね」言って、先に立って歩いていく。

その後ろ姿を見送りながら、私は無性に悲しい気分になっていた。今、ほんの一瞬だけ、やめてしまうチャンスがあったのに。佐倉さんはそれに気づかず、やり過ごしてしまった。

私は車の後ろに回り、バックドアを開けた。トランクスペースには、黒いバッグが一つ置かれていた。昨夜から積みっぱなしのバッグだ。私は手を伸ばしてそのバッグを手に取り、肩から下げて、ずしりとくるその重みを肩に感じた。私はバックドアを閉じ、佐倉さんを追いかけて歩き出した。

4　深夜のドライブ

昨夜。夜が更けるまで待ってから、私は一人で街へと車を走らせた。最初に別荘に来た日から後は、佐倉さんに会うために一度だけ往復した。それ以来の道のりだ。いずれも昼間だったから、夜に走るのは初めてだ。ヘッドライトが照らす夜の道路の風景は妙に新鮮で、どこも初めて走るような気がした。かと思えば強い既視感に襲われ、まるで記憶の中を走っているような、悪夢の中にいるような、居心地の悪さを感じるのだった。そんな落ち着かない気分に振り回されながら、私は夜の高速道路をひた走った。

蘇芳先生の自宅に行ったことはなかったが、住所はカブトムシ荘に控えがあった。道路は空いていて、三時間もかからずに私は目的の家に着いてしまった。高台の高級住宅街の中にある、高い塀に囲まれた古い大きな邸宅だった。

家の前を通り過ぎてしばらく走ってから、小学校の運動場の裏、暗がりの道に車を停めた。エンジンを切った後、私はそのまま運転席に座って、自分がやろうとしていることを本当に自分がやるつもりなのか、考えていた。それはあまりにも愚かしいことに思えた。でも同時に、どうしてもやらなければならないことにも思えた。

だって、私はもう始めてしまっているから。

カブトムシ荘の地下室。機械室の中で、今も切れかけの蛍光灯の光を浴びているはずの北村の死体。始めてしまったのだから、途中でやめるわけにはいかないのだ。

「そうだよな、詩織？」と私は声に出して呟いた。だが、誰も答えなかった。

助手席に積んでいた黒いバッグを肩にかつぎ、私は車を降りて歩き出した。夏の名残りの暑さが残る日だったが、夜は涼しく、夜道を歩くのには心地よさがあった。空には白く明るい月があり、運動場の端っこで秋の虫の鳴き声が続いていた。

用心してかなりの距離をとったので、蘇芳先生の家までは結構長い時間がかかった。歩きながら、私は距離をとっても意味はなかっただろうと考えていた。高級住宅地にはあちこちに監視カメラがあって、私の姿も映ってしまっているだろう。この世界で、私はたぶん逃げ延びることはできない。

だから、私は最後までやり遂げなくてはならない。

私が助かる唯一の方法は、最後までやり遂げて現実を書き換えて、元の世界に戻ること。それだけなのだ。

やがて、私は蘇芳先生の家の前に立った。玄関の壁には道路に向いた監視カメラがあった。私はそれを真正面から見上げてしまった。まっすぐに、私の顔が映っただろう。すぐに顔を伏せたが、もう遅い。

迷う隙が生じる前に、私はインターホンを押した。目を閉じて息を吸い、反応を待った。長いこと反応がなく、私はこのまま何もせず帰れば、まだ取り返しはつくだろうかと考えていた。機械室の扉を開けて、もしも北村がまだ生きていれば。あるいは扉を開けてみたら、機械室には誰もおらず、北村を殺したと思っていたのは実はすべて夢だったということも、あるだろうか。蒼太や茜が夢だったみたいに。蒼太と茜と暮らした記憶が偽物だったなら、北村を殺した記憶だって、偽物であるかもしれないじゃないか。そうだ、早く帰って確かめてみなくては。慌ててその場を離れようとしたが、ちょうどその時にインターホンのノイズが鳴って、画面に蘇芳先生が出た。

「正木さん……ですか？」蘇芳先生は目を丸くしていた。パジャマの上にガウンを羽織っている。

「氷室におられるはずですよね」

「夜遅くにすみません。それも、いきなりお約束もせず」私は言った。「でも、どうしてもお話したいことがあったんです」

「別荘から大慌てで駆けつけてまでも、早急に？」

「そうです。早急に」

蘇芳先生はスクリーン越しに、じっと私を見つめた。何かを値踏みするような表情。私は目を伏せた。

追い返してくれればいいのに、と私は思った。そうすれば、まだ取り返しがつくかもしれない。

「……わかりました。そうですね、氷室であなたに起こったことは、私に責任があるとも言えるわけだから」蘇芳先生は言った。「少し待ってください。今玄関を開けに行きますから」

インターホンの画面が消えた。私はため息を吐いた。肩にかけたバッグのファスナーを開けて、これからすべきことの準備をした。

やがてがちゃりと鍵の回る音がして、蘇芳先生がドアを開けた。画面で見えた通りのパジャマにガウンを羽織った姿で、痩せて小さく見えた。私は深々と頭を下げた。

「どうも、お久しぶりです」と蘇芳先生は言って、私を玄関の中へと招き入れた。「家内がいないので、何のおもてなしもできないですが。それでもよければ、どうぞお入りください」

蘇芳先生はそう言って、先に立って廊下を戻っていった。私は靴を脱いでその後に続き、バッグの中から例の木の棒を取り出して、大きく振りかぶった。

何が起こったのか、蘇芳先生にはわからなかっただろう。会心の一撃だった。私は重力に任せて木の棒を振り下ろし、それは見事に向こうを向いた蘇芳先生の脳天に直撃した。音もなく、蘇芳先生は膝から崩れ落ちた。

私は何か不思議なことが起こったような気がして、手に持った木の棒をしげしげと眺めた。先の方に赤黒い血と、いくらかの白髪の髪の毛がこびりついていた。怖くなって、私は木の棒をバッグに戻し、ファスナーを閉めた。

私はこれまで、暴力的な人間であったことはなかった。私が腹を立てた時、怒りは衝動的な暴力ではなく冷静な嫌味や言葉による追及の形をとった。理詰めで相手の非を認めさせ、退路を断って追い詰める。そしてネチネチと時間をかけていたぶる。衝動的な行動と、どっちがマシなのかわからない。

私に叱られてめそめそ泣いている蒼太。茜が冷たい目をして、「どうしてそんな言い方をするの？」と問いただす。「悪いことは悪いと教えなくちゃ駄目じゃないか。蒼太の為だよ」と私は反論する。茜は冷たい顔のまま、「言い方ってものがあるでしょ」と吐き捨てる。

「手を出してなくても、暴力と同じよ」と茜は言った。確かにそうかもしれない。私はもともと、暴力が得意だったのかもしれない。高く振り上げた木の棒を、勢いよく相手の頭に振り下ろすのは、案外とても簡単だった。渾身の一撃はいとも容易く、崩れ落ちた蘇芳先生はそれっきり、ぴくりともしなかった。まるで床に脱ぎ捨てられたガウンの塊を見ているようだった。

奥さんが入院中だったので、蘇芳先生は一人だった。念の為、物置から取り出した木の棒を三本、バッグに放り込んできていたが、使う木の棒は一本で済んだ。私は力なく倒れている蘇芳先生を眺め、息があるか確かめようか迷ったが、結局何もしなかった。生きているようには見えなかったし、触るのはどうしても嫌だったからだ。

北村に続いて、蘇芳先生も一撃で倒してしまった。蘇芳先生がドアを開けてから数秒の、流れるような犯行。悲鳴もなく、反撃もない。まるで殺しのプロみたいだ。そんなに上手くいくものだろうか。人は、そう簡単には殺せないものじゃないだろうか。

こんなに上手くいっているのは、これが私が思い描いている想像に過ぎないからなのでは？私は実は今もカブトムシ荘にいて、他愛もない人殺しの妄想を頭の中で捏ね回しているだけなんじゃないか？

またしても足元の世界が揺らぐような不安がこみ上げてきたので、首を振って、余計な思考を頭から追い出した。蘇芳先生の体をまたいで廊下を先に進み、ポケットから出したハンカチを使ってドアノブに触れないようにしてドアを開け、リビングルームを覗き込んだ。

リビングには明かりがついておらず、真っ暗だった。蘇芳先生はもう寝室に引っ込んでいたのだろう。暗がりの中、壁で赤いランプが点滅していた。インターホンだ。私はどこにも触れないように注意しながらそこへ近づき、赤いランプが点灯しているスイッチを押してみた。画面に、訪ねてきた私の顔が鮮明に映った。私はスイッチを操作して、録画を消去した。

事後工作はそれだけで、私は速やかにリビングを出た。横たわっている蘇芳先生をもう一度またぎ、どこにも触れないよう靴を履いて、どこにも触れないようドアを開け閉めして外に出た。夜風に吹かれて初めて、玄関に監視カメラが設置されていたことを思い出したが、もうそれに対して何かする気にはなれなかった。私は家を離れ、車を目指して歩いた。住宅地を歩いていく間中、周辺の家の二階の窓から、誰かが見ている気がしてならなかった。

深夜から明け方へと向かう高速道路を走りながら、繰り返し込み上げてくる疑問があった。俺は何をしているんだ？　いったい何を、取り返しのつかないことをしでかしているんだ？

いや、これでいいんだ。ためらうことはない。すべては、家族のためなんだから。

言ったじゃないか。家族のためなら何でもするって。世界を敵に回してもいいって。死んでも、どんな犠牲を払っても構わないって。

家族を取り戻す。それ以上に大切にすべきことが、あるだろうか？

何度も同じ疑問を繰り返し、自問自答を繰り返している。だがこれも、世界が元に戻るまでの我慢だろう。やがてやるべきことをやり終えたら、世界はぐるりと反転して、何もかもが元に戻るはずだから。

それまではなんとか、勇気を出してやり抜かねばならない。

帰り道もスムーズで、まだ暗いうちにカブトムシ荘に帰ってくることができた。

眠気は感じず、頭はすっきりと晴れていたが、頭の奥の隅っこの方に、何かが痺れているような感覚があった。実は私は眠っていて、明晰に覚醒している夢を見ているような、そんなちぐはぐな感覚があった。

私の頭の中に麻痺した領域があって、そこに小さな部屋がある。

小さな部屋はカブトムシ荘だ。何もかもが木でできている。その部屋の中に小さな私と茜と蒼太がいて、川の字に並び、眠っている。

たぶん、あっちの方が本物で、今ここにいる私は彼らが見ている夢なのだ。

何かが狂って、本物と夢が逆転してしまったけれど、でもようやくここまで来たから。あとほんのちょっとで、すべてはもう一度逆転し、元の世界を取り戻すことができる。

私は平和なカブトムシ荘に戻るだろう。家族が待つ、木の温もりに囲まれたあの小さな部屋の中に。

「お父さん」蒼太の声がした。

はっとして、きょろきょろと辺りを見回す。もちろん誰もいない。早朝のカブトムシ荘のリビングは、死を思わせる冷たい闇に包まれていた。まるで、あの屋根裏部屋の暗闇がはみ出して、この家全体を包み込んでしまったような気がした。

5 森へ

長い階段を登って、二つ目の鳥居をくぐる。夏祭りの喧騒が嘘のように、今はがらんとして人影はなく、境内は前より広く感じられた。

「なんか、神域って感じがしますね」と佐倉さんは言った。「ちょっと、心が洗われる感じというか。気のせいかもしれないけど」

気のせいだろう、と私は思った。神社に神様なんていない。神様がいるなら、まさにその場所で蒼太が奪われるなんてことがあるはずがないだろう。

「あの場所で」私は境内を囲む森を指差した。「蒼太は奪われました。コトリと入れ替わったんです」

佐倉さんは私の指の指す方を見つめ、何か言おうと口を開けかけ、言うべきことを思いつけずにまた閉じた。

拝殿に向かわず、私は森の方へと歩いていった。佐倉さんは少し遅れて後に続いた。

少し前までセミが支配していた森は、秋の鳴く虫に取って代わられていた。夏の終わりに鳴くツクツクボウシさえ聞かれなくなって、聞こえるのはキリギリスとコオロギの声。図鑑の該当ページにはもっといろんな虫の名前を掲載したが、入り混じっていて私には聞き分けられない。蘇芳先生ならわかるだろうか、と私はふと思った。

「月が出ていました。赤い月が」歩きながら、私は言った。「列車事故の夜と同じです。おそらく、赤い月は力の源泉になっているのだと思います。力を増幅させているんですね。あるいは、月こそが力そのものなのかもしれない。そこまでは、よくわかりません。それはたぶん、人間の理解を超えたものなんだと思います。でも、何らかの影響を及ぼしているのは確かでしょう」

「月……ですか」小さな声で、佐倉さんが言った。

「列車事故の夜、月は目をつけたのだと思います。あの事故で生き延びた蒼太と茜に、目をつけた。あの夜に取り損ねた蒼太と茜を、ずっと狙っていたのだと思います。そして、ここまで追いかけてきた。祭りの夜、満月だったのは迂闊でした。前もって気付いていたら、蒼太を連れて行きはしなかった。どんなに蒼太が行きたがっても」

神社と森の境で私は立ち止まり、佐倉さんもいくらか後ろで止まった。

「ええと、正木さん」佐倉さんの声が聞こえてくる。「正木さんのお気持ちはわかります。事実を認めたくない思いは、本当に。でも、正木さんは一度は認めたはずです。蒼太くんと茜さんは、列車事故で亡くなったのだと。それは事実なんですよ。記録も残ってる、客観的な事実です。正木さんが認めなかったら、事実もなくなるというわけにはいかないんですよ」

私は笑った。

「佐倉さんは、世界の仕組みをわかっていないんですね。大人なのに。いや、大人だからかな？」

「……そうですか？」

「世界は、私たちの認識の中にあるんですよ。誰も、主観的な世界から外に出て行くことはできないんです。だから、世界は認識次第でいくらでも変わって行くんです」

「それとこれとは……」

私は境界を踏み越え、森の中へ入った。

「正木さん！」と佐倉さんが呼びかけた。

熊笹をかき分け、その向こう側に出て、私は振り返った。森の暗がりの向こう、境内の明るい光の中で、佐倉さんが戸惑っている。光と影のコントラストが強烈で、神社と森との境界で世界が本当に別れているように見えた。

「来てくれないんですか？　森に行きたいと言ったでしょう？」

「言ったけど。正木さんはどこに行こうとしてるんですか？」

「蒼太を取り戻す。蒼太はここで連れ去られたんだから」

「この森の奥に蒼太くんがいると？」

「そうです。一緒に来てもらえませんか？」

佐倉さんは戸惑っていた。辺りを見回すけれど、近くには誰もいなかった。影の中の私と、光の中の佐倉さん。今ここにいるのは、それきりだった。

「信じられないですよね。わかります。でも、僕も簡単に引き下がるわけにはいかないんです。家族を取り戻す可能性が僅かでもあるなら、たとえそれがどんなに馬鹿馬鹿しく見えたとしても、そのままにはしておけない。その気持ちがわかりませんか？」

「それはわかりますよ。でも……」

「お願いします。もしこれで何も得るものがなかったら、これっきりにします。蒼太と茜を諦めて、今の現実を受け入れます。だから、一緒に来て見届けて欲しいんです」

「本当に？　これが最後ですか？」

「約束します」

佐倉さんは境界を踏み越えて、森に入った。光を出て、影の側に。私は戻って、彼女が熊笹の藪を超えるのを手伝った。よろける彼女の手を取って支え、森の中の空間へと引き入れた。

「……ありがとうございます」と佐倉さんは言った。

「いえ、こちらこそ」と私は言った。「来てくれてありがとうございます」

「言っておきますけど、正木さんの言ってることは、私は信じていません。森の中をいくら行っても、何も見つからないと思う。ただ蚊に刺されるだけです」

「そうかもしれないですね」

「だから、約束してください。三十分歩いて、蒼太くんに会えなかったら、さっき言ってたように現実を受け入れて、引き返すと」

「三十分ですか。厳しいですね」私は腕時計を見た。「一時間はもらえませんか。三十分なんて、すぐだ」

佐倉さんはため息を吐いた。「じゃあ、四十五分で」

私は笑った。値切るような佐倉さんがおかしかったのだ。私が笑ったので、佐倉さんも少しリラックスしたようだ。

「約束は絶対に守ってくださいね」と佐倉さんは言った。

森の中を、私は先に立って歩き出した。数歩遅れて、佐倉さんが後に続いた。

あの夜、暗闇の中ではひどく歩きにくかった森の中だが、明るい時間帯にはまるで印象は違っていた。足元の地面は落ち葉に覆われ、あちこちに木の根が盛り上がっていたが、見えていれば足を取られることはなかった。木漏れ日は柔らかく、湿気を含んだ木々がもたらす涼しさがあって、陽のあたる場所よりもよほど居心地が良かった。まるでピクニックのようだ。佐倉さんが言った通り、神域の森の心地よささえ感じた。

ガサガサと、自分たちが落ち葉を踏む音が響いた。虫の鳴き声が断続的に続き、頭上では鳥がさえずっていた。

「こんな時になんだけど、やっぱり気持ちいいですね、森の中は」佐倉さんが言った。「森の中で守られているように感じるのは、やはり人間の本能なんじゃないでしょうか」

私は相槌を打ったが、私が返事するかどうかに拘らず佐倉さんは喋り続けた。彼女はどうやらこの気詰まりな道行きを、喋り続けることで乗り越えることに決めたらしかった。

「森は安らぎの象徴で、人の心を落ち着かせ、癒してくれる。そんなふうに思っていたけれど、こうして実際に森の中に身を置いてみると、たくさんの生命の気配を感じますね。静かどころか、にぎやかなくらい。虫の声や、鳥の声。動物もいるのかな。こうして目に見えない生き物の気配を感じていると、昔の人が神様や精霊を感じるのがわかる気がします。森は、想像力を活性化させるのかもしれない。

私たちは正木さんが傷ついた心を癒してくれることを期待して、この場所で過ごすことを勧めた訳だけど、どうなんでしょう。私たちはただ、正木さんの想像力をより豊かにするお手伝いをしただけだったのかもしれない。

森の中にいて、たくさんの気配に囲まれていると、一人ではないと強く感じます。自分が一人ぼっちじゃないという感覚を感じる。自分が大きなものの一部であるような……自然と繋がっているような。

そうか。この感覚なんですね、きっと。正木さんが、奥さんや息子さんを間近に感じることができたのは。繋がっちゃった……のでしょうね。死後の世界と繋がってしまった。チャネリングってこういうことなのかな。自然と繋がるのも、死後の世界と繋がるのも、きっと同じようなことなんでしょうね。ここにいると、なんとなくそれがわかります。

でも……そんな感覚を強く感じた上で、なおかつ私は思うのだけど、正木さん、これはたぶん、錯覚ですよ。

意識の錯覚。森の中で方向感覚がなくなって、道に迷ってしまうような。

自然と繋がるとか、神様と繋がるとか、大いなる何かと繋がるとか。よく言いますよね、繋がりを感じたんだって。死後の世界と、幽霊と繋がる。でも、これたぶん、どことも繋がってない。繋がってるのは、自分自身の心の中ですよ。

森の中にいて、何かと繋がった気がする時、それは自分自身と繋がってる。

だから、人が神様を見出すのは、自分自身の深層から、なんでしょうね。幽霊と出会ったり、いない人の声を聞くのも。自分自身の内なる声を聞いてる。でも、それが妖怪や悪い力だと感じるなら、きっと……」

佐倉さんは黙った。何かを考え込んでいるようだ。やがて私が立ち止まると、佐倉さんは危うく私の背中にぶつかりそうになった。

「ああ、正木さん、私は……」

言いかけた佐倉さんに、私は前方を指差して示した。足元に長く大きな根をくねくねと這わせている、ひときわ大きな木があった。その根元に寄りかかるように、柱のような形の小さな石が立っている。

「よく見てください。摩耗しているけど、表面に文字が彫られた跡がある。これは石碑ですよ」

「石碑？　本当ですか？」

佐倉さんは疑わしげな顔をして、石の方へと屈み込んだ。

「……文字なんてないですよ。自然の造形が、それっぽく見えるだけでしょう。単なる石ですよ、これ」

私はうんざりした。何もかも、否定せずにはいられないのか。

「単なる石であるはずがない」と私は言った。「だってここは、特別な場所なんだから」

「特別な場所？」

「石碑の向こうを見てください。見覚えのある景色じゃないですか？」

大きな木の向こうは、岩が露出した崖になっていた。それほど高い崖ではない、四～五メートルほどの岩の斜面だ。それでも高低差で森が分断され、崖が作る影が落ちていた。

「見覚え？　……ああ。もしかして、掛軸ですか？」

「そうです。そっくりでしょう？　あの場所ですよ。コトリが赤ん坊を連れ去った場所です。あの崖から向こうはコトリの領域なんです。石碑はきっと、それを示しているんでしょう。ここから先に行くなという、昔の人が作った警告なんです」

「正木さん、しっかりしてください」佐倉さんは言った。「あれはただの崖です。石碑だって、ただの石です。あなたは何でもないものに、無理やり意味を見出してしまってる。本当は自分でも、気付いているんじゃないですか？」

「崖と石碑だけじゃない。崖の上には、祭壇があるんです。たぶん昔の人が、コトリに供物を捧げたんでしょう。もしかしたら、生贄もあったのかもしれない。それを見れば、わかってもらえるはずです」

「祭壇？　崖の上に？」

「大丈夫ですよ。あっちに回っていくと、ゆるい坂道になってます。歩いて崖の上に行けるんですよ」

私は崖に向かって歩いたが、佐倉さんは動こうとしなかった。私は立ち止まって、振り返った。

「正木さん、前にもここに来てたんですか？」と佐倉さんが聞いた。「今日ここに来たのは、私を連れてくるため？」

私は答えに詰まった。肩に下げたバッグの紐を、ぎゅっと掴む。

「あの、私もう戻ります」佐倉さんが早口で言った。「まだ約束の時間は経ってないけど、でもほら、もう暗くなってきそうだし。先に戻って、神社のところで待ってますから」

振り返って、佐倉さんは早足で歩いていった。こんな時でも走り出さないのが、不思議と人間というものの性質だ。そんなことを思いながら私は肩にかけたバッグを開けて、中から木の棒を取り出した。

佐倉さんと私それぞれが、落ち葉を踏み鳴らすカサカサという音だけが、森の中に響いていた。無言のまま、私は佐倉さんに追いついて、その逃げていく後頭部に木の棒を振り下ろした。がつんと鈍い音がして、佐倉さんはバランスを崩した。蘇芳先生の時のようにうまくはいかず、佐倉さんは膝をついて、起き上がろうともがいていた。佐倉さんは言葉にならない声を出しながら振り向いて、怯えた目を見開いて私を見上げた。

私は木の棒を振り下ろした。木の棒は佐倉さんの側頭部をかすめ、私は棒を取り落としてしまった。落ち葉の中に落ちた棒を見失ってしまい、私は慌ててバッグに手を突っ込んで、予備の棒を手探りした。

私を見上げている佐倉さんの髪から頬にかけて、赤い血の筋がたらりと流れた。佐倉さんは白目をむき、何か意味の取れないつぶやきをブツブツと漏らして、前のめりに落ち葉の中に倒れた。

6　コトリの崖

夜明け前に、もう一度カブトムシ荘を出た。長いドライブで体は疲れ切っていたが、蒼太に呼ばれている気がして、いてもたってもいられずに私は歩いて神社へ向かった。

視界がぼんやりと霞むような薄明の暗がりの中を、一人で歩いていった。ひと気のない村の参道をひたすら歩く。階段を登って神社の境内に入り、森に踏み込む頃に日が昇った。ずっと夢を見ているような、ぼんやりとした意識の中に私はあった。コトリが蒼太を連れ去った森へ、私は足を踏み入れた。

少しずつ明るさが増す森の中を歩き続けた。下草は夜露に濡れていて、足はじきにぐっしょりと濡れ、靴は泥だらけになった。少しでも奥へ、森の奥へと、私はただそれだけを考えていたが、本当に奥へ向かえていたのか、あるいは近い距離をうろうろと彷徨っていただけか、自分でもよくわからない。森の中では方向感覚は失われ、時間の感覚もとうになかった。

歩き疲れて半分眠り、朦朧とする視界の中に、掛軸の墨絵の崖がふわりと浮かび、その途中に逆さにしがみつく猿のような生き物の姿を私は見た。コトリだ、と興奮して目を覚まし、目を覚ましたことで墨絵の崖とコトリは消えた。代わりに、現実の崖が目の前にあった。コトリはいなかったが、それは確かに掛軸に描かれた風景だと私は思った。

崖の前には大きな木があり、その前には道しるべのような形をした石があった。それらの風景は、いかにも意味ありげに思えた。石は半ば土に埋もれ、落ち葉に沈んでいたけれど、うっすらと文字が書かれているようにも見えた。

鳥のさえずりが、間近のどこかの木の上で聞こえていた。とても近くに聞こえるが、どこにいるのか姿は見えない。鳥はコトリで、さえずる声はコトリが私を見て発している声なのかもしれない。ここはコトリの領域だ。コトリと、それにコトリの属する大きな力が支配する領域。私はそこに足を踏み入れている。

ということは、蒼太はこの近くにいるはずなのだ。

「蒼太！」と大声をあげた。木の上の鳥が驚いて声を潜め、枝を揺らして飛び立った。音と気配ばかりで、やはり姿は見えなかった。だから、それもコトリかもしれない。

「蒼太！」と呼びかけて、崖の周りをうろうろと歩きまわる。そして、崖の裏側へと回り込んで登っていく緩やかな坂道を見つけた。落ち葉に足を滑らせながら、私はあたふたと崖の上へと登った。

崖の上には、広いスペースが開けていた。ちょうど円形に木々のない領域があって、あたかも人工的に作られた広場のように見える。落ち葉に覆われた丸い広場を前にして、崖に近い位置に平たい大きな石があった。祭壇だ、と私は思った。胸に届くほどの高さがあって、ちょうど人を一人横たえるのにふさわしい大きさと形の、それは祭壇に違いなかった。崖を背に、円形広場を前にして、まるで野外劇場のステージのようにも見えた。

目に見えない磁力のようなものを感じて、私は祭壇に近づいていった。視線を感じ、顔を上げると、祭壇の上に詩織がいた。平たいテーブルの形をした石の上に、足を伸ばして座っている。木々の切れ目から差し込む朝の光を浴びて、詩織の白い制服は自ら光を放っているように見えた。スカートから伸びる白い足を、詩織はぱたぱたと揺らした。

まっすぐ私を見て、微笑みながら詩織は言った。

「ずいぶん時間がかかったけど、やっとここに辿り着いたのね。臆病風に吹かれて、もうやめてしまうのかと思ったけど」

「蒼太はここにいるんだろう?」私は祭壇に手をかけて、詩織に問いかけた。「お願いだ。もう蒼太を返してくれ」

詩織は私を見下ろして、意地悪く笑いながら首を横に振った。

「まだよ。まだもう一人残ってる。自分でもわかっているんでしょう?　最後までやり遂げなくちゃ、蒼太は戻ってこないって」

どっと、疲れが体にのしかかる。自分の体重が倍ほどにも重くなった気がした。

「そんな」私は言った。「そんなの、無理だ。もう二人もやったんだから、それでいいんじゃないか？　佐倉さんは力の手下じゃないよ」

詩織は眉をひそめ、残念そうな顔をした。なんだかわざとらしい、大げさな表情だ。

「ああ、そうなんだ。怖気付いたのね。途中でやめちゃうんだ。じゃあ、しょうがないね。蒼太のことは、諦めるんだ」

「諦める訳がないだろう。ないけど、でも……」

「悪い力に操られて、世界をおかしな形に書き換えてしまった、人間のコトリを排除する。それを最後までやり遂げないと、世界は元には戻らないよ。

そして最後の一人は、この場所に連れて来なくちゃならない。そして、この祭壇に捧げるの。大いなる力が、蒼太と茜の代わりに受け取ってくれるように。

なぜって、ここに祭壇があるから。そうなるように、決まっていたんだから。そうでしょ？　そうでなかったら、どうしてこんなところに祭壇があるの？　しかもその祭壇を、あなたが偶然見つけるの？

すべては偶然なんかじゃない。偶然なんかであるはずがない。ここに祭壇があるのが、その証拠。あなたのやるべきことは、最初から決まっていたのよ」

そう、偶然じゃない。偶然であるはずがない。この世界を支配するのが偶然なら、何の落ち度もない人も、根っからの悪人も、等しく誰もが不条理な死を避けられないことになってしまう。そんな不平等なことが、世界の原則だなんてあり得ないことだ。この世界には仕組みがあって、何らかの力が働いているのだ。そのことを証明するためにも、私はやり遂げなくてはならないのだ。

蒼太のために。茜のために。何の罪もなく奪われた、不条理な犠牲者を取り戻すために。そのためなら、私は恐れずに犠牲を払わなくちゃならない。

「大いなる力は、代償を求める」歌うように、詩織は言った。「頑張って、最後までやり遂げて。そうすれば、力は世界を元に戻すでしょう」

どうする？　と詩織が聞いた。最後までやる？　それともやめる？　どこか面白そうに。私を挑発するように。

「そんなの、決まってるだろう」と私は言った。

詩織は答えなかった。見ると、祭壇の上には誰もいなかった。近づいて、私はそっと祭壇に触れてみた。表面には砂埃と落ち葉が溜まっていた。近寄って見ると石の表面はごつごつとして、さっきの印象ほど滑らかなものではなく、ただの石であるようにも見えた。

あと少し。もう数時間すれば、佐倉さんは自分からカブトムシ荘にやってくる。残るは、カブトムシ荘からこの場所までの僅かな距離だけだ。それさえ乗り越えれば、この苦行は終わる。何もかもがひっくり返って、私は蒼太と茜を取り戻す。

頭の中の雑念を振り払い、私は坂道を下りていった。

気をつけて森の中の道筋を確認し、木の枝を折って目印をつけながら、私は森を戻っていった。それは集中の必要な作業だったから、余計なことを考える余裕はなかった。何度か行ったり戻ったりし、行き道の三倍くらいの時間をかけて、森の中で迷わないことを確信してから、神社を出て急ぎ足で家へ帰った。

村を抜ける途中で何人かの人とすれ違い、好奇や非難の視線を感じたが、目を伏せてやり過ごした。歩き疲れてカブトムシ荘に戻る頃、体はぐったりと疲れていたが気分は晴れて、高揚していた。ようやく、やるべきことが決まったから。

私はそのまま書斎に入って、残っていた仕事を片付けにかかった。

7　祭壇

しばし虫の声がやんで、静寂が訪れた。思わず、息を止めて気配をひそめる。じきにまた虫が鳴き出し、リーリーと途切れないコオロギの合唱が戻った。

佐倉さんは落ち葉に顔を埋めて、うつ伏せに倒れていた。棒で殴った後頭部の髪に、赤黒く染み出した血が見える。両手は体の横に、手のひらを上に向けて投げ出されていた。手足はまっすぐ伸びていて、妙に姿勢よく見える。しばらく見ていたが、佐倉さんは動かない。またしても一撃で仕留めてしまったのだろうか、と私は思い、何だかおかしいような気分になった。私は職業を間違えたのかもしれない。プロの暗殺者になっていたら、ひとかどの人物になれていたかもしれない。どうやってプロの暗殺者になるのか、さっぱりわからないが。

私は佐倉さんの体と、目の前の崖を交互に眺めた。ここからは、崖の上にある祭壇は見えない。本当なら崖の上まで行って、祭壇のすぐ近くまで行ってから、棒を使うつもりだったのだ。とは言え、ここまで一緒に歩いて来てくれただけでも出来過ぎだったと言えるだろう。運が悪ければカブトムシ荘で手を下し、ここまで彼女を担いで来なければならなかったところだ。

私はバッグを地面に置いて、佐倉さんの背中をまたいで立った。両腕の脇の下に手を差し込んで、羽交い締めをするような形で彼女の上半身を持ち上げる。そしてそのまま、ずりずりと引きずって進んでいく。地面に厚く積もった落ち葉のおかげで、下半身は上手く滑ってくれた。だが崖の脇を回り込んで登っていく坂道に差し掛かると、自分の足が滑り出した。何度も足を取られ、空回りする。

悪戦苦闘の末、坂道の途中で一度佐倉さんの体を置いた。この体勢では無理だ。私は佐倉さんの肩に手をかけ、うつ伏せだった体を転がして、仰向けにした。ずっと見えなかった佐倉さんの顔が、落ち葉を撒き散らしながら表を向いた。

できれば、彼女の顔を見たくはなかった。顔を見ずに済ませてしまいたいと、私は思っていた。ずっと落ち葉に突っ伏していた佐倉さんの顔は泥まみれで、髪の毛には大量の落ち葉や小枝が絡まって、ひどい有り様だった。おかげで、それほど怖気付かずに済んだとも言えるだろう。いつものきれいな顔のままだったら、私は直視できなかった。

あらためて佐倉さんの背中と膝下に両手を差し入れ、力を込めて立ち上がる。足元が滑り、危うくもろともにひっくり返りそうになったが、どうにか踏み止まった。全身から汗をダラダラ流しながら私は踏ん張り、一歩ずつ慎重に歩を進めて、佐倉さんを運んで坂道を登っていった。

やがて、祭壇が見えてきた。崖の上の円形の広場と、崖に面したテーブル状の石。

石の上に、詩織が座っていた。白い足をパタパタと揺らし、私を見て微笑みながら手を叩いている。ぱちぱちぱち……と、彼女の拍手の音が森に響いた。

「おめでとう」と詩織が言った。「そんなに勇気があるなんて、思ってなかった。とてもやり遂げられないと思ってたわ。おめでとう」

詩織にほめられて、私は誇らしかった。思わず、照れ臭い笑みを浮かべてしまう。母に褒められているような、懐かしい気分になった。

詩織は優しく微笑んで、佐倉さんを抱えた私に向けて手を差し伸べた。

「さあ、ここへ来て」詩織は言った。「もう少し。あともうほんの少し頑張れば、またみんなに会えるから」

一歩、また一歩、私は祭壇へ歩みを進めた。詩織がじっと見つめている。薄い笑みを浮かべて、汗水垂らして必死になっている私を見ている。応援しているのか、面白がっているのか。最後の力を振り絞って佐倉さんの体をもう一段持ち上げ、詩織の手前、祭壇の平たい石の上に横たえた。

ぱちぱちぱち……と拍手の音。

「すごいすごい。よく頑張ったね」

私は祭壇に寄りかかり、手を膝について、まともな呼吸が戻ってくるのを待った。喉がぜいぜいと鳴り、心臓が激しく打っていた。

「……それで？」息を切らせながら、私は詩織に問いかけた。「それで、これからどうなるんだ？蒼太と茜はいつ帰ってくるんだ？」

急に、不安になってきた。この次の展開がわからない。この次のことを、詩織は何も話してくれていない。

もしもこのまま何も起こらなかったら。そうしたら、私はいったいどうしたらいいのだろう？まだ呼吸は元に戻らず、膝がガクガクしていたが、じっとしていられなかった。祭壇の横を通って、詩織の方へと近づこうとした、その時。

祭壇の上で、佐倉さんががばりと身を起こした。私は顔を上げ、見下ろしている佐倉さんと目が合った。黒く汚れた顔の中で、血走った目が大きく見開かれていた。

佐倉さんは長い足をバネのように曲げ、そして勢いよく伸ばした。強烈な狙い澄ました両足のキックを、私はまともに胸に受けた。

胸に直撃を喰らって息は止まり、私の体は背後に吹っ飛んだ。その瞬間、痛みや怒りを感じるより先に私にあったのは、むしろ感心だった。さすが佐倉さんだ。もうずいぶん前から、目を覚ましていたに違いない。それでもじたばた暴れずに、私に最大のダメージを与えるチャンスを待っていたのだ。

そして、まさしくそれは絶好のチャンスだった。私の後ろに地面はなく、コトリの崖を私は背中から落ちていった。そして数メートル下の地面に激しく頭を打ちつけた。

強烈な衝撃があって、世界が揺れた。見上げた光景、砂がパラパラと落ちてくる崖の斜面が、二重写しになっている。そのまま意識が遠のきそうになったが、私は必死で世界にしがみつき、手足をバタつかせてもがきながら起き上がった。

どろりと生温かい血が、頭から流れてくるのを感じた。これまで経験がないくらいの大量の血が、目や口に入ってくる。揺らぐ視界が赤く染まり、更に見えにくくなる。でも今は痛みより、私を捉えていたのは焦りだった。祭壇に、佐倉さんのところに戻らなくては。早く。早く。

流れる血を拭きもせずに、私はもがいた。何度も落ち葉で足を滑らせ、膝をつきながら、何とか立ち上がる。顔を上げ、崖の上へ向かう坂道を目指す途中で、さっき置いた黒いバッグに気がついた。その中から木の棒を拾い上げて、私はよたよたと坂道を登った。

崖の上では、祭壇の上には詩織だけがいて、つまらなそうに足をぶらぶらさせていた。私を見ると無言のまま、広場を囲む森の方を指差す。

詩織の指の先に目を遣ると、森の奥、木々の合間の暗がりに、一目散に逃げていく佐倉さんの背中が見えた。

下草を掻き分け倒木を乗り越えて、佐倉さんは走っていく。私も追いかけようとしたが、頭に受けた傷が響き、足がもつれた。前を見ると、佐倉さんもまた足がもつれていて、木々で体を支えながら、それでも必死で私から遠ざかろうとしていた。木に肩を預けた彼女が振り返り、私を見て、すぐにまた顔を背けて森の奥へと走る。その表情を見て、私は少し、傷ついたような感情を覚えた。

佐倉さんは、私を憎んでいる。忌まわしいもののように私を見て、私から一刻も早く離れようと、ただそれだけに必死になっている。それはそうだ。当たり前だ、私は彼女を殺そうとしたんだから。その通りなのだけれど、それでも私は傷ついた。なんだか不当な非難を浴びせられたような気がした。私は本当は、そんな奴じゃないのに。人を傷つけるような人間じゃない。もし、これほどまでに切迫した事情がなければ。蒼太と茜の存在が、それに賭かっているのでなかったら。

「逃げちゃうよ？」と詩織が言った。「ほら、もうあんなに遠くに行っちゃった。ぐずぐずしてたら、このままどこかに行っちゃうよ。そうなったら」

言って、詩織は意地悪な笑みを浮かべた。「何もかも無駄になっちゃうね」

「逃がすもんか」と私は言った。「今度こそやり遂げるさ。絶対に」

力を込めて木の棒を握り直し、私は森を走り出した。

8　森の声

体はボロボロだったが、私には高揚感があった。それは本能的な、狩人の興奮かもしれない。あるいは頭に負った深い傷に対抗して、盛大にアドレナリンが分泌されているのか。

木から木へ、幹に手をついてバランスをとりながら、私は森の中を走った。前を見ると、長い髪を振り乱して、佐倉さんが同じようにして走っていく。佐倉さんにもアドレナリンが出ているに違いないと、私は思った。

なかなか間は縮まらなかった。佐倉さんも必死だ。お互いにひどい傷を負い、命がけの追跡と逃亡。ついさっきまでは、穏やかにスパゲッティを食べていたのに。この状況そのものが悪夢のようだ。不条理で、繋がりが理屈を超えている。

走るほどに、森の様相が変わってきた。穏やかなドングリ林だったのが、いろいろな木が入り混じる鬱蒼とした原生林に変わってきている。下草はどんどん濃く高くなり、木々も樹齢の高そうな巨大な木が多くなってきた。太い根が複雑に地面を這い、大きな倒木が道を塞ぐ。木々の表面は緑の苔で覆われていた。

崖は背後に遠ざかり、木につけた目印などはとっくに見失っていたが、神社から遠ざかっていることはわかった。私たちが迷い込んだのは、人の手の入っていない森だ。より深く、山奥の方向へと向かっている。

佐倉さんは木の根を乗り越え、倒木の隙間をくぐり抜けて逃げていく。逃げるスピードは落ちていたが、追う私も同じ障害に阻まれて、距離はやはり縮まらない。むしろ視界が悪くなり、佐倉さんの姿を見失うことが増えてきた。

私は焦った。このまま逃げられてしまったら、これまでの苦労が無駄になる。蘇芳先生の犠牲も無駄になってしまう。多くの血を流し、多くの人を裏切った。それもこれもすべて、蒼太と茜のいる世界の為だ。何の罪もない二人が何の理由もなく突然命を奪われる間違った世界ではなく、もっと真っ当な法則に従った正しい世界。生半可の努力では、世界を取り戻すなんてできない。だが、ここまでの犠牲を払ったのだから、きっと世界は本来の姿に戻り、正しい歴史を刻み始めるはずなのだ。

やり遂げさえすれば。世界が元に戻れば、みんなも救われるはずなのだ。蘇芳先生も北村も、佐倉さんも元に戻る。蒼太たちがそうなるように、死んだ人々も生き返り、何事もなかったような日常に戻るはずだ。そう、これは彼らの為でもあるのだ。それなのに、何もわかっていない奴らが邪魔をする。

佐倉さんも蘇芳先生も、何もわかっていない。彼らは人の心を扱っていると言いながら、表面だけしか見ていない。彼らは、人の心は二次的なものに過ぎないと思っている。客観的な揺るぎない世界というものが先にあって、心はそれを映画のように映し出しているだけに過ぎないと。彼らは心のプロを自称しながら、人の心を過小評価している。

本当はそうじゃない。わかっているのは私だけだ。そうじゃなくて、心が何よりも先にあるのだ。人の心こそがすべてに先行する実在で、我々が現実世界と呼んでいるものは、心が創り出した二次的な加工物に過ぎないのだ。心の数だけ世界があって、人々はそのうち折り合いのつく部分だけを共有して、それぞれの世界の一部を分け合って生きている。それが世界というものの真の姿だ。その証拠に、我々は自分自身の主観を離れて世界を見ることなどできないはずだ。どんな客観的な観測も、必ず主観の中にある。

蒼太たちと暮らして、私はそれを実感した。蒼太と茜と三人で、カブトムシ荘で暮らした世界は本物だった。蘇芳先生や佐倉さんはそれを偽物だと言い、こっちこそが本物だと押し付けるけれど、それは傲慢というものだ。どっちが本物かなんて、ないのだ。たとえ蒼太と茜が列車事故で既に死んでいて、ここで一緒に暮らした日々が、私の心が創り出したものだったとしても。それでもなお、それは私が帰るべき世界だ。私には、自分の本来の世界を取り戻す権利があるのだ。

そんな理屈を頭の中で弄びながら、私は草を掻き分け、木の根を乗り越えて進んだ。周囲の木々は初めの頃よりずっと高く、天高くそびえ立っていて、私は自分が小さくなって、昆虫の世界に迷い込んだ気がした。苔は湿っていて何度も滑った。足下を見ないと転びそうになるので、前方を見張ることも難しくなっていた。最後に佐倉さんの後ろ姿を見てから、もうずいぶん経っている。私は焦った。

いつの間にか、森はずいぶんと暗くなっていた。森を覆う木々がより深く、厚みを増しているのもあったが、それだけではない。日が陰ってきたのだ。もうすぐ、夕闇が訪れようとしている。様々な野生動物の声が、木々の間を谺している。野生動物……なんだろう、たぶん。妖怪かもしれないが。姿は見えないのでわからない。いくつもの木にぶつかって反響し、どの方向から聞こえているのか、いくつ聞こえているのかもわからない。

コトリの声も聞こえる。猿のような、鳥のような、何者ともつかない笑い声。コトリの棲家に近づいているのなら、蒼太と茜も近くにいるのだろうか。それとも、単なる猿か鳥？　あるいは昔話に出てくる、爺さんを騙した狸だろうか。

人がつける名前に、意味などないのだろう。この森の奥では、それはただ森の声だった。いつの間にか、森の声は私をすっぽりと取り巻いていた。

森は心を映す鏡だ、と私は思った。得体の知れない声を出す、姿の見えない何らかの生き物たちも、結局は私の心の中に住んでいる物たちなんだろう。森はいくつもの木でそれを響かせ、心のエコーを増幅させて、具象に変えて出現させる。それが妖怪、幽霊、おばけなのだろう。だが心が世界に先行する限り、そういった存在もまた実在なのだ。区別する理由は何もない。

どんどん増えていく森の声に取り巻かれながら、私は先へ先へ、森の奥へと進んでいった。佐倉さんの姿は見えない。暗がりが増して、ますます先は見通せない。じきに本当に夜になったら、佐倉さんを見つけるどころじゃない。まともに歩くことさえ出来なくなるだろう。苔だらけの倒木を乗り越えようとしたところで足を取られ、私は脆い土の斜面を滑った。下りきったところで尻をついて止まり、座った姿勢で森を見上げた。

動きを止めると、傷の痛みが意識されてきた。打たれた箇所そのものの痛みより、全身に毒が回ったようなきつい怠さと苦痛があった。一日気力をなくしたら、立ち上がれなくなりそうだ。こんなところで立ち上がれなくなったら、このまま死ぬしかないだろう。

座ったままで見渡すと、森の風景は美しかった。苔むして濃厚な緑の木々の中に、遥かな高みから夕暮れの薄い光が射し込んでいた。ここはどこだろう。別荘地からどれくらい遠いのだろう。あの列車事故の夜からあちこち彷徨い歩いたあげく、こんな森の奥に辿り着いた。

森の声が聞こえていた。風の音、木々のざわめき。草むらで鳴く虫の声。昆虫か小さな生き物が、落ち葉の中で歩く音。鳥か獣かあるいは物の怪の笑い声。私をぐるりと取り巻いて、まるごと呑み込んでしまったようだ。森の胎内に、私はいた。

落ち葉の下を飛び跳ねるコオロギや、藪をふわふわ飛び回る蛾や、木の幹を這い回るトカゲやカナヘビ。狸や鹿や、猿やなんらかの獣や鳥。あるいは物の怪、それとも幽霊。いろんな小さなものが集まった、森全体の意思を私は感じた。それは今この森の奥で、圧倒的な存在感を持っていた。なるほど、と私は思った。これが詩織の言う大きな力か。人や自然に影響を及ぼす、とても大きくて強い力。それは名前をつけられず、具体的な姿も持たない。なぜなら、それは森の中にあるあらゆる存在の集合だからだ。森そのものと言ってもいい。見えないし形も持たないが、確かにそこにある大きな力の存在を、私は強く感じた。

そんな小さなものの集合が、人を操り、運命を変え、世界を書き換えるほどの強い力を持っている。月のリズムに合わせて力を増幅し、生命の本能に従って貪欲に他の生命を取り込んでいく。我々が、生きるために他の生命を食うように。そうやって、大きくなっていくのだろう。驚くべきことだが、そんなこともあり得るのだろうと私は思った。世界の仕組みなんて、結局のところ誰も知る由もなかったのだから。まだまだ知らないことがあっても、何の不思議もない。

巨大な木々の足元に座り込んで、森の声に耳を傾けていると、やがて眠たくなってきた。多くの血を失ったせいか、ひどく怠くて、やけに眠い。そういえばずいぶん長いこと寝ていない……眠気が押し寄せてきた。

大木に背を預けて、私は天を仰いだ。木はまっすぐに空へと伸びて、群青みを帯び始めた夕暮れの空に突き刺さっていた。ふと、自分が虫ピンで胸を刺されて展翅板に留められた昆虫になったような気がした。何か巨大で冷徹な存在が、遥かな高みから私の生態を観察している。今はまだ出ていない月が、夕刻の影の中で私が弱るのを待っている。天にあって森の力を支配する、ずっと私を見張り、追いかけてきた悪い月。右往左往する私は、さぞ面白いことだろう。それとも、虫けらの生態などに何も感じはしないだろうか。

眠りの波に飲まれ、意識の暗がりに沈んで行こうとした時に、耳元で詩織の声がした。

「眠らないで」と詩織は囁いた。「何をやってるの？　ぐずぐずしてないで、やり遂げるのよ」

振り向くと、間近に詩織の顔があった。指を口にあて、「しっ」とジェスチャーをする。そして、もう一方の手で指差した。

詩織の指差す方向に目を向けると、木々の向こうに白いTシャツの一部が見えた。

佐倉さんだ！　倒木の陰に隠れて、体を休めている。倒木の向こうを覗き見て、注意は怠っていないが、私の方には背を向けていた。私の存在には気づいていない。距離はせいぜい十メートルほど、無防備な背中がそこにある。

佐倉さんは、後から追ってくる私を待ち構えているつもりでいる。斜面に足を取られ滑り落ちた為に、佐倉さんの視界から消えることができたのだろう。佐倉さんは、私がもうここにいて、自分を見ていることに気づいていない。

このままではどんどん山奥に向かってしまうことに、佐倉さんは気づいたのだ。だから隠れて私が行き過ぎるのを待ち、それから逆方向に逃げようとしている。さすが佐倉さんだ。でも不運にも、私の方が先に相手に気づいた。

またしても偶然が、私の味方をしようとしている。味方なのか？　そうではないのか？　私にはわからない。どちらにせよ、これは最後のチャンスだろう。もうしばらくすれば日が沈み夜になって、佐倉さんがどんなに近くにいても、目と鼻の先にいても、もう気づくことは出来なくなるだろう。

「頑張って」と耳元で詩織が囁いた。そして、勇気づけるように私の背中をそっと押した。

9　対決

顔に伝う血を拭い、右手の棒を握り直して、私は一歩ずつ歩き出した。枯れ葉や枝のない、柔らかな土の箇所を選んで足を置く。息を殺し、歩くたびに軋む傷の痛みも噛み殺した。佐倉さんは向こうを向いたままだ。幸運にも、佐倉さんまでの間には倒木や藪などの障害物はない。このまま注意深くして焦ったりしなければ、確実に目的を遂げられるだろう。

大きな倒木が、薄暗がりの森の中に横たわっている。佐倉さんは体を屈め、倒木の陰に身を隠し、その向こうの森に目を凝らしている。へとへとに疲れきっているだろうに、休息することもできないまま、佐倉さんは意識を張り詰めている。その緊張が、離れた距離からも伝わってきた。

同じように緊張して、一歩一歩私は進んだ。あと七メートル。佐倉さんは振り向かない。あと六メートル。これで終わる、元の世界に、家に帰れる。あと五メートル。棒を握った右手を上げて、いつでも振り下ろせるように構える。あと四メートル。

そこで、蒼太が現れて、私と佐倉さんの間に立ちはだかった。

私は動きを止めた。どこから来たのか、蒼太はいつの間にかそこにいた。薄暗い森のモノトーンの景色の中、小さな青いシャツがくっきりと際立つ。私を前に進ませまいとするように両手を広げて、下からじっと見上げている。その目ははっきりと見開かれ、強い意思を感じさせた。

どうして？　と私は思った。他ならぬ蒼太の為なのに。あとちょっとで、ほんのちょっとで、やり遂げられるのに。

蒼太は首を横に振った。食いしばった口、強い、厳しい目。こんな強い意思表示を、蒼太はこれまでにしたことがあっただろうか。まだ幼い子供だと思っていた。何もできず、絶えず守ってやらないと簡単に傷ついてしまうような。ただ親についていくばかりで、自分でこうと決める意思などないと。

蒼太も成長したということか。

蒼太は目だけは私をじっと見つめたまま、少しずつ体を傾けた。片足を上げて、佐倉さんのいる方向に、大きく踏み出そうとしている。下ろしていく足のその下には、折れて落ちた木の枝があった。

駄目だよ、蒼太。そう思いながら、私は右手を振り上げ足を固定した姿勢のままで、見守っているしかなかった。

蒼太が足を下ろした。ポキリ……乾いた枝の折れる音は、はっきりと森に響いた。佐倉さんが振り返る。間近に迫った私の姿を認めて血走った目を大きく見開き、佐倉さんは倒木に手をついて立ち上がり、前へつんのめりながら走り出そうとした。焦る心に体が追いつかず、足がうまく回らない。私はそちらへ向きを変えたが、蒼太が回り込んで両手を広げた。

背後で、別の叫び声が聞こえた。振り向いた私は凍りついた。私が歩いてきた森の一角に、詩織がいた。薄暗がりの中に、不自然に浮かび上がる白いセーラー服。その詩織が、異様な叫び声を上げたのだ。獣のような、鳥のような叫び声。その表情は激しい怒りで歪んでいる。まるで中学生には見えない憤怒の表情だ。

佐倉さんの方に目を戻すと、蒼太はまだ両手を広げて立ちはだかっている。あくまでも、佐倉さんを守るつもりのようだ。

「どうしても、通してくれないのか？」と私は聞いた。

蒼太は頷いた。立ちはだかった蒼太の向こうで、佐倉さんが立ち上がろうともがいている。今ならやれる……蒼太の小さな体をちょっと押し退けて二三歩進み、慌てふためいている無防備な後頭部に棒を一撃振り下ろせば。だが蒼太はそれを許さない厳しい表情で、じっと私を睨んでいた。これまで一度も父親に見せたことのない表情。場合によっては、父親の非を強く責めることも厭わないような。

「それは偽物よ！」と背後で詩織が叫んだ。「蒼太じゃない、コウタよ！　コトリが化けてるのよ！　前にも見たでしょう？　また騙されるつもりなの？　さあ、早くそいつを押しのけて、やりかけたことを最後までやり遂げるのよ！」

だが詩織の声は全然違ったものになっていた。まるで壊れたスピーカーのように、ぎしぎしと軋み、甲高くて耳障りだ。

佐倉さんが立ち上がる……落ち葉に足を取られてよろけている。私は棒を握り直した。だが蒼太は頑として動かない。どっちだ？　詩織の言う通りに偽物の蒼太なのか。それとも違うのか。わからない。わからないが、蒼太を押しのけて、蒼太の目の前で佐倉さんを殺すなんてことは私にはできそうもなかった。

私は振り上げた右手を下ろした。

佐倉さんがようやく足の力を取り戻し、立ち上がった。それから倒木に足をかけ、その上に登った。倒木の上で、佐倉さんは肩越しに振り返った。血走った目でこちらを見ている。佐倉さんの目に見えているのは、蒼太の背中か私の顔か、どちらだろうか。すぐに、佐倉さんは向こう側に飛び降りた。

けたたましい声が響いた……振り返ると、詩織が吠えていた。猿でも鳥でもない声で。その形相は激しく歪み、もはや原型を留めていなかった。しわくちゃの毛のない猿のような、赤ん坊のような老人のような顔がそこにあった。見開かれた両目は、真っ赤に染まっていた。もう、詩織に似たところはどこにもなく、それはコトリの正体を現していた。

ひとしきり大声で吠えると、コトリは跳ねた……頭上の枝が大きく揺れる。枝に爪を引っ掛けてぶら下がり、コトリは喚き声を上げながら、駄々っ子のように何度か体を揺らした。最後に一声吠えたかと思うと、枝を弾ませて遠くへ飛んだ。あっという間に、コトリは木から木へ飛び移り、どこか森の奥へと消えていった。

私はまた、反対方向に振り返る。佐倉さんの方も、木々の重なりの向こうに見えなくなるところだった。落ち葉を踏む足音も遠ざかっていき、やがて聞こえなくなった。

きつく握り締めていた手を開き、私は棒を地面に落とした。ドサリと、鈍い音がした。

「やめたよ。これでいいかい？」と私は呼びかけた。「蒼太？」

森には誰もいなかった。蒼太は消えていた。現れた時と同じように、音もなくどこかへ消えてしまった。

佐倉さんも、詩織も、蒼太もいない。森には私一人きりだった。まるで、最初からずっと一人だったみたいに。

全身にどうしようもない大きな疲労を覚えて、力が抜けていき、私はその場に座り込んだ。柔らかな落ち葉の上に腰を下ろし、さっきまで佐倉さんが隠れていた苔むした倒木にもたれる。

木々が揺れる音が、しばらく反響して続いていた……枝から枝へ飛び移るコトリが、揺らしていった音だ。やがてそれが聞こえなくなると、やんでいた虫の声が戻ってきた。さっきまでより、ずっと声の密度が上がっている。暗がりも深まって、夜になるのだということがわかった。

放心状態の私の、混乱した脳裏に繰り返し浮かぶのは、コトリの顔で吠える詩織のグロテスクな姿。詩織がコトリだったなら、私こそが、コトリに操られていたことになる。北村や蘇芳先生や佐倉さんではなく。コトリに唆され、親切にしてくれた人たちを次々と殺し、傷つけてしまった。今さら気づいてももう遅い。

倒木に背中を預けて空を見上げ、私は激しい落胆と後悔に押し潰された。蒼太と茜を取り戻すことも、もうできない。何もかも、無駄だった。

「蒼太、茜、ごめんな」と私は言った。「世界を元に戻してあげることが、できなかったよ。本当に、ごめんな」

誰も答えなかったが、森の声が応えた。私の周りで、森はざわざわと囁いた。

押し寄せる森の声の中に、蒼太の気配を私は感じた。最後に、私を止めてくれた蒼太。コトリに立ち向かって、蒼太は勝った。私に取り憑いていたコトリを撃退してしまった。蒼太は確かにここにいるんだ、と私は感じた。虫や、風や、木々の枝葉や、落ち葉の下の微生物たちや、様々な小さなものたちの集合体である、森の一部に蒼太もいる。茜も、蒼太の友達だった本来の詩織もここにいるのかもしれない。

虫や獣や鳥や、様々な霊たちが集まって、一つの大きな力の場をなしている。コトリもその一部だ。そしてたぶん、私自身も。

最初からここに来れば良かったんだ、と私は思った。そして目を閉じた。森の声が私を包み込んだ。

やがて、私は眠りに落ちた。

エピローグ

悪夢を見て目覚めた。悲鳴を上げた気がする。肩で息をしている私に、茜がそっと手を触れた。

「大丈夫?」

私の激しい動悸は、なかなか収まらなかった。

「ひどい夢を見た」

「どんな夢?」

「忘れた」言ってから、押し寄せる夢の欠片を振り払った。「思い出したくもない。ひどい夢だよ」

畳敷きの寝室は暗く、窓は開いて網戸になっていた。僅かに夜風が吹き込んで、じっとりと汗をかいて熱を持った体を冷ました。

カブトムシ荘の、いつもの寝室の薄闇の中に、私と茜はいた。茜の姿はうっすらとシルエットになって、薄闇の中に静かに佇んでいた。

突然、苦しいほどの不安が私を捕えた。喉元を締め上げるような、呼吸を奪うような強烈な不安。

「蒼太は?」と私は聞いた。

「どうしたの。怖い顔をして」茜は笑った。「ほら、そこで寝てるわよ」

振り向くと、寝相の悪い蒼太は敷き布団をはみ出して、部屋の隅っこでタオルケットにぐるぐる巻きになっていた。窮屈そうな体勢のまま、くうくうと寝息を立てている。

その様子を見て、私も吹き出した。

「器用な寝方だ」

「戻してあげて」

膝で歩いて近づいていって、私は眠っている我が子を見下ろした。穏やかな寝顔だ。悪夢など遠くにあると信じているような、安心しきった平和な寝顔。私はそっと手を伸ばして、蒼太の顔や腕に触れた。温かく、柔らかい皮膚の感触。それから、ぐるぐる巻きになったタオルケットをほどいて、抱き上げて布団の上に戻してやった。深い眠りの中にいる蒼太は、ちょっとやそっとでは目を覚まさない。

「いいんだよ、眠ってな」と私は囁いた。「おやすみ」

茜は蒼太に寄り添うように、布団に横になった。私は畳の上にあぐらをかいて座った。

「どうしたの？」と茜が聞いた。「眠れないの？」

「いや。大丈夫だよ」

蒼太と茜が寄り添うように眠っている、当たり前の光景。これが当たり前の世界というものだ。これが失われるなんて、あってはならない。もし、失われるようなことになったら、どんなことをしても取り戻さなくちゃならない。たとえ世界を敵に回しても。

どんな犠牲を払っても。

私は布団に戻り、茜と蒼太の隣に横になった。仰向けになって、上を見上げる。暗い夜空に、真っ赤な月が昇っていた。夜空に開いた赤い目のように、じっと私たちを見下ろしている。

「月が見えるね」と私は言った。

「森だからね」と眠そうな声で茜が言った。

「そうか、森か」と私は言った。森なら仕方がないな。

いつしか、私たちを取り巻く薄闇は暗く沈んだ木々に変わっていた。夜の森だ。湿り気を含んだ草の匂いが、辺りに濃厚に漂っていた。土は、昼の間に熱を吸い込み、溜め込んだ水分を夜の間に蒸発させていく。そのひんやりとした湿気が、私の肌に触れていた。冷たい手で触られるような、ぞっとする感覚があった。

圧倒的な虫の声が、周囲の空気を満たしていた。何千、何万という数が、私たちを取り囲んでいるに違いない。いくつもの種類の秋の鳴く虫が、求愛のために大音響で鳴き続けている。そして落ち葉の下では、その何倍もの数の微小な虫たち、土壌生物、微生物たちが、落ち葉を喰らい、分解して土に変え、微小なエネルギーを発生させている。その無数の生命の気配を、私は感じた。植物たちも、昼間よりずっと大きな呼吸をしていた。木々や灌木や下草や苔が、生きて息づいているのがよくわかった。

溢れるような生命の奔流が、ここにはあった。その中で私たちは、ちっぽけな存在でしかなかった。

ふかふかとした落ち葉の上に横たわった私は、夜空を見上げた。天に突き刺さるような木々の間に、まるで空に開いた穴のように、まんまるな月があった。赤い月だ。

あの夜からずっと、遠くから私を見下ろし続けていた赤い月。ずっと逃げ続けていたけれど、いよいよ追いつかれてしまった。「つかまえた」と月は言った。そして悪意に満ちた声で笑った。

宇宙の闇の深みに潜む、あまりにも異質な、心のない存在。赤い月は、次元の裂け目から覗くそいつの目だ。運命を弄ぶ天空の目からは、誰も逃れることはできない。

「構わないよ」と私は言った。「みんないるし、ここはとても気持ちがいいからね」

森の声が、並んで眠る川の字の三人を取り囲んでいた。私たちは森に呑み込まれ、森と同化していた。蒼太の寝息は森の声だった。茜の囁きは森の声だった。そして私の声もまた。柔らかな赤い光に包まれて、私たちは森の一部になった。

すべてを統べる悪い月が昇る。暗い森は様々な囁きを孕みながら、風に揺れ、ざわめき続けていた。

あとがき

昔から夏が大好きで、それ以外の季節には常に夏を心待ちにしているし、夏が去っていくのを感じると、人一倍寂しい気持ちになってしまいます。

酷暑の中、汗をダラダラかきながらでも炎天下に出ていって、草むらの中でバッタを追いかけてしまうんですね。要は子供っぽいというか、大人になりきれていないのだと思います。

という訳で、本書の中で真夏に虫を追いかけて熱中症になりかける主人公は、かなりの部分で作者自身の投影です。

一人で自然の中にいて、小さな虫の世界に没頭していると、ふと、何かの気配を感じることがあります。見えないけれど、何かいる。何かが近くで、私を見ている。

それが単なる気のせいなのか、それとも草陰に潜んでいる何らかの動物、生き物なのか、あるいは幽霊や妖怪のような超自然の存在なのか、真相は結局わからないのですが。

そんな時は怖さだけではなく、自分一人きりではなかったという、どこかホッとする感じ。寄るべない世界で、孤独ではなかったことに気づいた安堵のような感覚を覚えます。

目に見えない存在に、触れてみたい。見えないまでも、想像して、思い描いてみたい。

そんなことを思いながら、この小説を書きました。作者の感じた不思議な気配、その肌触りのうちのいくらかでも、読者の皆様に届いていればと願います。

本作「悪い月が昇る」は、エブリスタ・竹書房共催による「第四回最恐小説大賞」受賞の「月がわらう夜に」を改題し、大幅に加筆・改稿したものです。

わがままを言って変更させていただいたタイトルは、古いロックバンド（クリーデンス・クリアウォーター・リバイバル）の古いロックソング（バッド・ムーン・ライジング）に由来しています。

明るい曲調なのに、不吉さ、不穏さが伝わってくる名曲です。八〇年代のカルト・ホラー映画「狼男アメリカン」で流れるんですよね。読書の際のサウンドトラックに是非どうぞ。

そうして手を入れ続けた作品が本の形になったのは、多くの方々に支えられてのことです。ご尽力いただいた皆様に、心より感謝を申し上げます。

そして、最後まで読んでくださった読者の皆様。本当に本当に、ありがとうございました。

コツコツと文字を積み重ねていくことしかできない不器用な物書きではありますが、語りたい物語はまだまだあります。また別の物語で、お目にかかれることを願っております。

海藤文字

エブリスタ

国内最大級の小説投稿サイト。

小説を書きたい人と読みたい人が出会うプラットフォームとして、これまでに200万点以上の作品を配信する。

大手出版社との協業による文学賞開催など、ジャンルを問わず多くの新人作家発掘・プロデュースを行っている。

http://estar.jp

悪い月が昇る

2024年5月30日　初版第一刷発行

著者　海藤文字
装画　大宮いお
装幀　坂野公一＋吉田友美（welle design）
本文デザイン・DTP　小林こうじ

発行所　株式会社 竹書房
〒102-0075　東京都千代田区三番町8-1　三番町東急ビル6F
email：info@takeshobo.co.jp
https：//www.takeshobo.co.jp

印刷所　中央精版印刷株式会社
